Donna Leon

Tierische Profite

Commissario Brunettis einundzwanzigster Fall

Roman
Aus dem Amerikanischen von
Werner Schmitz

Diogenes

Titel des Originals: ›Beastly Things‹
Umschlagfoto von Silke Bremer (Ausschnitt)
Copyright © Silke Bremer
Das Motto aus: Georg Friedrich Händel:
Giulio Cesare, 1. Akt, 9. Szene
Die Zitate von Marc Aurel aus
Marcus Aurelius Antoninus:
*Betrachtungen über seine eigensten
Angelegenheiten,* aus dem Griechischen
übertragen von J. G. Schultheß,
Zürich 1779

*Für Fabio Moretti
und Umberto Branchini*

Copyright © 2013
Diogenes Verlag AG Zürich
www.diogenes.ch
1200/13/44/1
ISBN 978 3 257 06858 0

Va tacito e nascosto,
quand'avido è di preda,
l'astuto cacciator.
E chi è mal far disposto,
non brama che si veda
l'inganno del suo cor.

Auf listig leisen Sohlen
schleicht sich der Jäger an,
die Beute sich zu holen.
Wer Böses führt im Schilde,
bemüht sich zu verbergen
des Herzens Niedertracht.

GIULIO CESARE

1

Der Mann lag reglos da, so reglos wie ein Stück Fleisch auf dem Schlachtertisch, reglos wie der Tod selbst. Im Raum war es kalt, und doch war er, von Kopf und Hals abgesehen, nur mit einem dünnen Laken zugedeckt. Seine Brust war übermäßig nach oben gewölbt, als habe man ihm eine Stütze unter den Rücken geschoben. Wäre diese weiße Gestalt eine schneebedeckte Bergkette und der Betrachter ein müder Wanderer, der am Ende eines langen Tages dort noch hinübermüsste, so würde er doch lieber den weiten Umweg über die Knöchel nehmen. Der Aufstieg über die Brust wäre zu steil, und wer konnte wissen, welche Schwierigkeiten einen beim Abstieg auf der anderen Seite erwarteten?

Von der Seite fiel die unnatürliche Wölbung der Brust ins Auge; von oben – stünde der Wanderer jetzt auf einem Gipfel und könnte auf den Mann hinabsehen – war es der Hals, der einen sonderbaren Eindruck machte. Der Hals, oder vielleicht genauer: dass er keinen hatte. Tatsächlich war sein Hals ein breiter Pfeiler, der von den Ohren abwärts senkrecht in die Schultern überging. Keine Verengung, keine Einbuchtung; der Hals war so breit wie der Kopf.

Auffällig war auch die Nase, die im Profil kaum noch in Erscheinung trat. Sie war eingedrückt und schief; die Haut mit Kratzern und winzigen Kerben übersät. Auch die rechte Wange war zerkratzt und blutunterlaufen. Das ganze Gesicht war aufgedunsen, weiß und schwammig. Von oben war das Fleisch unterhalb der Wangenknochen tief eingefallen. Sein Gesicht war nicht nur totenbleich. Dieser Mann hatte sein Leben in geschlossenen Räumen verbracht.

Der Mann hatte dunkles Haar und einen Kinnbart, der wahrscheinlich den Hals kaschieren sollte, aber so ein Hals ließ sich keine Sekunde verbergen. Der Bart fiel zwar ins Auge, aber dann bemerkte man auch sofort die Absicht, denn er wuchs über die Kieferlinie hinaus, als wüsste er nicht, wo er aufhören solle. Von hier oben aus schien er sich sogar über den Hals und seine Seitenpartien ergossen zu haben, ein Eindruck, den die allmählich weißer werdenden Bartausläufer noch verstärkten.

Die Ohren waren überraschend zierlich, fast wie die einer Frau. Ohrringe hätten nicht mal fehl am Platz gewirkt, wäre da nicht der Bart gewesen. Unter dem linken Ohr, unmittelbar hinter dem Bartansatz, verlief im Winkel von dreißig Grad eine rosa Narbe. Etwa drei Zentimeter lang und breit wie ein Bleistift; die Haut war uneben, als sei derjenige, der sie genäht hatte, in Eile gewesen, oder nachlässig, als komme es bei einem Mann nicht so darauf an.

Es war kalt im Raum, zu hören war nur das mühsame Keuchen der Klimaanlage. Der mächtige Brustkorb des Mannes hob und senkte sich nicht, er fröstelte auch nicht in dieser Kälte. Er lag da, nackt unter seinem Laken, die Augen geschlossen. Er wartete auf nichts, denn über das Warten war er ebenso hinaus wie darüber, pünktlich oder zu spät zu kommen. Fast könnte man sagen, der Mann *war* einfach nur. Aber das wäre nicht richtig, denn er war nicht mehr.

Zwei weitere Gestalten lagen ähnlich zugedeckt in dem Raum, näher an den Wänden: Der Bärtige lag in der Mitte. Wenn jemand, der immer lügt, erklärt, er sei ein Lügner, sagt er dann die Wahrheit? Wenn niemand in einem Zimmer am Leben ist, ist dann niemand im Raum?

Eine Tür am anderen Ende wurde geöffnet und von einem großen schlanken Mann in einem weißen Laborkittel aufgehalten. Er ließ einem anderen Mann den Vortritt und dann erst die Tür hinter sich los; langsam glitt sie zu und schloss sich mit einem in dem kalten Raum deutlich vernehmbaren Schmatzen.

»Er liegt da drüben«, sagte Dottor Rizzardi und ging Guido Brunetti, Commissario di Polizia der Stadt Venedig, voraus. Brunetti hielt wie der imaginäre Wanderer inne und betrachtete den weiß bedeckten Bergkamm, den der Körper bildete. Rizzardi trat an den Tisch, auf dem der Tote lag.

»Er bekam drei Stiche ins Kreuz, mit einer schmalen Klinge, keine zwei Zentimeter breit, würde ich sagen. Und der Täter wusste genau, was er tat, oder er hatte großes Glück. An seinem linken Arm sind zwei kleine Druckstellen«, sagte Rizzardi und blieb neben der Leiche stehen. »Und er hat Wasser in der Lunge«, ergänzte er. »Demnach lebte er noch, als er in den Kanal gelangte. Aber der Mörder hat eine Hauptvene erwischt: Er hatte keine Chance. Er ist binnen Minuten verblutet.« Grimmig fügte er hinzu: »Bevor er ertrinken konnte.« Der Pathologe kam Brunettis Frage zuvor: »Tatzeit gestern Nacht, irgendwann nach Mitternacht, würde ich sagen. Genauer geht's nicht, weil er im Wasser gelegen hat.«

Brunetti, immer noch auf halbem Weg zwischen Tisch und Tür, sah von einem zum anderen. »Was ist mit seinem Gesicht passiert?«, fragte er. Der Tote war so entstellt, dass es schwierig würde, ihn auf einem Foto wiederzuerkennen –

beziehungsweise es nur schon schwierig wäre, sich ein Foto dieses zerschlagenen, aufgedunsenen Gesichts überhaupt anzusehen.

»Ich vermute, er ist nach vorn gestürzt, als auf ihn eingestochen wurde. Wahrscheinlich war er so überrumpelt, dass er den Sturz nicht einmal mit den Händen abfangen konnte.«

»Kannst du ein Foto machen?«, wollte Brunetti wissen, der sich fragte, ob Rizzardi die Verletzungen wenigstens zum Teil kaschieren konnte.

»Du willst Leuten diesen Anblick zumuten?« Die Antwort gefiel Brunetti nicht, auch wenn es eine ehrliche Antwort war. Nach kurzem Überlegen fügte der Pathologe hinzu: »Versuchen kann ich's ja.«

Brunetti fragte: »Und weiter?«

»Ich würde sagen, er ist Ende vierzig, einigermaßen gesund, arbeitet nicht mit den Händen, aber das ist auch schon alles.«

»Was ist mit seinem merkwürdigen Körperbau?«, fragte Brunetti und trat näher.

»Du meinst seine Brust?«, fragte Rizzardi.

»Und den Hals.« Brunetti wies darauf.

»Das nennt man Madelung-Syndrom«, erklärte Rizzardi. »Ich habe davon gelesen und im Studium davon gehört, aber gesehen habe ich es noch nie. Nur auf Abbildungen.«

»Kennt man die Ursache?«, fragte Brunetti, jetzt dicht neben dem Toten.

Rizzardi zuckte die Schultern. »Nicht dass ich wüsste.« Als könne er eine solche Antwort nicht mit seiner Berufsehre vereinbaren, fügte er rasch hinzu: »Häufig spielt Alkoholismus eine Rolle oder Drogenkonsum, aber nicht in diesem

Fall. Er war kein Trinker, absolut nicht, und Hinweise auf Drogenkonsum habe ich auch nicht festgestellt.« Nach einer Pause fuhr er fort: »Gott sei Dank bekommen das nur die wenigsten Alkoholiker, aber die meisten Männer, die es bekommen – und es sind fast immer Männer –, sind Alkoholiker. Auch wenn die Zusammenhänge nicht geklärt sind.«

Rizzardi trat näher und zeigte auf eine besonders dicke Stelle im Nacken; für Brunetti sah es fast wie ein kleiner Höcker aus. Bevor er nachfragen konnte, fuhr Rizzardi fort: »Das ist Fettgewebe. Das Fett sammelt sich dort an«, er wies auf den Höcker. »Und dort auch.« Er zeigte auf die Wölbung unter dem weißen Tuch, wo am Körper einer Frau die Brüste gewesen wären.

»Es beginnt zwischen dreißig und fünfzig und konzentriert sich auf die obere Körperhälfte.«

»Du meinst, es wächst einfach so?«, fragte Brunetti, der sich das vorzustellen versuchte.

»Ganz recht. Manchmal auch an den Oberschenkeln. In seinem Fall nur an Hals und Brust.« Er schwieg nachdenklich und fügte dann hinzu: »Am Ende sehen sie aus wie Fässer, die armen Kerle.«

»Gibt's das oft?«, fragte Brunetti.

»Nein, durchaus nicht. Soweit ich weiß, sind in der Literatur nur ein paar hundert Fälle erwähnt.« Er hob die Schultern. »Wir wissen im Grunde nur sehr wenig darüber.«

»Sonst noch etwas?«

»Er wurde über eine rauhe Oberfläche geschleift«, sagte der Pathologe, indem er Brunetti ans untere Ende des Tischs führte und das Laken anhob. Er wies auf die aufgeschürfte Ferse des Toten. »Am Kreuz sieht es ähnlich aus.«

»Das heißt?«, fragte Brunetti.

»Jemand hat ihn unter den Schultern gepackt und über den Boden gezogen, würde ich sagen. Kein grobkörniges Material in den Wunden, also dürfte es sich um einen nackten Steinfußboden gehandelt haben.« Zur Verdeutlichung fügte Rizzardi hinzu: »Er trug nur einen Schuh, einen Slipper. Der andere ist vermutlich abgestreift worden.«

Brunetti ging zum Kopf des Toten und sah auf das bärtige Gesicht hinab. »Hat er helle Augen?«, fragte er.

Rizzardi konnte seine Verblüffung nicht verbergen. »Blau. Woher weißt du das?«

»Ich hab's nicht gewusst«, antwortete Brunetti.

»Wie kommst du dann auf die Frage?«

»Ich glaube, ich habe ihn schon mal gesehen«, sagte Brunetti. Er sah sich den Mann genau an, das Gesicht, den Bart, den mächtigen Nacken. Aber er kam nicht drauf; nur bei den Augen war er sich sicher.

»Wenn du ihn schon mal gesehen hast, müsstest du dich an ihn erinnern.« In Anbetracht der Statur des Mannes leuchtete diese Bemerkung Rizzardis ein.

Brunetti nickte. »Ich weiß, aber mir will partout nichts einfallen.« Dass seine Erinnerung ihn bei etwas so Ungewöhnlichem wie der Erscheinung dieses Mannes im Stich ließ, beunruhigte Brunetti mehr, als er zugeben wollte. Hatte er ihn auf einem Foto gesehen, in einer Verbrecherkartei, in einer Zeitschrift, in einem Buch? Vor einigen Jahren hatte er in Lombrosos abscheulichem Buch geblättert: Erinnerte ihn dieser Mann vielleicht nur an die dort abgedruckten Konterfeis »geborener Verbrecher«?

Aber die Lombroso-Porträts waren in Schwarzweiß gewesen: Hätte man da helle und dunkle Augen unterscheiden können? Brunetti forschte in seinem Gedächtnis nach dem Bild, das dort gespeichert sein musste, und starrte hilfesuchend die Wand an. Aber es kam nichts, keine Erinnerung an einen Mann mit blauen Augen, weder an diesen noch an irgendeinen anderen.

Stattdessen stieg ungerufen und äußerst beklemmend das Bild seiner Mutter in ihm auf, wie sie zusammengesunken im Sessel saß und ihn mit leeren Augen anstarrte, die ihn nicht mehr erkannten.

»Guido?«, hörte er jemanden sagen und blickte, als er aufsah, in Rizzardis vertrautes Gesicht.

»Alles in Ordnung?«

Brunetti zwang sich zu einem Lächeln. »Ja«, sagte er, »ich versuche nur, mich zu erinnern, wo ich ihn gesehen haben könnte.«

»Denk eine Weile nicht daran, dann kommt es meist von selbst«, schlug Rizzardi vor. »Passiert mir ständig. Wenn mir irgendein Name nicht einfällt, gehe ich das Alphabet durch – A, B, C –, und wenn ich auf den Anfangsbuchstaben stoße, ist der Name plötzlich wieder da.«

»Ist daran das Alter schuld?«, fragte Brunetti betont gleichgültig.

»Das will ich doch hoffen«, antwortete Rizzardi leichthin. »Während des Studiums hatte ich ein erstaunliches Gedächtnis – ohne ist das gar nicht zu schaffen: Alle diese Knochen, diese Nerven, die Muskeln …«

»Die Krankheiten«, ergänzte Brunetti.

»Ja, die auch. Allein sämtliche einzelnen Teile hiervon zu behalten«, sagte der Pathologe und strich mit den Handrücken an seinem Körper hinunter, »ist schon eine großartige Leistung.« Und nachdenklicher: »Aber was sich da drinnen abspielt, das ist ein Wunder.«

»Ein Wunder?«, fragte Brunetti.

»Sozusagen«, meinte Rizzardi. »Etwas Wunderbares.« Er sah Brunetti an und ergänzte nachdenklich, wie es nur unter Freunden möglich ist: »Findest du nicht auch, dass die alltäglichsten Dinge, die wir tun – ein Glas hochheben, die Schuhe schnüren, ein Liedchen pfeifen –, kleine Wunder sind?«

»Warum tust du dann, was du tust?« Brunetti war selbst von seiner Frage überrascht.

»Was meinst du damit?«, fragte Rizzardi. »Ich verstehe nicht.«

»Dich Menschen widmen, nachdem die Wunder vorbei sind.« Brunetti wusste nicht, wie er es sonst sagen sollte.

Rizzardi überlegte lange, bevor er antwortete. »So habe ich das noch nie betrachtet.« Er senkte den Blick auf seine Hände, drehte sie um und studierte die Handflächen. »Vielleicht, weil meine Tätigkeit mir verdeutlicht, wie das alles funktioniert – das, was die Wunder möglich macht.«

Als sei er plötzlich verunsichert, presste Rizzardi die Hände zusammen und sagte: »Nach Auskunft der Männer, die ihn gebracht haben, hatte er keine Papiere bei sich. Keinen Ausweis. Nichts.«

»Und seine Kleidung?«

Rizzardi zuckte die Achseln. »Die Toten kommen unbekleidet hier rein. Deine Leute müssen die Sachen ins Labor gebracht haben.«

Brunettis Brummen klang nach Zustimmung, Verständnis oder vielleicht auch einem Dank. »Ich geh gleich rüber und seh mal nach. Angeblich haben sie ihn gegen sechs gefunden.«

Rizzardi schüttelte den Kopf. »Davon weiß ich nichts, nur dass er heute der Erste war.«

Überrascht – schließlich waren sie in Venedig – fragte Brunetti: »Wie viele sind denn noch gekommen?«

Rizzardi wies mit dem Kinn auf die zwei verdeckten Gestalten am anderen Ende des Raums. »Die zwei alten Leute da.«

»Wie alt?«

»Der Sohn sagt, sein Vater war dreiundneunzig, seine Mutter neunzig.«

»Was ist passiert?«, fragte Brunetti. Er hatte am Morgen die Zeitungen gelesen, aber da war von diesen beiden Todesfällen nicht die Rede gewesen.

»Einer der beiden hat gestern Abend Kaffee gemacht. Der Topf stand noch in der Spüle. Die Flamme war erloschen, aber das Gas strömte noch aus.« Rizzardi fügte hinzu: »Es war ein alter Herd, einer, den man mit einem Streichholz zündet.«

Bevor Brunetti etwas dazu sagen konnte, fuhr der Pathologe fort: »Der Nachbar über ihnen hat Gasgeruch bemerkt und die Feuerwehr angerufen, und als die kam, war die Wohnung voller Gas. Die beiden lagen tot auf dem Bett. Die Kaffeetassen standen neben ihnen.«

In Brunettis Schweigen hinein bemerkte Rizzardi: »Ein Glück, dass nicht das ganze Haus explodiert ist.«

»Ungewöhnlich, im Bett Kaffee zu trinken«, sagte Brunetti.

Rizzardi bedachte seinen Freund mit einem wachsamen

Blick. »Sie hatte Alzheimer, und er hatte nicht das Geld, sie anderswo unterzubringen. Und der Sohn«, erklärte er, »hat drei Kinder und lebt in einer Zweizimmerwohnung in Mogliano.«

Brunetti schwieg.

»Der Sohn hat mir erzählt«, fuhr Rizzardi fort, »sein Vater habe gesagt, er könne nicht mehr für sie sorgen, jedenfalls nicht so, wie er es gern täte.«

»Gesagt?«

»Er hat einen Abschiedsbrief hinterlassen. Darin steht, er wolle nicht, dass die Leute denken, er leide an Gedächtnisschwund und habe vergessen, das Gas abzustellen.« Rizzardi wandte sich von den Toten ab und ging zur Tür. »Er bekam eine Pension von fünfhundertzwölf Euro, sie eine von fünfhundertacht.« Düster fügte er hinzu: »Ihre Miete betrug siebenhundertfünfzig.«

»Verstehe«, erklärte Brunetti nur.

Rizzardi öffnete die Tür, und sie traten in den Flur des Krankenhauses.

2

S ie gingen in einträchtigem Schweigen den Flur hinunter;
Brunetti hing noch dem Schicksal seiner Mutter nach,
während gleichzeitig Rizzardis Bemerkung über das Wunder des menschlichen Körpers in ihm widerhallte. Nun, Rizzardi musste es wissen, schließlich hatte er tagtäglich damit zu tun.

Er dachte an den Abschiedsbrief des alten Manns für seinen Sohn, erschütternde Sätze, die etwas aussprachen, das Brunetti so unerträglich schien, dass er es nicht zu benennen wagte. Es handelte sich um eine bewusste Entscheidung gegen das Leben, die der alte Mann für sich und seine Frau getroffen hatte. Davor hatte er beiden noch einen Kaffee gemacht. Brunetti verbannte mit großer Willensanstrengung den Gedanken an das Zimmer, in dem die alten Leute ihren Kaffee getrunken hatten, und an das unerbittliche Schicksal, das ihnen von dort nur noch den Weg in den Kühlraum gelassen hatte, wo er sie hatte liegen sehen.

Er wandte sich Rizzardi zu und fragte:»Meinst du, dieses Marlung-Syndrom – falls er deswegen in Behandlung war – kann mir bei seiner Identifizierung helfen?«

»Madelung«, korrigierte Rizzardi automatisch und erklärte:»Du könntest eine offizielle Anfrage an alle Kliniken mit Spezialabteilungen für Erbkrankheiten richten.« Er überlegte.»Vorausgesetzt, er ist deswegen mal im Krankenhaus gewesen.«

Brunetti dachte an den Mann auf dem Tisch zurück und

fragte: »Aber wäre das denn möglich? Dass er deswegen nicht in Behandlung war? Mit so einem Hals?«

Rizzardi, der schon die Klinke zu seinem Büro in der Hand hatte, drehte sich zu Brunetti um und sagte: »Guido, überall laufen Leute mit solch auffallenden Krankheitssymptomen herum, dass jedem Arzt, der sie sieht, die Haare zu Berge stehen.«

»Und?«, fragte Brunetti.

»Und diese Leute sagen sich, das ist nichts weiter, das gibt sich wieder, nur nicht so genau hinsehen. Der Husten wird sich schon bessern, die Blutung aufhören, das Ding am Bein von allein verschwinden.«

»Und?«

»Und manchmal kommt es so, und manchmal nicht.«

»Und wenn nicht?«, fragte Brunetti.

»Dann landen sie bei mir«, sagte Rizzardi grimmig. Er schüttelte sich, als wollte er wie Brunetti gewisse Gedanken verscheuchen, und fügte hinzu: »Ich habe eine Kollegin in Padua, die sich mit Madelung auskennen dürfte: Die rufe ich an. Dorthin würde jemand aus dem Veneto vermutlich am ehesten gehen.«

Und wenn er nicht aus dem Veneto ist?, fragte sich Brunetti, sprach es aber nicht aus. Stattdessen dankte er dem Pathologen und fragte, ob Rizzardi auf einen Kaffee in die Bar mitkommen wolle.

»Nein, danke. Mein Tisch ist wie deiner voller Papiere und Berichte, und ich habe vor, den Rest des Vormittags mit Lesen und Schreiben zu vergeuden.«

Brunetti quittierte das mit einem Nicken und machte sich auf den Weg zum Haupteingang des Krankenhauses. Er war sein Leben lang gesund gewesen, aber das half ihm auch nichts gegen die Einflüsterungen seiner Phantasie; nur allzu oft entdeckte er die Symptome eingebildeter Krankheiten an sich. Paola war die Einzige, der er je davon erzählt hatte, wenngleich seine Mutter, als sie dazu noch imstande war, es gewusst oder zumindest geahnt hatte. Paola war sich über die Absurdität seiner Befürchtungen im Klaren: Ängste wäre zu viel gesagt, denn letztlich glaubte er selber nie ganz, dass er wirklich krank war.

Mit Banalitäten wie Herzleiden oder Grippe gab seine Phantasie sich nicht ab, sie bevorzugte West-Nil-Fieber oder Hirnhautentzündung. Oder Malaria. Diabetes, zwar in seiner Familie unbekannt, befiel ihn häufig. Im Grunde wusste er, dass diese Krankheiten als Blitzableiter dienten, um nur ja nicht in jeder noch so vorübergehenden Gedächtnisstörung ein erstes Anzeichen dafür zu sehen, wovor er sich wirklich fürchtete. Besser, eine Nacht lang den bizarren Symptomen des Dengue-Fiebers nachzuspüren, als in Panik zu geraten, wenn ihm die Nummer von Vianellos *telefonino* nicht gleich einfiel.

Brunetti konzentrierte sich auf den Mann mit dem Stiernacken: So nannte er ihn vorläufig. Blaue Augen – das hatte er gewusst, und die einzige Erklärung dafür war, dass er ihn selbst oder ein Foto von ihm schon mal gesehen hatte.

Die Gedanken auf Autopilot, schlug Brunetti den Weg zur Questura ein. Während er den Rio di S. Giovanni überquerte, suchte er das Wasser nach Spuren der Algen ab, die in den letzten Jahren immer weiter in die Stadt vorgedrungen waren. Ein Blick auf den Stadtplan in seinem Kopf sagte ihm, dass sie, wenn es so weit war, den Rio dei Greci heraufkommen würden. Von dem Zeug schwappte mehr als genug an die Riva degli Schiavoni: Es brauchte keine besonders starke Flut, um die Algen in die Eingeweide der Stadt zu drücken.

Und dann sah er die aufdringlichen Schwaden mit der steigenden Flut auf sich zuströmen. Er erinnerte sich an die plattnasigen Baggerboote, die vor einem Jahrzehnt in der *laguna* herumtuckerten und sich an den riesigen Algenteppichen gütlich taten. Wo waren sie hin, was taten sie jetzt, diese seltsamen, lächerlich mickrigen, aber ach so nützlich gefräßigen Boote? Als er vorige Woche über den Eisenbahndamm nach Venedig fuhr, hatte er links und rechts gewaltige Algeninseln treiben sehen. Boote umfuhren sie; Vögel mieden sie; nichts konnte darunter überleben. Fiel das sonst niemandem auf, oder wurde erwartet, dass alle die Augen davor verschlossen? Oder war die Zuständigkeit für die Gewässer der *laguna* auf konkurrierende Behörden verteilt – Stadt, Region, Provinz, Magistrato alle Acque –, deren Zuständigkeiten so fest ineinander verkeilt waren, dass sie sich nicht mehr rühren konnten?

Brunettis Gedanken schweiften im Gehen, wohin sie wollten. Wenn er früher Leuten begegnet war, die er schon mal gesehen hatte, hatte er sie gelegentlich wiedererkannt, ohne sich zu erinnern, wer genau sie waren. Oft gesellte sich zu diesem Wiedererkennen der äußeren Erscheinung die Erinnerung an eine emotionale Aura – er fand keinen besseren Ausdruck dafür. Er wusste, dass sie ihm sympathisch oder unsympathisch waren, auch wenn die Gründe für dieses Gefühl ihm ebenso wie ihre Namen längst entfallen waren.

Der Anblick des Mannes mit dem Hals – er musste aufhören, ihn so zu nennen – hatte Brunetti beunruhigt, denn mit der Erinnerung an seine Augenfarbe hatte sich keine Aura eingestellt, nur so etwas wie der Wunsch, ihm zu helfen. Aber so kam er nicht weiter. Der Ort, an dem er den Mann soeben gesehen hatte, ließ keinen Zweifel daran, dass entweder jemand ihm nicht geholfen hatte oder aber er selbst sich nicht zu helfen gewusst hatte. Doch was seinen Beschützerinstinkt geweckt hatte – sein Anblick oder das Gefühl, ihn zu kennen –, das ließ sich nicht mehr rekonstruieren.

Immer noch in Gedanken, gelangte er in die Questura und nahm die Treppe zu seinem Büro. Auf dem letzten Absatz machte er kehrt und ging in den Bereitschaftsraum. Pucetti saß am Computer, den Blick auf den Bildschirm geheftet, während seine Finger über die Tasten flogen. Brunetti blieb in der Tür stehen. Pucetti hätte sich ebenso gut auf einem anderen Planeten befinden können, so wenig nahm er seine Umgebung wahr.

Brunetti beobachtete, wie Pucetti sich verkrampfte und immer heftiger atmete. Der junge Polizist begann vor sich hin zu murmeln, vielleicht sprach er auch mit dem Computer. Und plötzlich entspannte sich erst seine Miene, dann sein Körper. Er nahm die Hände von der Tastatur, starrte noch kurz den Bildschirm an, dann hob er die rechte Hand und stach mit ausgestrecktem Zeigefinger auf eine Taste – wie ein Jazzpianist, der den letzten Ton anschlägt und weiß, jetzt gerät das Publikum in Ekstase.

Pucettis Hand sprang von den Tasten zurück und blieb selbstvergessen neben seinem Ohr in der Luft hängen, sein Blick verharrte auf dem Bildschirm. Was immer er dort sah, ließ ihn aufspringen und beide Arme nach oben reißen wie siegreiche Athleten auf den Sportseiten der Zeitung. »Hab ich dich erwischt, du Schwein!«, rief der junge Polizist, wozu er wild mit den Fäusten fuchtelte und mit dem Oberkörper vor und zurück schwankte. Es war nicht direkt ein Kriegstanz, aber fast. Alvise und Riverre, die auf der anderen Seite des Raum beieinanderstanden, drehten sich verdutzt nach dem Lärm um.

Brunetti kam ein paar Schritte näher. »Was haben Sie getan, Pucetti?«, fragte er. »Wen haben Sie erwischt?«

Mit vor Schadenfreude und Triumph strahlender Miene, die ihn zehn Jahre jünger machte, drehte Pucetti sich zu seinem Vorgesetzten um. »Diese Schweine am Flughafen«, sagte er und unterlegte diese Auskunft mit zwei schnellen Kinnhaken über seinem Kopf.

»Die von der Gepäckabfertigung?«, fragte Brunetti überflüssigerweise. Er hatte selbst fast ein Jahrzehnt lang gegen diese Kofferdiebe ermittelt und immer wieder welche festgenommen.

»Sì.« Pucetti stieß ein wildes Triumphgeschrei aus und machte einen kleinen Luftsprung.

Alvise und Riverre rückten fasziniert näher.

»Wie haben Sie das angestellt?«, fragte Brunetti.

Pucetti riss sich zusammen, stand stramm und ließ die Hände sinken. »Ich habe mir …«, meldete er aufgeregt, dämpfte aber beim Anblick der beiden Kollegen die Stimme, »Informationen über diese Leute besorgt, Commissario.«

Alle Begeisterung war aus Pucettis Gebaren verschwunden; Brunetti verstand den Wink und reagierte betont gleichgültig. »Schön für Sie. Erzählen Sie mir gelegentlich davon.« Dann bat er Alvise: »Könnten Sie mal kurz in mein Büro raufkommen?« Er hatte keine Ahnung, was er dem begriffsstutzigen Alvise sagen sollte, wollte aber die zwei Polizisten von Pucetti ablenken.

Alvise salutierte und warf Riverre einen Blick zu, der nicht frei von Selbstgefälligkeit war. »Riverre«, sagte Brunetti, »könnten Sie zur Wache unten am Eingang gehen und fragen, ob ein Paket für mich gekommen ist?« Und um gleichzeitig der Antwort zuvorzukommen, fügte er hinzu: »Wenn es nicht gekommen ist, brauchen Sie mir das nicht zu melden. Dann kommt es morgen.«

Riverre übernahm derlei Aufgaben dienstbeflissen, und solange sie einfach waren und deutlich genug erklärt wurden, bewältigte er sie im Allgemeinen auch. Er salutierte und wandte sich zur Tür, und Brunetti bedauerte, dass ihm nichts eingefallen war, womit er die beiden zusammen hätte hinausschicken können. »Kommen Sie, Alvise«, sagte er.

Während Brunetti Alvise zur Tür bugsierte, setzte Pucetti sich wieder an den Computer und drückte ein paar Tasten; Brunetti sah den Bildschirm dunkel werden.

3

Brunetti fand es auf verquere Weise passend, mit Alvise nach oben zu gehen, da jedes Gespräch mit ihm dem Erklimmen eines steilen Bergs ähnelte. Er versuchte sich neben dem langsamer gehenden Polizisten zu halten, um nicht noch überlegener zu wirken. »Ich wollte Sie fragen«, improvisierte Brunetti, als sie oben angekommen waren, »wie Sie die Stimmung unter den Männern beurteilen.«

»Stimmung, Commissario?«, fragte Alvise mit gespannter Wissbegierde. Zum Zeichen seiner Kooperationsbereitschaft lächelte er nervös: Sobald er verstanden hätte, würde er etwas sagen.

»Ob sie sich hier im Haus und mit ihrer Arbeit wohl fühlen«, sagte Brunetti, so unsicher wie Alvise, was er mit »Stimmung« meinen könnte.

Alvise hielt tapfer sein Lächeln aufrecht.

»Da Sie viele der Männer schon lange kennen, nahm ich an, Sie könnten mit ihnen gesprochen haben.«

»Worüber, Commissario?«

Brunetti fragte sich, ob jemand, der ganz bei Sinnen war, Alvise jemals etwas anvertrauen oder dessen Meinung einholen würde. »Oder vielleicht ist Ihnen etwas zu Ohren gekommen.« Kaum hatte Brunetti das ausgesprochen, kam ihm der Gedanke, Alvise könnte sich ausgehorcht fühlen, auch wenn das bei Alvise ebenso unwahrscheinlich war, wie dass er den Hintersinn einer Bemerkung erkannt hätte.

Alvise blieb vor Brunettis Tür stehen und fragte: »Sie

meinen, ob es ihnen in der Questura gefällt, Commissario?«

Brunetti lächelte duldsam. »Ja, so kann man es ausdrücken, Alvise.«

»Ich glaube, manchen ja und manchen nein, Commissario«, erklärte er vage und fügte hastig hinzu: »Ich bin einer von denen, denen es hier gefällt. Darauf können Sie sich verlassen.«

Immer noch lächelnd, sagte Brunetti: »Oh, das habe ich nie bezweifelt: Ich war nur neugierig wegen der anderen und hatte gehofft, Sie könnten mir weiterhelfen.«

Alvise lief rot an und fragte unsicher: »Sie möchten bestimmt nicht, dass ich den anderen davon erzähle?«

»Nein, das lassen Sie mal lieber«, antwortete Brunetti; Alvise musste damit gerechnet haben, denn ihm war keine Enttäuschung anzumerken. Erleichtert fragte Brunetti: »Sonst noch etwas, Alvise?«

Der Polizist schob die Hände in die Hosentaschen, senkte den Blick auf seine Schuhe, als stünde die Frage, die er stellen wollte, dort geschrieben, sah zu Brunetti auf und sagte: »Dürfte ich es meiner Frau erzählen, Commissario? Dass Sie mich gefragt haben?«, wobei er das »mich« unbewusst betonte.

Am liebsten hätte Brunetti seinem Untergebenen einen Arm um die Schultern gelegt. »Selbstverständlich, Alvise. Ich weiß doch, dass ich ihr genauso vertrauen kann wie Ihnen.«

»Oh, noch viel mehr, Commissario«, sprach Alvise unfreiwillig ein wahres Wort. Dann eifrig: »Ist es ein großes Paket, Signore?«

Brunetti verstand nicht gleich und wiederholte nur: »Paket?«

»Das Sie erwarten, Signore. Wenn es sehr groß ist, kann ich Riverre helfen, es nach oben zu bringen.«

»Ah, natürlich«, sagte Brunetti und kam sich vor wie der Kapitän der Schulfußballmannschaft, dem ein Erstklässler bei den Sit-ups die Knöchel halten will. »Nein, danke, Alvise«, erklärte er hastig. »Ich weiß Ihr großzügiges Angebot zu schätzen, es ist nur ein Umschlag mit ein paar Akten.«

»Gut, Commissario. Aber ich wollte doch lieber fragen. Falls es was Großes gewesen wäre. Was Schweres, meine ich.«

»Nochmals danke«, sagte Brunetti und klinkte seine Bürotür auf.

Der Anblick eines Computers auf seinem Schreibtisch vertrieb auf der Stelle alle Sorgen um Alvise und dessen Empfindlichkeiten. Er bewegte sich mit einer Mischung aus Beklommenheit und Neugier darauf zu. Man hatte ihm nichts gesagt: Sein Antrag auf einen eigenen Computer lag so lange zurück, dass Brunetti ihn längst vergessen und auch die Hoffnung aufgegeben hatte, dem könnte eines Tages stattgegeben werden.

Auf dem Bildschirm stand die Anweisung: »Bitte ein Passwort wählen und mit ›Enter‹ bestätigen. Zum Speichern des Passwortes drücken Sie zweimal auf ›Enter‹.« Brunetti setzte sich, las die Anweisungen noch einmal und dachte über ihre Bedeutung nach. Signorina Elettra – wer sonst – hatte das arrangiert, hatte zweifellos alles auf den Computer geladen, was er brauchte, und ein System eingerichtet, in das niemand von außen eindringen konnte. Er überlegte: Früher oder später würde er Rat brauchen, dann nämlich, wenn er sich in eine Sackgasse manövriert hätte, aus der er allein nicht mehr herauskäme. Und nur sie, die hinter all dem steckte, würde ihm helfen können. Ob sie sein Passwort brauchte, um ein von ihm angerichtetes Chaos zu entwirren, wusste er nicht.

Und es war ihm egal. Er drückte einmal auf ›Enter‹, und dann erneut.

Der Bildschirm flackerte. Falls er erwartet hatte, dort werde nun eine lobende Bestätigung von ihr erscheinen, so wurde er enttäuscht: Es kamen nur die üblichen Icons der Programme, die ihm zur Verfügung standen. Er öffnete seine E-Mail-Konten, sowohl das amtliche der Questura als auch sein persönliches. Im ersten gab es nichts Interessantes; das zweite war leer. Er tippte Signorina Elettras Büroadresse ein, dann das Wort »*Grazie*« und schickte es ungezeichnet ab. Er wartete auf das Ping, das den Eingang ihrer Antwort anzeigen würde, aber das blieb aus.

Brunetti, stolz darauf, dass er ohne groß nachzudenken ein zweites Mal auf ›Enter‹ gedrückt hatte, fand es verstörend, wie sehr die Technik auf die Gefühle der Menschen übergegriffen hatte: Jemandem sein Passwort anzuvertrauen hatte heutzutage einen ähnlichen Stellenwert, wie jemandem sein Herz zu öffnen. Oder zumindest seinen Briefkasten. Oder sein Bankkonto. Er kannte Paolas Passwort, vergaß es aber ständig und hatte es sich daher in seinem Adressbuch unter »James« notiert: »madamemerle«, ohne Großbuchstaben, alles in einem Wort, eine befremdliche Wahl.

Er ging ins Internet und staunte über die Geschwindigkeit der Verbindung. Bald würde er sich daran gewöhnen, wenig später würde sie ihm langsam erscheinen.

Kaum hatte er den Namen der Krankheit korrekt eingegeben, Madelung, erschien eine Reihe von Artikeln in Italienisch und Englisch. Er klickte auf Ersteres und kämpfte sich die nächsten zwanzig Minuten beharrlich durch Symptome und Therapievorschläge, ohne viel mehr zu erfahren als das, was Rizzardi ihm bereits gesagt hatte. Fast ausschließlich Männer, fast ausschließlich Trinker, fast immer unheilbar; besonders häufiges Auftreten der Krankheit in Italien.

Er machte den Computer aus und widmete sich erst mal Dringenderem: Er rief im Bereitschaftsraum an und bat Pucetti heraufzukommen. Als der junge Mann eintrat, wies Brunetti auf den Stuhl vor seinem Schreibtisch.

Während Pucetti Platz nahm, schielte er immer wieder nach Brunettis Computer. Sein Blick sprang zwischen seinem Vorgesetzten und dem Computer hin und her, als habe er Schwierigkeiten, das eine mit dem anderen in Einklang zu bringen. Brunetti verkniff es sich, grinsend zu bemerken, wenn Pucetti seine Hausaufgaben gemacht und aufgeräumt habe, dürfe er auch mal damit spielen. Stattdessen sagte er: »Berichten Sie.«

Pucetti kam direkt zur Sache. »Der, den wir schon dreimal verhaftet haben – Buffaldi –, hat in den letzten zwei Jahren zwei Kreuzfahrten erster Klasse gemacht. In dem Parkhaus am Piazzale Roma steht sein neues Auto. Und seine Frau hat voriges Jahr eine neue Wohnung gekauft: ausgewiesener Preis 250 000 Euro, tatsächlicher Wert 350 000.« Pucetti zählte das an den Fingern auf, dann legte er die Hände gefaltet in den Schoß, zum Zeichen, dass er nichts mehr zu sagen hatte.

»Wie sind Sie an diese Informationen gelangt?«, fragte Brunetti.

Der Jüngere sah auf seine gefalteten Hände nieder. »Ich habe mich mit seiner finanziellen Situation beschäftigt.«

»Das habe ich mir schon gedacht, Pucetti«, sagte Brunetti ruhig. »Aber wie haben Sie Zugang zu diesen Informationen bekommen?«

»Ganz allein, Signore«, sagte Pucetti mit fester Stimme. »Sie hat mir nicht geholfen. Kein bisschen.«

Brunetti seufzte auf. Wenn ein erfahrener Safeknacker seinem Schüler die Fingerkuppen feilt, um sie empfindlicher zu machen, oder ihm beibringt, wie man ein Schloss aufbringt – wer ist dann schuld, wenn der Safe aufgebrochen wird? Oder wenn er, Brunetti, mit seinem Einbrecherwerkzeug eine Tür aufmachte – trug dann der Dieb, der ihm das beigebracht hatte, womöglich eine Teilschuld? Und da Brunetti diese Kunst an Vianello weitergegeben hatte – wie verteilte sich die Schuld, wenn es um die Türen ging, die der Ispettore knackte?

»Es ist bewundernswert, wie Sie Signorina Elettra in Schutz nehmen, Pucetti, und Ihr Geschick ist der beste Beweis, bei wem Sie in die Lehre gegangen sind.« Er verkniff sich ein Lächeln. »Aber ich hatte mit meiner Frage etwas Praktischeres im Sinn: Was haben Sie geknackt, und welche Informationen haben Sie gestohlen?«

Brunetti beobachtete, wie Pucetti gegen seinen Stolz und seine Verwirrung ob des scheinbaren Missfallens seines Vorgesetzten ankämpfte. »Seine Kreditkartenunterlagen, Commissario.«

»Und die Wohnung?«, hakte Brunetti nach, da man Wohnungen schließlich nicht mit der Kreditkarte zu bezahlen pflegte.

»Ich habe den Notar ermittelt, der den Kauf abgewickelt hat.«

Brunetti verkniff sich jede ironische Anmerkung.

»Und ich kenne jemanden, der in der Kanzlei arbeitet«, fügte Pucetti hinzu.

»Wer ist das?«

»Das möchte ich lieber nicht sagen«, antwortete Pucetti mit gesenktem Blick.

»Bewundernswerte Bescheidenheit«, sagte Brunetti. »Und diese Person hat den Preisunterschied bestätigt?«

Pucetti blickte auf. »Nicht den genauen Betrag, Signore, aber sie sagte, als der Kauf mit dem Notar besprochen wurde, hätte niemand ein Geheimnis daraus gemacht, dass der wahre Wert mindestens hunderttausend Euro über dem Kaufwert liege.«

»Verstehe.« Brunetti ließ ein wenig Zeit verstreichen; Pucetti schielte zweimal zu dem Computer hinüber, als wolle er sich das Modell und die Maße merken. »Und wohin führt uns das?«

Pucetti war kaum zu bremsen. »Reicht das nicht, um die Ermittlungen wiederaufzunehmen? Mit seiner Arbeit verdient er etwa fünfzehnhundert Euro im Monat. Wo also hat er das viele Geld her? Er wurde gefilmt, wie er Koffer geöffnet und Sachen herausgenommen hat: Schmuck, Kameras, Computer.« Er brach ab, als sei nicht er es, der Fragen zu beantworten habe.

»Die Videoaufzeichnungen wurden im letzten Prozess nicht als Beweismaterial zugelassen, das wissen Sie, Pucetti, und noch leben wir nicht in einem Land, wo der bloße Besitz von großen Mengen Geld als Beweis dafür gilt, dass es gestohlen wurde.« Brunetti sprach so gelassen wie der Verteidiger, der die Gepäckabfertiger beim letzten Mal vor Gericht vertreten hatte. »Womöglich hat er im Lotto gewonnen oder seine Frau. Womöglich hat er das Geld von irgendwelchen Angehörigen geliehen. Womöglich hat er es auf der Straße gefunden.«

»Aber Sie wissen doch, dass dem nicht so ist«, wandte Pucetti ein. »Sie wissen, was er macht, was diese ganze Bande macht.«

»Was ich weiß und was ein Kläger vor Gericht beweisen kann, sind zwei ganz verschiedene Dinge, Pucetti«, sagte Brunetti mit leichtem Tadel in der Stimme. »Und ich rate Ihnen dringend, das nicht außer Acht zu lassen.« Er sah den jungen Mann zum Protest anheben und hob die Stimme. »Des Weiteren sollten Sie so schnell und so gründlich wie möglich alle Spuren verwischen, die Sie bei Ihren Recherchen zu Signor Buffaldis Finanzen hinterlassen haben könnten.« Er kam dem Einwand Pucettis zuvor: »Wenn es Ihnen gelungen ist, da hineinzukommen, könnte es jemand anderem gelingen, Ihnen das nachzuweisen, und damit wäre Signor Buffaldi für alle Zeiten unangreifbar.«

»Er ist auch jetzt schon ziemlich unangreifbar, nicht wahr?«, sagte Pucetti mit kaum verhohlenem Zorn.

Brunetti sprang darauf an. Ein junger Hitzkopf, der sich einbildete, er könne die Welt verändern: Genau so einer war Brunetti vor ein paar Jahrzehnten selbst gewesen, frisch in den Polizeidienst aufgenommen und versessen darauf, für Gerechtigkeit zu sorgen. Die Erinnerung holte Brunetti auf den Teppich zurück. »Pucetti«, sagte er, »wir haben uns an das Rechtssystem zu halten, wie es nun einmal ist. Es zu kritisieren ist ebenso sinnlos, wie es zu idealisieren. Sie wissen so gut wie ich, wie eingeschränkt unsere Befugnisse sind.«

Da konnte Pucetti nicht mehr an sich halten: »Aber was ist mit ihr? Wenn sie etwas ermittelt, verwenden Sie das doch.« Wieder spürte Brunetti den Eifer des jungen Polizisten.

»Pucetti, ich habe Sie beobachtet, als ich Ihnen riet, Ihre Spuren zu verwischen: Sie wissen, dass Sie welche hinterlassen haben. Wenn Sie die nicht löschen können, bitten Sie Signorina Elettra, Ihnen dabei zu helfen. Ich möchte nicht, dass dieser Fall noch komplizierter wird, als er ohnehin schon ist.«

»Aber wenn Sie das nicht verwenden …«, fuhr Pucetti auf.

Brunetti brachte ihn mit einem eindringlichen Blick zum Schweigen. »Die Informationen liegen mir vor, Pucetti. Und zwar schon lange, nämlich seit sie die Kreuzfahrten gebucht und das Auto und das Haus gekauft haben. Also gehen Sie jetzt, und verwischen Sie Ihre Spuren, und kommen Sie nie mehr auf die Idee, so etwas ohne mein Wissen und ohne meine Erlaubnis zu unternehmen.«

»Wo ist denn der Unterschied zwischen meinen und ihren Informationen?«, fragte Pucetti wissbegierig, ohne jeden Sarkasmus.

Wie sehr konnte man ihm vertrauen? Wie konnte man ihn davon abhalten, sie alle in juristische Schwierigkeiten zu bringen, und ihn gleichwohl ermutigen, auch mal ein Risiko einzugehen? »Im Gegensatz zu Ihnen hinterlässt sie keine Spuren.«

Brunetti griff nach dem Telefon und wählte Signorina Elettras Nummer. Als sie abnahm, sagte er: »Signorina, ich gehe jetzt einen Kaffee trinken. Könnten Sie so lange in mein Büro kommen? Pucetti hat etwas an seinen Recherchen zu korrigieren, und vielleicht können Sie ihm dabei helfen.« Er hörte ihr zu und sagte dann: »Natürlich warte ich, bis Sie hier sind.« Er legte auf, stellte sich ans Fenster und wartete.

4

Brunetti, der an diesem Vormittag schon drei Tassen Kaffee getrunken hatte, verzichtete auf einen weiteren und ging nach unten ins Labor, um sich bei Bocchese nach Neuigkeiten über den Mann zu erkundigen, den man am Morgen gefunden hatte. Beim Eintreten sah er im Hintergrund zwei Techniker an einem langen Tisch; der eine trug Plastikhandschuhe und nahm nacheinander Gegenstände aus einer Pappschachtel, die der andere offenbar auf einer Liste abhakte. Der mit den Handschuhen machte plötzlich einen Schritt nach links, so dass Brunetti die Sicht auf die Gegenstände versperrt wurde.

Bocchese saß am Schreibtisch in der Ecke über ein Blatt Papier gebeugt und schien eine Zeichnung anzufertigen. Der Laborchef hob nicht den Kopf, als Schritte sich näherten; Brunetti bemerkte, dass die kahle Stelle auf Boccheses Kopf in den letzten Monaten größer geworden war. In seinem unförmigen weißen Kittel hätte man Bocchese ohne weiteres für einen Mönch in einem mittelalterlichen Kloster halten können. Brunetti ließ diesen Gedanken fallen, als er die Zeichnung sah: keine verschlungene Initiale in einem Bibeltext, sondern eine schmale Klinge.

»Ist das die Tatwaffe?«, fragte Brunetti.

Bocchese hielt den Bleistift schräg und schraffierte die Unterseite der Klinge. »Wie Rizzardi sie in seinem Bericht beschreibt«, sagte er und hielt das Blatt hoch, so dass er und Brunetti es betrachten konnten. »Knapp zwanzig Zentimeter lang, zum Griff hin vier Zentimeter breit.« Und mit ruppiger Expertise: »Also ein normales Messer, keins, das er zusammenklappen und in die Tasche stecken konnte. In der Küche gefunden, würde ich sagen.«

»Die Spitze?«, fragte Brunetti.

»Sehr schmal. Aber das ist ja wohl bei den meisten Messern so. Durchschnittliche Breite etwa zwei Zentimeter.« Er klopfte mit dem Radiergummi am Ende des Bleistifts auf die Zeichnung. Dann fügte er ein paar Striche hinzu, so dass die dolchartige Spitze deutlicher hervortrat. »Dem Bericht zufolge weist das Gewebe am Ende der Einstiche Kratzspuren auf – wahrscheinlich beim Hinausziehen der Klinge entstanden«, erklärte er. »Die Einstiche waren nach oben hin geweitet, aber das ist bei Messerverletzungen immer so.« Wieder klopfte er mit dem Radiergummi auf die Zeichnung. »Nach so einem Ding suchen wir.«

»Sie haben keinen Griff gezeichnet«, sagte Brunetti.

»Natürlich nicht«, sagte Bocchese und legte die Zeichnung auf den Tisch. »Dem Bericht ist nicht zu entnehmen, was für eine Form der gehabt haben könnte.«

»Macht es was, das nicht zu wissen?«, fragte Brunetti.

»Sie meinen, wenn man bestimmen will, um was für ein Messer es sich handelt?«

»Ja. Das meinte ich.«

Bocchese legte eine Hand auf das Papier, neben das breite Ende der Klinge, als wolle er den nicht vorhandenen Griff packen. »Länge mindestens zehn Zentimeter«, sagte er, »wie die meisten Griffe.« Dann überraschte er Brunetti mit dem überflüssigen Zusatz: »Sogar die von Kartoffelschälern.«

Er zog die Hand weg und sah zum ersten Mal zu Brunetti

auf. »Zehn Zentimeter sind das Mindeste, wenn es gut in der Hand liegen soll. Warum fragen Sie?«

»Weil so ein sperriges Ding – die Klinge zwanzig, der Griff zehn Zentimeter lang – doch schwer zu transportieren sein dürfte.«

»In eine Zeitung eingeschlagen, in einer Computertasche, in einer Aktentasche; es würde sogar in einen Schnellhefter passen, wenn man es schräg hineinlegt«, sagte Bocchese. »Spielt das eine Rolle?«

»Man läuft nicht grundlos mit einem so großen Messer herum. Und man muss sich überlegen, wie man es unauffällig transportieren kann.«

»Und das deutet auf Vorsatz hin?«

»Offenbar. Schließlich wurde er nicht in der Küche oder in der Werkstatt oder sonstwo getötet, wo zufällig ein Messer herumliegen könnte, oder?«

Bocchese zuckte die Schultern.

»Was soll das heißen?«, fragte Brunetti, lehnte sich gegen den Tisch und verschränkte die Arme.

»Wir wissen nicht, wo es passiert ist. Laut Ambulanzbericht wurde er im Rio del Malpaga gefunden, gleich hinter dem Giustinian-Krankenhaus. Rizzardi sagt, er hatte Wasser in der Lunge, also könnte man ihn überall getötet und in einen Kanal geworfen haben, von wo er dann dorthin getrieben ist.« Bocchese entdeckte eine unsichtbare Unvollkommenheit in der Zeichnung, nahm den Bleistift und trug von der Mitte der Klinge aufwärts noch eine dünne Linie ein.

»Gar nicht so einfach«, sagte Brunetti.

»Was?«

»Eine Leiche in einen Kanal zu werfen.«

»Von einem Boot aus könnte es einfacher sein«, meinte Bocchese.

»Dann hat man Blutspuren im Boot.«

»Fische bluten auch.«

»Und Fischerboote haben Motoren, und nach acht Uhr abends sind keine Motoren mehr erlaubt.«

»Für Taxis schon«, erklärte Bocchese.

»Kein Mensch nimmt ein Taxi, um eine Leiche ins Wasser zu werfen«, knurrte Brunetti, der mit Boccheses Art vertraut war.

Umgehend kam die Replik: »Dann eben ein Boot ohne Motor.«

»Oder eine Wassertür unten am Haus.«

»Wenn man keine neugierigen Nachbarn hat.«

»Ein stiller Kanal, ein Haus ohne Nachbarn, ob neugierig oder nicht«, sagte Brunetti und begann den Stadtplan in seinem Kopf abzusuchen. »Rizzardi meint, es war nach Mitternacht.«

»Vorsichtiger Mann, der Dottore.«

»Gefunden um sechs«, sagte Brunetti.

»›Nach Mitternacht‹«, sagte Bocchese. »Also jedenfalls nicht Punkt Mitternacht.«

»Wo genau hinter dem Giustinian wurde er gefunden?«, erkundigte sich Brunetti nach der ersten Koordinate auf seinem Stadtplan.

»Am Ende der Calle Dogolin.«

Brunetti brummte bestätigend, starrte die Wand hinter Bocchese an und machte sich auf einen unmöglichen Rundweg, sprang, ausgehend von diesem einen Punkt, über Kanäle von einer Sackgasse in die andere und versuchte, allerdings vergeblich, sich die Gebäude ins Gedächtnis zu rufen, die über Türen und Treppen direkt hinunter ins Wasser verfügten.

Schließlich sagte Bocchese: »Fragen Sie lieber Foa nach den Flutzeiten. Der kennt sich aus.«

Daran hatte Brunetti auch schon gedacht. »Ja. Das werde ich tun.« Dann fragte er: »Kann ich mir seine Sachen ansehen?«

»Natürlich. Die müssten inzwischen trocken sein«, sagte Bocchese. Er ging ihm voraus an dem Tisch vorbei, an dem die zwei Männer immer noch die Gegenstände aus der Schachtel katalogisierten, und öffnete linker Hand die Tür zu einem Lagerraum. Darin schlugen Brunetti Hitze und ein unangenehmer, penetranter Geruch entgegen: eine Mischung aus Moder und fauligem Unrat.

An einem Wäscheständer hingen ordentlich gefaltet ein Hemd, eine Hose, Unterwäsche und ein Paar Strümpfe. Brunetti bückte sich darüber, sah aber nichts Besonderes. Darunter stand ein einzelner Schuh: braun, etwa Brunettis Größe. Auf einem kleinen Tisch lagen ein goldener Ehering, eine Uhr mit Stretcharmband aus Metall, ein paar Münzen und ein Schlüsselbund.

Brunetti nahm die Schlüssel, ohne groß zu fragen, ob er sie anfassen durfte. Vier davon sahen aus wie gewöhnliche Türschlüssel, ein weiterer war wesentlich kleiner, und auf dem letzten prangte das unverkennbare vw, das der Hersteller auf alle seine Schlüssel prägen ließ. »Er besitzt also ein Auto«, sagte Brunetti.

»Wie etwa vierzig Millionen andere Leute«, gab Bocchese zurück.

»Dann sage ich zu den Hausschlüsseln und dem für den Briefkasten lieber nichts«, meinte Brunetti grinsend.

»Vier Häuser?«

»Für mein Haus braucht man zwei«, sagte Brunetti. »Wie für die meisten Häuser in der Stadt. Und noch mal zwei, um in mein Büro zu kommen.«

»Ich weiß«, sagte Bocchese. »Ich will Sie nur provozieren.«

»Das habe ich bemerkt«, sagte Brunetti. »Und der kleinere? Sehe ich das richtig, dass der für einen Briefkasten ist?«

»Kann sein«, meinte Bocchese in einem Ton, der andeutete, dass es auch nicht so sein könnte.

»Was käme denn noch in Frage?«

»Ein kleiner Safe, nichts Kompliziertes. Eine Werkzeugkiste, ein Gartenschuppen, ein Garten- oder Hoftor und bestimmt noch manches andere, was mir jetzt nicht einfällt.«

»Irgendwas in den Ring graviert?«

»Nein«, sagte Bocchese. »Fabrikware – wird überall verkauft.«

»Die Kleidung?«

»Das meiste in China hergestellt – wo auch sonst heutzutage? –, aber der Schuh ist ein italienisches Fabrikat: Fratelli Moretti.«

»Seltsame Kombination: Kleidung aus China und kostspielige Schuhe.«

»Jemand könnte sie ihm geschenkt haben«, schlug Bocchese vor.

»Hat Ihnen schon mal jemand Schuhe geschenkt?«

»Heißt das, ich soll aufhören, Sie zu provozieren?«, fragte Bocchese.

»Das wäre hilfreich.«

»Na schön. Darf ich laut denken?«

»Auch das wäre hilfreich.«

»Ich habe mir seine Kleidung genau angesehen: kein Hinweis darauf, dass er in einem Boot war. Die Kleider sind sauber: kein Öl, kein Teer, nichts, was einen schmutzig macht, wenn man in ein Boot gelegt wird. In einem Boot macht man sich immer schmutzig, auch wenn es keinen Motor hat.«

»Und?«

»Ich nehme an, er wurde an Land erstochen, entweder auf der Straße oder in einem Haus, und danach ins Wasser geworfen. Der oder die Mörder hielten ihn für tot oder waren jedenfalls überzeugt, dass er keine Überlebenschance hatte, und der Kanal kam ihnen gerade recht, ihn loszuwerden. Vielleicht, um Zeit zu gewinnen und aus der Stadt zu verschwinden, oder aber damit er vom Tatort wegdriftete.«

Brunetti nickte. Daran hatte er auch gedacht. »In einem Boot hätte man ihn liegen sehen.«

»Wir überprüfen die Sachen noch auf Faserspuren, um festzustellen, ob er mit irgendetwas zugedeckt war. Aber das war wohl nicht der Fall«, sagte Bocchese und wies auf das schlichte weiße Baumwollhemd, das keinerlei Besonderheiten aufwies.

»Kein Jackett?«, fragte Brunetti.

»Nein. Er hatte nur Hemd und Hose an«, sagte Bocchese. »Eigentlich müsste er ein Jackett oder einen Pullover getragen haben. Gestern Nacht war es zu kalt, um draußen so rumzulaufen.«

»Er könnte auch bei sich zu Hause getötet worden sein«, meinte Brunetti. Jetzt war er an der Reihe, den anderen zu provozieren: Er wollte, dass Bocchese ihm zustimmte, bevor er darauf hinwies, dass kaum jemand im eigenen Haus die Hausschlüssel in der Tasche trug.

»Schon«, sagte Bocchese, mit den Gedanken woanders.

»Aber?«

»Rizzardi schreibt, der Tote habe Madelung. Er hat mir die Fotos noch nicht geschickt, aber ich weiß, wie man dann aussieht. Möglicherweise hat ihn jemand in der Stadt gesehen. Oder er war zur Behandlung im Krankenhaus.«

»Kann sein«, stimmte Brunetti zu, bezweifelte aber, dass jemand das zerschlagene Gesicht auf dem Foto identifizieren könnte. Da Bocchese so kooperativ war, beschloss er, nicht noch einmal auf die Schlüssel einzugehen.

»Sonst noch was?«, fragte Brunetti.

»Nein. Wenn ich was finde oder mir noch was einfällt, sage ich Ihnen Bescheid, in Ordnung?«

»Danke«, sagte Brunetti. Bocchese hatte die Krankheit des Mannes erwähnt und schien sicher, dass jeder, der ihn einmal gesehen hatte, sich an ihn erinnern würde. Er fragte sich, ob das auch auf Schuhverkäufer zutraf. »Schicken Sie mir eine Mail, mit allen Angaben zu dem Schuh?«

5

Als Brunetti in sein Büro zurückkam, saß Signorina Elettra nach wie vor an seinem Computer. Sie blickte lächelnd auf. »Ich bin fast fertig, Commissario. Wo ich schon mal hier war, wollte ich gleich noch ein paar Sachen für Sie downloaden, dann kann's losgehen.«

»Darf ich fragen, wie es Ihnen gelungen ist, dieses Wunder der Technik herbeizuschaffen, Signorina?«, fragte er und beugte sich, beide Hände auf eine Stuhllehne gestützt, zu ihr nach vorn.

Sie bedeutete ihm mit erhobenem Finger zu warten und wandte sich wieder den Tasten zu. Heute trug sie Grün, ein leichtes Wollkleid, das er noch nie an ihr gesehen hatte. Grün trug sie selten: vielleicht eine Hommage an den Frühling; auch im Kirchenritus galt Grün als Farbe der Hoffnung. Er unterdrückte jeden Kommentar, fasziniert von der alles andere ausschließenden Konzentration, mit der sie arbeitete. Er hätte ebenso gut ganz woanders sein können, so wenig Beachtung schenkte sie ihm. Was fesselte sie so? Das Programm? Oder die Arbeit mit dem neuen Computer? Und wie war es möglich, dass etwas vom lebendigen Chaos des Lebens so Grundverschiedenes eine Frau wie sie derart in Bann schlagen konnte? Brunetti fand an Computern nichts Reizvolles: Ja, er benutzte sie und war froh, dass er damit umgehen konnte, aber viel lieber schickte er seine grün gewandete Jägerin auf die Pirsch nach einem Wild, das sich seinen begrenzten Fähigkeiten allzu oft entzog. Er brachte einfach keine Begeisterung dafür auf, hatte nicht das Bedürfnis, stundenlang vor dem Bildschirm zu sitzen und herauszufinden, wozu der Computer alles dienen könnte.

Brunetti war nicht weltfremd, er wusste durchaus, wie töricht sein Vorurteil war und dass er sich damit bei seiner Arbeit manchmal selbst ein Bein stellte. Wenn er zum Beispiel an die Ermittlungen im Zuge der Protestaktionen gegen die europäischen Milchquoten dachte, als im vorigen Herbst die Autostrada bei Mestre zwei Tage lang vollständig blockiert worden war. Da Signorina Elettra zu der Zeit Urlaub hatte, musste er zwei Tage auf die Information warten, dass jene Autos, die wegen der Barrikaden der Bauern festsaßen, von Kleinkriminellen aus Vicenza in Brand gesteckt wurden, Straßenstreunern, die wahrscheinlich noch nie im Leben eine Kuh gesehen hatten. Und erst nach Signorina Elettras Rückkehr erfuhr er, dass jene Gauner mit dem Chef des örtlichen Bauernverbandes verwandt waren, der seinerseits den Protest organisiert hatte.

Seine Gedanken schweiften zu diesen Demonstrationen zurück, die er auf Geheiß seines Vorgesetzten, Vice-Questore Patta, observiert hatte – für den Fall, dass die Gewalt sich bis zur Brücke nach Venedig und damit in ihr Zuständigkeitsgebiet ausbreitete. Er erinnerte sich an Plexiglasschilde, Gesichtsmasken und glänzend schwarze Stiefel der behelmten Carabinieri, die ihm wie riesige Käfer vorgekommen waren. Er sah es noch vor sich, wie sie Schild an Schild voranmarschierten und die protestierenden Bauern erbarmungslos zurückdrängten.

Und mit einem Mal tauchte der Mann mit dem eigenartigen Hals in Brunettis Gedächtnis auf. Da hatte er ihn gesehen, auf der anderen Seite der blockierten Straße, in einer Gruppe von Leuten, die um ihre Autos herumstanden und die Bauern und Polizisten jenseits der Straßensperre beobachteten. Brunetti erinnerte sich an den Stiernacken, das bärtige Gesicht und die hellen Augen, die mit einer Mischung aus Wut und Entsetzen die feindlichen Reihen betrachteten – doch dann hatten die Gewalt und der Vandalismus, worein die Protestaktion ausartete, seine ganze Aufmerksamkeit in Anspruch genommen.

»… vielen Wohltaten, die uns dank eines spendablen Europa zuteil werden«, hörte er Signorina Elettra sagen und konzentrierte sich wieder auf sie.

»Was genau meinen Sie, Signorina?«, fragte er.

»Die Interpolgelder zum Kampf gegen die Fälschung von Produkten, die in einem der europäischen Mitgliedsstaaten Markenschutz geniessen«, sagte sie mit einem angriffslustigen Lächeln. Brunetti erschauderte bei dem Gedanken an die zahllosen Markennamen, mit denen gewisse Länder nur so um sich warfen.

»Ich dachte, darum kümmern sich die vom NAS«, sagte er.

»Tun sie auch, aber nur in Italien.« Sie strich zärtlich über die Tastatur, wischte ein verirrtes Stäubchen vom Monitor, sah zu ihm auf und fuhr munter fort: »Anscheinend enthält der ministerielle Erlass ganz am Ende eine klitzekleine Klausel, wonach Behörden vor Ort zusätzliche Fördermittel beantragen können.«

Brunetti, der sich nichts darunter vorstellen konnte, fragte nach: »Fördermittel wofür, Signorina?«

»Zur Unterstützung regionaler Maßnahmen mit dem Ziel…«, fing sie an, brach seufzend ab und hob eine Hand.

Mit der anderen koste sie die Tasten wie eine Katzenmutter ihre Neugeborenen. Dann sah sie auf den Bildschirm und tippte schweigend eine Anfrage ein.

Brunetti ging um den Schreibtisch herum und setzte sich ihr gegenüber.

Sie warf ihm einen kurzen Blick zu, sah dann wieder auf den Bildschirm und las: »…mit dem Ziel, sicherzustellen, dass alle Anstrengungen von Seiten des zuständigen Ministeriums zur Aufklärung und Vereitelung des Fälschens von Markenartikeln durch zusätzliche Fördermittel unterstützt werden gemäß Verordnung soundso, Unterabschnitt soundso, nicht zu vergessen Ministerialerlass soundso vom 23. Februar 2001.«

»Und was heißt dieses Kauderwelsch im Klartext?«, wollte Brunetti wissen.

»Ein neuer Futtertrog, an dem sich die Cleveren mästen, Signore«, erklärte sie schlicht und starrte weiter fasziniert den Bildschirm an. Als Brunetti nicht reagierte, fuhr sie fort: »Im Wesentlichen bedeutet das, wir können das Geld verwenden, wie es uns beliebt, solange wir die Absicht bekunden, etwas gegen Produktfälschungen zu unternehmen.«

»Damit hätte also die betreffende Behörde ziemlich freie Hand.«

»Die sind nicht dumm, diese Männer in Brüssel«, bemerkte sie.

»Das heißt?«

»Es handelt sich um ein weiteres Geschenk an Bürokraten, die genauso erfinderisch sind wie sie selbst.« Und nach einer Kunstpause: »Oder die über die Ausdauer verfügen, sich

durch die vierhundertzwölf Seiten dieses Erlasses hindurch-
zukämpfen.«

»Oder einen Wink bekommen, wo nachzusehen sich als
besonders lohnend erweisen könnte?«, fragte Brunetti.

»Vernehme ich da die Stimme eines Euro-Skeptikers,
Signore?«

»In der Tat.«

»Aha«, flüsterte sie; und als könne sie sich das nicht
verkneifen: »Aber das hindert Sie nicht, den Computer zu
behalten?«

»Wo ein Trog steht, ist gut Grunzen«, gab Brunetti zurück.

Sie sah ihn strahlend an. »Ich glaube, eine so treffende Erklärung für das Versagen unseres politischen Systems habe
ich selten gehört.«

Brunetti schwieg versonnen: War es nicht wunderbar,
wie sie sich auch ohne große Worte verstanden? Signorina
Elettra tippte noch etwas ein und wollte dann aufstehen.

Brunetti hob eine Hand. »Erinnern Sie sich an die Sche-
rereien voriges Jahr auf der Autostrada? Mit den Bauern?«

»Wegen der Milchquoten?«

»Ja.«

»Was ist damit, Signore?«

»Heute früh wurde ein Mann getötet. Ich habe eben mit
Rizzardi gesprochen.« Sie nickte, die Nachricht von dem
Mord hatte in der Questura bereits die Runde gemacht. »Als
ich ihn mir angesehen habe – den Mann, nicht Rizzardi –,
kam er mir bekannt vor, und dann fiel mir ein, dass ich ihn
damals auf der Autostrada schon mal gesehen hatte.«

»Gehörte er zu den Demonstranten?«

»Nein. Er stand auf der anderen Straßenseite; sein Auto war eins von denen, die wegen der Blockade im Stau standen. Dort habe ich ihn gesehen, bei den Leuten, die nicht weiterfahren konnten.«

»Und an den können Sie sich erinnern?«

»Wenn Sie Rizzardis Bericht lesen, werden Sie verstehen, warum«, sagte Brunetti.

»Was soll ich für Sie tun, Signore?«

»Die Carabinieri in Mestre anrufen. Lovello war der Einsatzleiter. Fragen Sie, ob es Fotos oder vielleicht ein Video gibt.« Es waren gegen Polizei und Carabinieri so viele Anzeigen wegen übermäßigem Gewalteinsatz erstattet worden, dass manche Einsatzleiter inzwischen darauf bestanden, potentiell gewalttätige Aktionen zu filmen.

»Und fragen Sie bei Televeneto nach«, sagte er. »Die waren mit einem Kamerateam vor Ort, also müssten sie was haben: Versuchen Sie eine Kopie zu bekommen.«

»War die RAI auch da?«

»Das weiß ich nicht mehr. Aber die Anwohner werden sich erinnern, wenn die vom Staatsfernsehen da gewesen sind. Falls ja, versuchen Sie die dazu zu bewegen, uns ebenfalls Kopien von allem zu schicken, was sie gedreht haben.«

»Wie sieht dieser Mann denn aus?«

»Groß, auffällig massige Schultern und Hals. Bart: hatte er damals auch schon. Dunkles Haar, helle Augen.«

Sie nickte. »Danke, Signore. Ich leite das weiter, dann können sie die Aufnahmen schon mal durchsehen und uns die relevanten schicken.«

»Gut, gut«, sagte Brunetti.

»Er wurde erstochen?«, fragte sie.

»Ja. Aber Rizzardi sagt, er hatte Wasser in der Lunge. Man hat ihn in einem Kanal gefunden.«

»Ist er ertrunken?«

»Nein, er ist an den Messerstichen gestorben.«

»Wie alt war er?«

»In den Vierzigern.«

»Armer Mann«, sagte sie, und Brunetti konnte ihr nur zustimmen.

6

Damit blieb noch Patta. Wenn er zu seinem Vorgesetzten musste, überkam Brunetti oft ein Gefühl der Entkräftung; es ging ihm wie einem Schwimmer, der sich bei seinen Bahnen verzählt hat und plötzlich erkennt, dass er in immer kälter werdendem Wasser noch zehn weitere zu absolvieren hat. Und wie jeder Sportler kannte Brunetti die Erfolgsbilanz seines Gegners. Patta kam schnell vom Start und hatte, solange er damit durchkam, keine Skrupel, seinen Konkurrenten den Weg zu versperren; andererseits mangelte es ihm an Durchhaltevermögen, so dass er, wenn sich der Wettkampf länger hinzog, meist ins Hintertreffen geriet. Allerdings musste man, ganz gleich wie weit er bei einem Rennen zurückfiel, immer damit rechnen, dass er zur Siegerehrung wieder auftauchte und sich von nichts und niemand daran hindern ließ, aufs Treppchen zu steigen, sobald es zur Verteilung der Medaillen kam.

Aber das zu wissen half auch nicht viel, wenn man es mit Vice-Questore Giuseppe Patta zu tun hatte, Siziliens bestem Beitrag zur Stärkung der Ordnungskräfte, einem Mann, der ungeachtet der Regel, wonach hohe Polizeibeamte alle paar Jahre versetzt wurden, schon seit mehr als einem Jahrzehnt seine Stellung in Venedig behauptete. Die Zähigkeit, mit der Patta an seinem Posten festhielt, hatte Brunetti verwundert, bis er erkannte, dass nur solche Polizisten systematisch versetzt wurden, die das Verbrechen wirksam bekämpften, insbesondere, wenn sie im Kampf gegen die Mafia erfolgreich waren. Wer es fertigbrachte, die ranghöchsten Mitglieder eines Mafiaklans in irgendeiner größeren Stadt festzunehmen, wurde unausweichlich in die tiefste Provinz versetzt, nach Molise oder Sardinien, wo ihm fortan nur Viehdiebstahl und Trunkenheitsdelikte blieben.

Vielleicht war das die Erklärung für Pattas langes berufliches Überleben in Venedig, denn gegen den auch hier unübersehbar zunehmenden Einfluss der Mafia unternahm er so gut wie nichts. Bürgermeister kamen und gingen, und ein jeder versprach, den Übeln abzuhelfen, die seine Vorgänger ignoriert oder gefördert hatten. Die Stadt versank im Schmutz, Hotels entstanden an jeder Ecke, die Mieten stiegen, jedes freie Stückchen Bürgersteig wurde an Leute vermietet, die an ihrem Stand irgendwelchen nutzlosen Schrott verkaufen wollten, aber das änderte nichts daran, dass die Flut der Versprechungen, all diese Übel zu beseitigen, von Tag zu Tag immer höher anschwoll. In sicherer Entfernung weit hinter den sich überschlagenden Wogen, residierte in aller Ruhe Vice-Questore Giuseppe Patta, Freund aller Politiker, die ihm je über den Weg gelaufen waren, und Inbegriff der städtischen Ordnungsmacht.

Doch immerhin, dachte Brunetti, tolerant und maßvoll, wie er war, und mittlerweile eher die Tugenden als die Fehler seines Vorgesetzten zählend, immerhin stand Patta, soweit man das beurteilen konnte, nicht im Sold irgendeiner kriminellen Vereinigung, hatte niemals die Misshandlung eines Gefangenen angeordnet, ja schenkte gelegentlich sogar unumstößlichen Beweisen für die Schuld eines wohlhabenden Verdächtigen Glauben. Als Richter wäre Patta gewiss ein umsichtiger Mann gewesen, immer bereit, die gesellschaftliche Stellung des Angeklagten zu berücksichtigen. Im großen Ganzen, dachte Brunetti oft, waren das keine fatalen Schwächen.

Signorina Elettra saß an ihrem Schreibtisch im Vorzimmer ihres Chefs und begrüßte Brunetti mit einem Lächeln. »Ich finde, ich sollte dem Vice-Questore Bericht erstatten«, sagte er.

»Er wird froh über die Ablenkung sein«, sagte sie ernst. »Sein jüngerer Sohn hat eben angerufen und erzählt, dass er durchs Examen gefallen ist.«

»Der weniger Kluge?«, fragte Brunetti, die Dummheit des Jungen nicht beim Namen nennend.

»Ach, Commissario, wie soll ich die unterscheiden? Verlangen Sie nichts Unmögliches von mir«, erwiderte Signorina Elettra spröde und ohne eine Miene zu verziehen.

Vor einigen Jahren war Roberto Patta mehrmals mit dem Gesetz in Konflikt geraten, allein die Stellung seines Vaters hatte ihn vor einer Festnahme bewahrt. Dann aber machte ein Autounfall zu vorgerückter Stunde, bei dem seine Verlobte ums Leben kam, seiner Karriere ein Ende; allein dem väterlichen Posten war es zu verdanken, dass er erst einen Tag nach dem Unfall auf Alkohol und Drogen getestet wurde, beides mit negativem Ergebnis. Der Tod der Freundin ging an dem Jungen nicht spurlos vorüber, denn er gab – Gerüchten zufolge, die in der Questura umgingen – Alkohol und Drogen auf und widmete seine begrenzten Fähigkeiten fortan dem Ziel, sein Studium abzuschließen und Steuerberater zu werden.

Ein aussichtsloses Unterfangen. Brunetti wusste es; auch Patta wusste es wohl, aber der Junge meldete sich beharrlich

Jahr für Jahr zu den Prüfungen an, und dass er niemals eine bestand, bestärkte ihn nur in seiner Entschlossenheit, es noch einmal zu versuchen, ohne zu bedenken, dass die Staatsexamen – sollte er durch göttlichen Beistand doch noch die Vorprüfungen schaffen – eine noch größere Hürde sein würden. Einige Polizisten, deren Sprösslinge dieselben Vorlesungen besuchten wie Roberto, erzählten fleißig von seinen hartnäckigen Bemühungen, und im Lauf der Jahre wandelte sich sein Bild in der Questura vom verzogenen Kind eines gleichgültigen Vaters zum fleißigen, wenngleich etwas beschränkten Sohn eines aufopfernden Familienoberhaupts. Das Rätselhafte daran – für Brunetti war Vaterschaft immer etwas Rätselhaftes – war Pattas Glaube an seine beiden Söhne und sein Wunsch, sie möchten es im Leben aus eigener Kraft zu etwas bringen, ein Wunsch, der angesichts des Unfalls nur noch erstarkt war.

»Wann haben Sie mit ihm gesprochen?«, fragte Brunetti.

»Vor einer Stunde«, antwortete sie und fuhr dann in anderem Tonfall fort: »Sein Vater führte gerade ein Gespräch auf seinem *telefonino*, also hat Roberto mich angerufen und gebeten, ihn durchzustellen.« Sie schürzte resigniert die Lippen. »Er hat es erzählt. Er hat geweint.«

»Wie alt ist er jetzt?«

»Sechsundzwanzig, glaube ich.«

»Gott, er schafft das nie, oder?«

Sie wies den Gedanken weit von sich. »Nicht ohne dass jemand bei der Prüfungskommission nachhilft.«

»Und das tut er nicht?«, fragte Brunetti und zeigte mit dem Kinn auf die Tür zu Pattas Büro. »Früher hat er so was getan.«

»Jetzt nicht mehr.«

»Aber warum?«

»Weiß der Himmel. Es wäre ein Leichtes. Schließlich hat er sich in den letzten zehn Jahren die richtigen Leute dafür an Land gezogen.«

»Vielleicht wissen sie ja nicht, wessen Sohn das ist«, meinte Brunetti.

»Kann sein«, sagte sie wenig überzeugt.

»Also stimmt es tatsächlich?«, fragte Brunetti verwundert. Es gab bestimmt nicht viele Eltern, die nicht gegen die Spielregeln verstießen, wenn sie ihrem Kind damit helfen konnten.

Er ging zur Tür und klopfte an.

»*Avanti!*«, rief Patta, und Brunetti trat ein.

Patta sah älter aus als am Tag zuvor. Er war immer noch ein stattlicher Mann: muskulös, breitschultrig, mit einem Gesicht, das danach schrie, in Bronze oder Marmor verewigt zu werden. Doch waren seine Wangen eingefallen wie nie zuvor, und seine Haut wirkte angespannt und fahl.

»Guten Morgen, Vice-Questore«, sagte Brunetti und näherte sich dem Schreibtisch.

»Was gibt es?«, fragte Patta, als sei ein Kellner an seinen Tisch gekommen und habe ihn in einem Gespräch gestört.

»Ich wollte Ihnen von dem Mann berichten, der heute früh drüben beim Giustinian aufgefunden wurde, Signore.«

»Der Ertrunkene?«, fragte Patta.

»Diese Darstellung ist nicht ganz richtig, Signore«, sagte Brunetti und blieb in einiger Entfernung von Patta stehen. »Rizzardi zufolge hatte der Mann Wasser in der Lunge. Aber bevor er ins Wasser fiel, wurde auf ihn eingestochen. Dreimal.«

»Also Mord?«, meinte Patta sachlich, aber vollkommen uninteressiert.

»Ja, Signore.«

»Setzen Sie sich doch, Brunetti«, sagte Patta, als bemerke er jetzt erst, dass der Mann vor ihm immer noch stand.

»Danke, Signore.« Brunetti nahm Platz und verhielt sich zunächst einmal ruhig, bis er herausgefunden hätte, in welcher Stimmung Patta war.

»Warum sollte jemand ihn erstechen und dann ins Wasser werfen?«, fragte Patta. Brunetti verkniff sich die Antwort, dass er, wenn er das wüsste, gleich losgehen und den Täter verhaften könnte, was ihnen allen viel Zeit und Mühe ersparen würde.

»Ist er bereits identifiziert?«, fragte Patta, bevor Brunetti die erste Frage beantworten konnte.

»Signorina Elettra arbeitet daran, Signore.«

»Aha«, sagte Patta nur, dann erhob er sich plötzlich und ging ans Fenster. Der Vice-Questore sah so lange hinaus, bis Brunetti überlegte, ob er ihn durch eine Frage wieder auf ihr Gespräch zurückbringen sollte, aber dann wartete er doch lieber. Patta öffnete das Fenster, ließ einen Schwall milder Luft ins Zimmer strömen, schloss es wieder und ging zu seinem Stuhl zurück. »Möchten Sie den Fall übernehmen?«, fragte er, indem er Platz nahm.

In Anbetracht der Alternativen fand Brunetti die Frage absurd. Zur Auswahl standen Pucettis Gepäckabfertiger, die Taschendiebe, die im Frühjahr und zu Ostern in die Stadt strömten, das unlösbare Problem des illegalen Muschelfangs oder ein Mord. Aber immer mit der Ruhe, ermahnte er sich. Lass Patta nicht wissen, was du denkst, und schon gar nicht, was du willst. »Wenn sonst niemand frei ist, der das machen kann, Signore. Den Fall Chioggia« – wie viel besser das klang als illegale Muschelernte – »könnte ich an die Uniformierten abgeben. Zwei von ihnen stammen aus Chioggia und könnten wahrscheinlich mit Hilfe ihrer Familien dahinterkommen, wer sich an den Muscheln vergreift.« Acht Jahre auf der Universität, um Muscheldiebe zu jagen.

»Na schön. Nehmen Sie Griffoni dazu: Ein Mord könnte ihr eine willkommene Abwechslung bieten.« Auch nach all diesen Jahren brachte Patta es noch fertig, ihn mit manchen Bemerkungen zu verblüffen.

Nicht verblüffen konnte er Brunetti mit seiner Ahnungslosigkeit. »Sie ist in Rom, Signore. Fortbildung in Sachen häusliche Gewalt.«

»Ah, natürlich, natürlich«, wimmelte Patta den Einwand ab.

»Vianello hat zur Zeit keinen bestimmten Auftrag.«

»Nehmen Sie, wen Sie wollen«, sagte Patta großzügig. »Wir können so etwas nicht durchgehen lassen.«

»Nein, Signore. Selbstverständlich nicht.«

»Es darf nicht sein, dass jemand in diese Stadt kommt und ermordet wird.« Patta gelang es zwar, Entrüstung in seine Stimme zu legen, aber es war unmöglich festzustellen, ob seine Gefühle dem aktuellen Mordfall galten oder der Sorge, wie sich das auf den Tourismus auswirken würde. Brunetti wollte es auch gar nicht wissen.

»Dann fange ich gleich an, Signore.«

»Ja, tun Sie das«, sagte Patta. »Und halten Sie mich auf dem Laufenden.«

»Selbstverständlich, Vice-Questore«, sagte Brunetti. Er sah Patta an, aber der hatte sich schon in die Papiere auf seinem Schreibtisch vertieft. Wortlos verließ Brunetti das Büro.

7

Er schloss die Tür hinter sich. Signorina Elettra sah ihn fragend an. »Er hat mich gebeten, den Fall zu übernehmen«, sagte er.

Sie lächelte. »Gebeten? Oder mussten Sie nachhelfen?«

»Nein, das kam von ihm. Er wollte sogar, dass ich Griffoni mit ins Boot nehme.« Ihr Lächeln erstarb. Brunetti ging über ihre Reaktion auf die Erwähnung der attraktiven blonden Kommissarin hinweg: »Er hatte natürlich vergessen, dass sie in Rom ist. Also habe ich um Vianello gebeten, und er hatte nichts dagegen.«

Nachdem der Friede wiederhergestellt war, beschloss er, das Thema ein für alle Mal abzuschließen – die Idee war ihm eben bei Patta gekommen –, und fragte: »Haben die Unis nicht neue Vorschriften zur Begrenzung der Studiendauer eingeführt?« Nicht einmal Patta hatte es verdient, Jahr für Jahr unter den Konsequenzen dieser Farce leiden zu müssen.

»Es gibt Überlegungen, die Studienzeit zu begrenzen«, antwortete sie, »aber ich glaube kaum, dass daraus etwas wird.«

Da ihr das Thema am Herzen zu liegen schien, fragte Brunetti aufmunternd: »Warum?«

Sie drehte sich ganz zu ihm herum und stützte das Kinn in die Hände. »Nicht auszumalen, was wäre, wenn alle den Tatsachen ins Auge blicken und Hunderttausende dieser Studenten nach Hause geschickt würden.« Da er schwieg, fuhr sie fort: »Sie müssten akzeptieren – und ihre Eltern müssten akzeptieren –, dass sie arbeitslos sind und es wahrscheinlich immer bleiben werden.« Sie nahm Brunettis Einwand vorweg: »Ich weiß, sie haben nie gearbeitet, also würden sie auch nicht in der Arbeitslosenstatistik auftauchen. Aber sie müssten sich ebenso wie ihre Eltern der Tatsache stellen, dass sie praktisch nicht vermittelbar sind.« Brunetti stimmte mit einem knappen Nicken zu. »Solange sie also an der Uni eingeschrieben sind, kann die amtliche Statistik sie ignorieren, und sie selbst können ignorieren, dass sie niemals eine vernünftige Arbeit bekommen werden.« Er dachte, sie sei fertig, aber dann sagte sie noch: »Die Unis sind ein riesiges Sammelbecken für junge Leute, die jahrelang vom Geld ihrer Eltern leben und niemals etwas lernen, was ihnen zu einer Beschäftigung verhelfen könnte.«

»Zum Beispiel?«, fragte Brunetti.

Sie fuhr sich mit der Hand durchs Haar. »Oh, ich weiß nicht. Klempner. Zimmermann. Irgendwas Nützliches.«

»Anstatt?«

»Der Sohn einer Freundin studiert seit sieben Jahren Kunstmanagement. Die Regierung streicht alle Jahre die Budgets der Museen zusammen, aber er wird sein Examen in Kunstmanagement ablegen.«

»Und dann?«

»Wenn er Glück hat, bekommt er einen Job als Museumswärter angeboten, aber den würde er ausschlagen, weil er ja Kunstmanager ist«, sagte sie, fügte dann aber freundlicher hinzu: »Er ist ein aufgeweckter Junge, und wie ich ihn kenne, wäre ein Museumsjob genau das Richtige für ihn. Nur dass es da keine Jobs mehr geben wird.«

Brunetti dachte an seinen Sohn, jetzt im ersten Studienjahr, und seine Tochter, die auch bald auf die Uni gehen würde. »Heißt das, meinen Kindern wird es nicht anders ergehen?«

Sie wollte etwas sagen, ließ es aber.

»Nur zu«, sagte Brunetti. »Sprechen Sie's aus.«

Er sah, wie sie sich aufraffte. »Die Familie Ihrer Frau wird sich um sie kümmern, oder die Freunde Ihres Schwiegervaters werden ihnen Jobs besorgen.«

So etwas hätte sie vor einigen Jahren noch nicht gesagt, dachte Brunetti, und ohne seine Erwähnung Griffonis wäre sie wohl auch jetzt nicht so weit gegangen. »Also wie bei allen Kindern aus Familien, die gute Beziehungen haben?«, fragte er.

Sie nickte.

Er kannte ihre politische Einstellung und fragte daher: »Und das stört Sie nicht?«

Sie antwortete achselzuckend: »Ob mich das stört oder nicht, ändert nichts daran.«

»Hat es Ihnen geholfen, die Stelle bei der Bank zu bekommen?«, fragte er und spielte damit auf den Job an, den sie vor über zehn Jahren aufgegeben hatte, um in der Questura zu arbeiten – eine Entscheidung, die niemand, der mit ihr arbeitete, jemals verstanden hatte.

Sie hob das Kinn aus ihrer Hand und sagte: »Nein, mein Vater hat mir nicht geholfen. Er war sogar dagegen, dass ich bei einer Bank arbeite. Er hat versucht, mir das auszureden.«

»Obwohl er selbst Bankdirektor war?«, fragte Brunetti.

»Richtig. Er sagte, das habe ihm gezeigt, wie sehr es die Seele verdirbt, mit Geld zu arbeiten und immer nur an Geld denken zu müssen.«

»Aber Sie haben es trotzdem getan?« Brunetti wunderte sich über den Ernst, mit dem sie beide sprachen: Normalerweise führten sie solche persönlichen Gespräche immer mit einem ironischen Unterton und äußerten sich nicht so direkt.

»Ein paar Jahre lang, ja.«

»Bis?« Ob sie ihm jetzt das Geheimnis enthüllen würde, über das man in der Questura seit Jahren rätselte? Aber er wusste, dass er, sollte er es erfahren, keinem Menschen davon erzählen durfte.

Ein Grinsen blitzte auf wie das der Grinsekatze zwischen den Ästen eines Baums. »Bis es anfing, meine Seele zu verderben.«

»Aha«, sagte Brunetti; mehr würde er offenbar nicht zu hören bekommen, und mehr wollte er vielleicht auch gar nicht wissen.

»Gibt es sonst noch etwas, Signore?« Und ehe er antworten konnte, meinte sie: »Übrigens sind die Fotos und Videos von der Demonstration schon da.«

Brunetti konnte seine Überraschung nicht verbergen: »So schnell?«

Sie glich mit ihrem erbarmungsvollen Lächeln einer Renaissance-Madonna. »Per E-Mail geschickt, Signore. Sehen Sie in Ihrem Computer nach.« Sie richtete den Blick auf die Wand hinter ihm und sagte dann: »Ich habe einen Freund im Gesundheitsamt für das Veneto. Ich kann ihn bitten, einmal nachzusehen, ob es ein zentrales Register gibt für diese Krankheit …«

»Madelung«, sagte Brunetti. Sie bedachte ihn mit einem Blick, der ihm zeigte, dass diese Bemerkung überflüssig gewesen war.

»Danke«, sagte sie zum Zeichen, dass sie ihm das nicht übelnahm.»Vielleicht gibt es Zahlen für das Veneto, wenn Leute deswegen behandelt werden.«

»Rizzardi hat gesagt, er will eine Kollegin in Padua anrufen«, bemerkte Brunetti, um ihr die Mühe zu ersparen.

Sie schnaubte verächtlich.»Die verlangen womöglich eine offizielle Anfrage. Ärzte.« Sie sprach das Wort aus, als handle es sich um eine niedere Insektenart.»Das kann Tage dauern. Oder noch länger.« Brunetti begrüßte die Diskretion, mit der sie verschwieg, wie schnell ihr Freund die gewünschte Auskunft beschaffen könnte.

»Er stand auf der Fahrspur nach Süden, als ich ihn gesehen habe«, sagte er plötzlich.

»Das bedeutet?«

»Dass er aus dem Friaul gekommen sein könnte. Könnten Sie Ihren Freund fragen, ob die auch solche Register führen?«

»Selbstverständlich«, sagte sie liebenswürdig.»Die Demonstranten auf der Straße haben gegen die neuen Milchquoten protestiert, oder? Weil sie weniger produzieren sollten?«

»Richtig.«

»Gierige Idioten«, sagte sie mit verblüffender Heftigkeit.

»Sie scheinen sich da sehr sicher zu sein, Signorina«, bemerkte er.

»Und ob ich das bin. Es gibt zu viel Milch, es gibt zu viel Käse, es gibt zu viel Butter, und es gibt zu viele Kühe.«

»Gemessen woran?«, fragte er.

»Am gesunden Menschenverstand«, sagte sie hitzig, und Brunetti fragte sich, wo er da hineingeraten war.

Paola kochte mit Öl, nicht mit Butter; ihm würde schlecht, wenn er ein Glas Milch trinken müsste, Käse aßen sie auch nicht viel, und Chiaras Prinzipien hatten längst dafür gesorgt, dass bei ihnen kein Rindfleisch mehr auf den Tisch kam; demnach war Brunetti, zumindest was dieses Thema anbelangte, auf Signorina Elettras Seite. Trotzdem verstand er nicht, was sie so in Wallung brachte, wollte dem aber nicht nachgehen.

»Falls Ihr Freund Ihnen etwas melden kann, sagen Sie mir bitte Bescheid.«

»Natürlich, Commissario«, sagte sie wieder gewohnt freundlich und wandte sich ihrem Computer zu. Brunetti ging, um sich die Videoaufzeichnungen von den Ereignissen im letzten Herbst anzusehen.

Auf der Treppe zu seinem Büro erinnerte er sich daran, dass er nun selbst Zugang zu allen Videos hatte, die in dem neuen System gespeichert waren.

Er machte seine E-Mails auf und fand den Link. Sekunden später hatte er den Originalbericht auf dem Bildschirm, dazu die Notizen der Beamten, die damals vor Ort gewesen waren. Nachdem er alles gelesen hatte, öffnete er problemlos den Ordner mit den Videoaufzeichnungen der Polizei und des Regionalsenders. Als er gleich im ersten Clip einen Kleinbus mit dem Logo von Televeneto in Flammen aufgehen sah, verstand er, warum der Sender so bereitwillig kooperierte.

In den ersten zwei Clips, beide nur wenige Sekunden lang, war nichts von dem Mann zu sehen, im dritten auch nicht. Wohl aber im vierten. Er stand, wie Brunetti es in Erinnerung gehabt hatte, auf dem Grünstreifen der Autostrada. Obwohl er nur kurz über den Bildschirm flimmerte, waren sein Kopf und der auffällige Hals deutlich vor einem roten Auto zu sehen, das mitten auf der Straße parkte. Ein paar Leute, drei Männer und eine Frau, standen neben ihm und starrten alle in dieselbe Richtung. Dann vergrößerte sich der Bildausschnitt und zeigte eine Reihe behelmter Männer, die hinter transparenten Schilden Seite an Seite im Gleichschritt vorwärtsstürmten. Ende des Videos.

Brunetti klickte das nächste an. Diesmal befand sich die Kamera hinter den Carabinieri, die in geschlossener Front auf die wütenden Bauern zumarschierten und sich vor einem brennenden Auto in zwei Gruppen aufteilten. Der nächste Clip war offenbar mit einem *telefonino* aufgenommen worden, die Quelle war nicht angegeben: entweder ein Polizist oder irgendein Schaulustiger, dessen Handy man beschlagnahmt hatte. Zu sehen war ein Mann, der einem Carabiniere einen Eimer mit einer braunen Flüssigkeit an die Brust knallte. Der Getroffene schlug mit seinem Schlagstock zurück und traf den Unterarm des Demonstranten, worauf der Eimer überschwappte und nach rechts aus dem Bild verschwand. Der Mann krümmte sich, hielt sich den Arm und wurde von zwei Carabinieri zu Boden gestoßen. Ende des Videos.

Er tippte Pucettis Adresse ein und leitete die Mail mit den Videos an ihn weiter, machte den Computer aus und ging nach unten, um Pucetti persönlich aufzusuchen.

8

Brunetti blieb in der Tür zum Bereitschaftsraum stehen und sah sich erst einmal um. Vianello, der mit Dondini, dem neuen Rekruten sprach, stand mit dem Rücken zur Tür. Pucetti, der sich offenbar noch nicht von der letzten Auseinandersetzung erholt hatte, saß mit gesenktem Kopf an seinem Tisch und schien seine Umgebung so wenig wahrzunehmen wie die Papiere, die vor ihm ausgebreitet lagen. In einem dunklen Winkel seiner Seele war Brunetti froh, den Jüngeren so geknickt zu sehen: Es würde ihnen allen viel Ärger ersparen, wenn er sich beim Verstoß gegen Vorschriften und vielleicht sogar gegen das Gesetz künftig vorsehen würde.

»Pucetti«, rief er. »Ich muss Sie um einen Gefallen bitten.« Er ging zu ihm und bedeutete Vianello, auch dazuzukommen.

Pucetti sprang auf, salutierte aber immerhin nicht mehr vor seinem Vorgesetzten. »Ich habe den Mann gefunden, den man heute früh aus dem Kanal geholt hat. Haben Sie den Bericht gelesen?«, fragte Brunetti.

»Ja, Signore«, sagte Pucetti.

»Es gibt einige Videos von dem Bauernprotest auf der Autostrada voriges Jahr. Er war dabei.«

»Sie meinen, wir haben ihn festgenommen?«, fragte Pucetti sichtlich verblüfft. »Und niemand hat sich daran erinnert?« Seinem Ton war anzuhören, dass *er* sich mit Sicherheit daran erinnert hätte, aber Brunetti ließ das durchgehen.

»Nein. Er war da, aber nur als Zuschauer. Erkennungsdienstlich behandelt wurde er nicht«, sagte Brunetti. »Auf einem der Videos sieht man ihn unbeteiligt am Straßenrand stehen.«

Pucetti sah ihn wissbegierig an.

»Sie könnten mir in einer Sache behilflich sein«, sagte Brunetti lächelnd, worauf der Jüngere wie ein Jagdhund auf einen vertrauten Pfiff hin in Lauerstellung ging.

Jetzt kam auch Vianello dazu und fragte: »Was hast du gefunden?«

»Ein Video mit dem Mann, der heute früh auf Rizzardis Tisch gelandet ist«, antwortete Brunetti und bereute die Formulierung sofort. »Er wurde zufällig gefilmt, bei dem Bauernprotest auf der Autostrada voriges Jahr.« Er wies Pucetti auf die E-Mail hin, die er ihm geschickt hatte, und sagte: »Versuchen Sie, ob Sie Standbilder von dem Mann ausdrucken können.«

»Nichts einfacher als das«, sagte Pucetti mit gewohntem Eifer. »Wo finde ich ihn?«

»Im vierten Clip. Der Mann hat einen dunklen Bart, Schultern und Hals auffällig dick. Versuchen Sie den Film an einer Stelle anzuhalten, wo er deutlich genug zu sehen ist, dass wir das Bild zur Identifizierung verwenden können.« Ohne das näher zu erklären, fügte er hinzu: »So, wie er jetzt aussieht, können wir kein Foto von ihm herumzeigen.«

Pucetti sah zu dem Computer hinüber, der von der Bereitschaft schon seit Jahren benutzt wurde. »Es wäre viel einfacher, wenn ich das zu Hause an meinem eigenen PC machen könnte, Signore.« Offenbar konnte er es kaum erwarten, von der Leine gelassen zu werden.

»Dann tun Sie das. Falls jemand fragt, sagen Sie, es gehört zu den Mordermittlungen«, riet ihm Brunetti, der wusste, dass solche Fragen nur einer stellen konnte: Tenente Scarpa, das Schreckgespenst der Uniformierten, Pattas Assistent und Wachhund. Besser jedoch, der Tenente erfuhr erst gar nichts, und so korrigierte Brunetti sich: »Nein, falls jemand fragt, sagen Sie, ich hätte Sie nach San Marco geschickt, um von der dortigen Wache ein paar Unterlagen abzuholen.«

»Ich werde mich so unverfänglich wie möglich ausdrücken, Signore«, sagte Pucetti mit ernster Miene. Vianellos Grinsen entging Brunetti nicht.

»Gut.« Brunetti wandte sich an Vianello: »Wir haben noch zu tun.« Er sah auf die Uhr, um anzudeuten, dass es Zeit für einen Kaffee war.

Pucetti war schon losgegangen, ehe Vianello seine Jacke von seinem Schreibtischstuhl geholt hatte.

Auf dem Weg zu der Bar am Ponte dei Greci unterrichtete Brunetti Vianello vom Ergebnis der Autopsie und von der seltenen Krankheit des Mannes und erzählte auch, dass er sich an ihn erinnert und ihn dann auf dem Video entdeckt habe, von dem Pucetti bei sich zu Hause Standbilder ausdrucken sollte.

Immer noch redend, betrat Brunetti als Erster die Bar. Bambola, der Gehilfe des Inhabers, nickte zum Gruß, als sie an ihm vorbei nach hinten durchgingen. Minuten später brachte er zwei Kaffee, zwei Glas Wasser und einen Teller mit vier Gebäckstücken, verteilte alles auf dem Tisch und verzog sich wieder.

Brunetti nahm eine Brioche. Bald wäre Zeit zum Mittagessen, aber er hatte an diesem Vormittag bereits die Leiche eines Ermordeten gesehen, seinem Lieblingsschüler Pucetti den Kopf zurechtgerückt, und Signorina Elettra hatte ihn in ein persönliches Gespräch verwickelt; und der Mann, der ihm den Kaffee gebracht hatte, war Afrikaner und trug ein langes weißes Gewand. »Wenn wir mal in Rente gehen, kommt Signorina Elettra in Ballkleid und Diadem zur Arbeit, und Bambola opfert Hühner im Hinterzimmer«, bemerkte er zu Vianello und biss in seine Brioche.

Vianello nippte an seinem Kaffee, nahm sich eine Rosinenschnecke und sagte: »Wenn wir in Rente gehen, ist Italien eine chinesische Kolonie, und Bambolas Kinder haben Lehrstühle an der Universität.«

»Letzteres würde mir gefallen«, sagte Brunetti. »Hast du mal wieder deine Katastrophenbücher gelesen, Lorenzo?«

Vianello beantwortete die Frage mit einem freundlichen Lächeln. Er und Signorina Elettra waren die erklärten Umweltschützer in der Questura, auch wenn Brunetti in letzter Zeit bemerkt hatte, dass ihre Anhängerschaft wuchs; es war schon lange her, dass ein Kollege sie hinter vorgehaltener Hand als *talibano dell'ecologia* bezeichnet hatte. Foa hatte kürzlich verlangt, in Zukunft solle bei der Anschaffung von Polizeibooten der Treibstoffverbrauch berücksichtigt werden; aus Furcht vor Signorina Elettras Zorn achtete jeder darauf, seinen Abfall in den richtigen der in jeder Etage aufgestellten Behälter zu entsorgen; und selbst Vice-Questore Patta ließ sich gelegentlich dazu überreden, öffentliche Verkehrsmittel zu benutzen.

»Übrigens«, fuhr er fort, »es fehlte nicht viel, und Signorina Elettra hätte vorhin Anklage gegen Kühe erhoben, oder vielmehr, ich habe sie davon abgehalten. Kannst du dir erklären, was das soll?«

Vianello nahm sein zweites Teilchen, ein ziemlich trocken aussehendes Ding mit Nusssplittern. »Wir leben nicht mehr in Heidis Zeiten, Guido«, sagte er und biss hinein.

»Und das heißt?«, fragte Brunetti und griff ebenfalls nach seinem zweiten Teilchen.

»Das heißt, dass es zu viele Kühe gibt und wir es uns nicht mehr leisten können, sie zu züchten oder zu essen.«

»Und wer ist ›wir‹?«, fragte Brunetti und nahm einen Bissen.

»›Wir‹ sind die Leute in den Industrieländern – was bloß ein Euphemismus für reiche Länder ist –, die zu viel Rindfleisch und zu viele Molkereiprodukte zu sich nehmen.«

»Fürchtest du Schäden für deine Gesundheit?«, fragte Brunetti wegen der Cholesterinwerte, auf die er selbst nie einen Gedanken verschwendet hatte. Er hätte zu gern gewusst, wann und wo Vianello und Signorina Elettra ihre Gruppentreffen abhielten.

»Nein, nicht direkt«, meinte Vianello plötzlich ernst. »Ich denke an die armen Teufel in den Ländern, die wir nicht mehr unterentwickelt nennen dürfen und deren Wälder gerodet werden, damit Großkonzerne dort Rindfleisch produzieren können, um es an reiche Leute zu verkaufen, die es eigentlich sowieso nicht essen sollten.« Seine Kaffeetasse war leer; er nahm einen Schluck Wasser und überraschte Brunetti mit der Bemerkung: »Ich möchte lieber nicht weiter davon reden. Erzähl mir von dem Mann.«

Brunetti zückte einen Kugelschreiber, nahm eine Serviette und fertigte eine grobe Zeichnung der Mordwaffe an, wie

Bocchese sie ihm skizziert hatte, wobei er besonders auf die gekrümmte Klinge achtete. »Mit so einem Messer wurde er getötet. Etwa zwanzig Zentimeter lang, ziemlich schmal. Drei Stiche ins Kreuz, rechts. Im Bericht – ich habe ihn nicht vorliegen – steht sicher, was genau dabei verletzt wurde, aber Rizzardi sagt, er ist verblutet.«

»Im Wasser?«, fragte Vianello und legte sein Teilchen auf den Teller zurück.

»Er hat noch lange genug gelebt, um etwas Wasser zu schlucken, aber nicht lange genug, um zu ertrinken. Bocchese und ich haben darüber gesprochen, wo und wie es sich abgespielt haben könnte. Entweder in einem Boot, was mir unwahrscheinlich vorkommt – zu großes Risiko, gesehen zu werden, und Bocchese sagte, dass an seiner Kleidung nicht die dafür typischen Verschmutzungen nachzuweisen waren. Oder er wurde in einem Haus angegriffen und durch die *porta d'acqua* in den Kanal befördert; oder vielleicht am Ende einer *calle*, die auf einen Kanal stößt, und da haben sie ihn reingeworfen.«

»So oder so, Augenzeugen kann es immer geben«, meinte Vianello. »Oder Ohrenzeugen.«

»In einem Haus wäre die Chance dafür jedenfalls kleiner.«

Vianello starrte durchs Fenster der Bar, die Augen auf die Passanten gerichtet, aber ganz auf den möglichen Tathergang konzentriert. Nach einer Weile drehte er sich wieder zu Brunetti um. »Ja, ein Haus klingt am wahrscheinlichsten. Lässt sich das schon eingrenzen?«

»Ich habe noch nicht mit Foa gesprochen«, sagte Brunetti und nahm sich vor, das baldmöglichst nachzuholen. »Die Leiche wurde gegen sechs Uhr hinter dem Giustinian entdeckt, im Rio del Malpaga. Foa müsste ausrechnen können, von wo er dorthin getrieben ist.«

Vianello schloss die Augen, und Brunetti sah ihn genau das tun, was er auch schon getan hatte: Der Ispettore rief den jahrzehntealten Stadtplan vor seinem inneren Auge auf und schweifte durch die Umgebung des Giustinian, ging die einzelnen Kanäle durch und rief sich so gut wie möglich deren jeweilige Strömungsrichtung ins Gedächtnis. Er schlug die Augen wieder auf und sah Brunetti an. »Wir wissen nicht, in welche Richtung die Flut geströmt ist.«

»Deswegen muss ich mit Foa sprechen.«

»Gut. Der wird es wissen«, sagte Vianello und stemmte sich vom Tisch hoch. Er ging an die Bar und zahlte, wartete auf Brunetti, und dann gingen sie zur Questura zurück, wobei sie das Wasser im Kanal zu ihrer Rechten beobachteten und immer noch überlegten, in welcher Richtung die Gezeiten geströmt sein mochten, als der Tote in den Kanal geworfen wurde.

9

Kurz nach eins traf Brunetti in der Questura ein; wenn er jetzt kehrtmachte, konnte er noch rechtzeitig zum Essen zu Hause sein. Vom vielen Koffein und Zucker noch unruhiger, verfolgten ihn seine Geanken: Warum nur hatte er zwei Teilchen gegessen, wo er doch wusste, dass er zu Hause erwartet wurde? Wie ein kleiner Junge, der den Verlockungen von Süßigkeiten nicht widerstehen konnte.

Er sagte zu Vianello: »Ich gehe jetzt essen. Danach spreche ich mit Foa.«

»Der kommt nicht vor vier. Also jede Menge Zeit.«

Die beiden Brioches lagen ihm im Magen, und er beschloss, zu Fuß zu gehen, überlegte es sich aber plötzlich anders und machte einen Schwenk zur Riva degli Schiavoni, wo er das Vaporetto nehmen konnte.

Schon nach fünf Minuten bereute er seinen Entschluss. Statt in aller Ruhe und unbedrängt über den Campo Santa Maria Formosa und den Campo Santa Marina zu schlendern und erst dann auf das unvermeidliche Gewühl des Rialto zu treffen, geriet er von Anfang an mitten in den Touristenstrom. Als er nach rechts auf die *riva* einbog, sah er die Flut der Menschenmassen auf sich zuströmen, freilich viel langsamer, als Meereswogen es zu tun pflegen.

Wie jeder vernünftige Mensch flüchtete er sich zur Vaporetto-Haltestelle und stieg auf die Eins; drinnen fand er linker Hand ein freies Plätzchen, von wo er etwas ungestörter die Schönheiten der Stadt genießen konnte. Die Sonne gleißte auf der glatten Oberfläche des *bacino* und zwang ihn, die Augen zusammenzukneifen, während sie an der frisch renovierten Dogana und Santa Maria della Salute entlangfuhren. In der Dogana war er kürzlich gewesen, begeistert, wie gut sie restauriert war, entsetzt von dem, was im Innern ausgestellt wurde.

Wann hatte man angefangen, heimlich die Regeln abzuschaffen?, fragte er sich. Wann wurde aus grellbuntem Zeug Kunst, und wer war befugt, das zu verkünden? Was war am Banalen so interessant für die Leute, und wohin, ach wohin nur war schlichte Schönheit verschwunden? »Du bist ein alter Knacker, Guido«, flüsterte er vor sich hin, worauf der Mann vor ihm sich perplex zu ihm umdrehte. Brunetti ignorierte ihn und wandte seine Aufmerksamkeit wieder den Gebäuden zu seiner Linken zu.

Sie kamen an einem Palazzo vorbei, in dem ein Freund ihm vor sechs Jahren eine Wohnung zum Kauf angeboten und ihm versichert hatte, er werde damit ein Vermögen machen: »Behalte sie einfach drei Jahre, und dann verkauf sie an einen Ausländer. Das bringt dir eine Million.«

Brunetti mit seinen einfachen Vorstellungen von Gut und Böse hatte das Angebot abgelehnt, weil ihm nicht wohl dabei war, aus Spekulation Profit zu schlagen; außerdem scheute er sich davor, jemandem zu Dank verpflichtet zu sein, der ihm einfach so zu einer Million Euro verholfen hätte. Oder auch nur zu zehn Euro.

Sie kamen an der Universität vorbei, und Brunetti schaute mit doppeltem Wohlgefallen hin: Dort arbeitete seine Frau, und jetzt studierte dort auch sein Sohn. Raffi hatte sich zu Brunettis Freude entschlossen, Geschichte zu studieren, nicht die Geschichte der Alten, die Brunetti so faszinierte, sondern die Geschichte des modernen Italien, die Brunetti zwar auch nicht losließ, aber nur insofern, als sie ihn an den Rand der Verzweiflung brachte.

Die Ankunft an der Haltestelle San Silvestro riss ihn aus seinen Betrachtungen über die Parallelen zwischen dem Italien von vor zweitausend Jahren und dem von heute. Minuten später schloss er die Haustür auf und ging die Treppe hoch. Von Absatz zu Absatz schienen die Brioches in seinem Bauch leichter zu werden, und als er seine Wohnung betrat, war er sicher, dass er alles verbrannt hatte und dem, was vom Mittagessen übrig sein mochte, Gerechtigkeit widerfahren lassen konnte.

Als er in die Küche kam, saßen seine Kinder am Tisch, das Essen stand unberührt vor ihnen. Paola stellte gerade einen Teller Tagliatelle mit Jakobsmuscheln an seinen Platz. Auf dem Weg zurück zum Herd sagte sie: »Ich war heute spät dran; musste noch mit einem Studenten sprechen. Also haben wir beschlossen, auf dich zu warten.« Und als wolle sie ihn nicht auf die Idee bringen, sie habe übersinnliche Kräfte, fügte sie hinzu: »Ich hab dich reinkommen hören.«

Er gab beiden Kindern einen Kuss aufs Haar, und als er Platz nahm, fragte Raffi: »Kennst du dich mit dem Krieg in Südtirol aus?« Auf Brunettis erstaunte Miene hin erklärte er: »Ich meine, im Ersten Weltkrieg.«

»Bei dir hört sich das an, als wäre es so lange her wie der Krieg gegen Karthago«, sagte Brunetti lächelnd; er faltete seine Serviette auseinander und legte sie sich auf den Schoß. »Vergiss nicht, dass dein Urgroßvater in diesem Krieg gekämpft hat.«

Raffi schwieg, die Ellbogen auf dem Tisch und das Kinn auf die gefalteten Hände gestützt, eine Geste, die er von seiner Mutter übernommen hatte. Brunetti sah zu Chiara hinüber, die mit im Schoß gefalteten Händen dasaß: Wie lange hatte es gebraucht, bis sie so sittsam waren?

Paola kam an den Tisch zurück, stellte ihren eigenen Teller ab und setzte sich. »*Buon appetito*«, sagte sie und griff nach der Gabel.

Normalerweise war dies der Startschuss für Raffi, mit einem Tempo, das seine Eltern immer noch verblüffte, den ersten Gang zu verputzen. Heute jedoch ignorierte er sein Essen und sagte: »Davon hast du mir nie etwas gesagt.«

Brunetti hatte die Geschichte seines Großvaters wiederholt erzählt, seine Kinder aber nur damit gelangweilt. »Nun, er war dabei«, bemerkte er kurz angebunden und wickelte Nudeln auf seine Gabel.

»Er hat da oben gekämpft?«, fragte Raffi. »In Südtirol?«

»Ja. Vier Jahre lang. Er war praktisch bei allen Gefechten dabei, außer, soweit ich weiß, als er mit einer Verwundung ins Lazarett nach Vittorio Veneto musste.«

»Er wurde nicht nach Hause geschickt?«, fragte Chiara.

Brunetti schüttelte den Kopf. »Man hat Verwundete nicht nach Hause geschickt, damit sie sich erholen konnten.«

»Warum?«, fragte sie, die Gabel knapp über ihrem Teller.

»Weil man wusste, dass sie nicht zurückkommen würden«, sagte Brunetti.

»Warum?«, wiederholte sie.

»Weil sie wussten, dass sie sterben würden.« Bevor sie einwenden konnte, dass ihr Urgroßvater überlebt haben musste, wenn sie hier am Tisch saßen, erklärte Brunetti: »Die meisten von ihnen sind gestorben; zu Hunderttausenden, daher wussten sie, dass sie ziemlich schlechte Karten hatten.«

»Wie viele sind gestorben?«, fragte Raffi.

Brunetti las selten etwas über moderne Geschichte, und wenn er sich mit italienischer Geschichte beschäftigte, bevorzugte er Übersetzungen von Büchern in anderen Sprachen, so wenig vertraute er darauf, dass die italienischen Darstellungen nicht von politischen oder historischen Loyalitätszwängen beeinflusst waren. »Die genaue Zahl weiß ich nicht. Aber es waren mehr als eine halbe Million.« Er legte die Gabel hin und nahm einen Schluck Wein, und dann noch einen.

»Eine halbe Million?« Chiara war fassungslos. Dazu gab es nichts zu sagen, sie konnte nur wiederholen: »Eine halbe Million.«

»Ich vermute sogar, es waren noch mehr. Vielleicht sechshunderttausend, aber das hängt davon ab, was man liest.« Brunetti nahm noch einen Schluck und stellte sein Glas ab. »Dazu kommen natürlich noch die zivilen Opfer.«

»Jesus steh mir bei«, murmelte Raffi.

Paola sah ihn scharf an, aber allen war klar, dass Bestürzung, nicht Blasphemie, ihn zu dieser Bemerkung veranlasst hatte.

»Das ist x-mal Venedig«, flüsterte Raffi schockiert.

Brunetti, bemüht um Klarheit auch in statistischen Dingen, sprach weiter: »Da es sich ausschließlich um junge Männer im Alter etwa zwischen sechzehn und fünfundzwanzig handelte, bedeutet diese Zahl noch sehr viel mehr. In der Folge musste sich daraus eine Entvölkerung des Veneto ergeben.« Nach kurzer Überlegung fügte er hinzu: »Und genau dazu ist es gekommen.« Er erinnerte sich an die Gespräche seiner Großmutter väterlicherseits mit ihren Freundinnen, die er als Kind mit angehört hatte; da war oft die Rede davon gewesen, was für ein Glück sie gehabt hätten, einen Mann abzubekommen – ganz gleich, ob einen guten oder einen schlechten Mann –, wo so viele ihrer Freundinnen überhaupt keinen gefunden hatten. Und er dachte an die Kriegerdenkmäler bei Asiago und Meran, mit den Namen der »Helden der Nation«, oftmals lange Listen von Männern mit demselben Nachnamen, alle gestorben in Schnee und Schlamm, ihr Leben weggeworfen für einen Meter unfruchtbaren Landes oder einen Orden an der Brust eines Generals.

»Cadorna«, sagte er; so hieß der Oberbefehlshaber dieses irrwitzigen Feldzugs.

»Uns hat man erzählt, er sei ein Held gewesen«, sagte Raffi.

Brunetti schloss kurz die Augen.

»Jedenfalls hat man uns das auf dem *liceo* erzählt: dass er den Angriff der österreichischen Invasoren zurückgeschlagen hat.«

Brunetti konnte sich nur mit Mühe die Frage verkneifen, ob dieselben Lehrer auch die tapferen italienischen Soldaten rühmten, die eine Invasion der Äthiopier oder Libyer vereitelt hätten. Er begnügte sich mit der Feststellung: »Italien hat Österreich den Krieg erklärt.«

»Warum?«, wollte Raffi wissen; er schien das nicht glauben zu können.

»Warum Länder anderen Ländern Krieg erklären?«, fragte Paola. »Um Land zu erobern, um sich Rohstoffe zu sichern, um ihre Macht zu behaupten.« Brunetti fragte sich, warum

Eltern eigentlich so ein Aufhebens davon machten, wenn es um die Mechanismen des Geschlechtlichen ging. War es nicht viel gefährlicher, über die Mechanismen der Macht aufzuklären?

Er mischte sich ein. »Du sprichst von Angriffskriegen, nehme ich an. Polen im letzten Krieg war ein anderer Fall.«

»Ja, sicher«, stimmte sie zu. »Auch Belgien, Holland oder Frankreich. Die wurden überfallen und haben sich gewehrt.« Sie sah die Kinder an. »Und euer Vater hat recht: Wir haben Österreich den Krieg erklärt.«

»Aber warum?«, bohrte Raffi weiter.

»Nach dem, was ich darüber gelesen habe, wollte man Land zurückerobern, das die Österreicher sich in der Vergangenheit angeeignet hatten oder das man ihnen übertragen hatte«, antwortete Paola.

»Aber wie weiß man denn, wem es gehört?«, fragte Chiara.

Als Paola sah, dass alle aufgegessen hatten – Raffi hatte eine winzige Gesprächspause genutzt, seine Portion zu verputzen –, hob sie die Hand wie der Schiedsrichter, der ein Fußballspiel unterbricht. »Ich möchte euch alle um Nachsicht bitten«, sagte sie und sah ihnen nacheinander in die Augen. »Ich habe meinen Vormittag mit dem offenbar sinnlosen Versuch zugebracht, die Idee zu verteidigen, dass manche Bücher besser sind als andere, und eine zweite ernste Debatte kann ich nicht ertragen, schon gar nicht an diesem Tisch, erst recht nicht beim Mittagessen. Können wir nicht über irgendwas Blödsinniges reden, wie Fettabsaugen oder Breakdance?«

Raffi wollte protestieren, aber Paola kam ihm zuvor: »Als Nächstes gibt es *calamari in umido* mit Erbsen – und überbackenen Fenchel für Chiara – und als Dessert eine *crostata di fragole*, aber das alles nur für die, die sich meinem Willen unterwerfen.«

Dies brachte Raffi zur Besinnung. Seine Mutter machte immer mehr Fenchel, als eine Person essen konnte, und jetzt war Hauptsaison für Erdbeeren. »Meine einzige Freude im Leben«, sagte er, indem er seinen Teller nahm und aufstand, um ihn zur Spüle zu bringen, »besteht darin, mich bedingungslos dem Willen meiner Eltern zu fügen.«

Paola sah Brunetti an. »Guido, du liest doch alles über diese Römer: Hatten die nicht eine Göttin, die eine Schlange geboren hat?«

»Nicht dass ich wüsste.«

»Dann haben sie das also uns Menschen überlassen.«

10

Brunetti erreichte an diesem Nachmittag in der Questura so wenig, dass er ebenso gut hätte zu Hause bleiben können. Um vier erfuhr er, dass Foa abkommandiert war, um den Questore und eine Parlamentariergruppe zu einer Besichtigung des Mose-Projekts – jenes kostspieligen Bauwerks, das die Stadt eines Tages vor *acqua alta* schützen würde oder auch nicht – und danach zum Essen nach Pellestrina zu fahren. »Deshalb ist nie jemand in Rom, wenn abgestimmt wird«, murmelte Brunetti, während er den Hörer auflegte. Natürlich konnte er auch einfach beim Magistrato alle Acque anrufen und sich nach den Gezeiten erkundigen, doch zog er es vor, keine Informationen, die seine Ermittlungen betrafen, nach außen dringen zu lassen.

Er sprach kurz mit Patta, der berichtete, er habe anstelle des Questore mit der Presse gesprochen und die üblichen Versicherungen abgegeben, dass man verschiedenen Hinweisen nachgehe und den Fall sicher bald abschließen werde. Da seit vier Wochen Flaute herrschte – nur wenige Kapitalverbrechen in der Region –, stürzte sich die ausgehungerte Meute natürlich auf diesen Fall. Und wie erfrischend für die Leserschaft, zur Abwechslung einmal ein männliches Opfer vorgesetzt zu bekommen; Frauen waren seit Jahresbeginn offenbar zum Abschuss freigegeben: Tagtäglich wurde eine in Italien ermordet, meist von ihrem Exfreund oder Exmann, wobei der Täter – den Medien zufolge – stets von einem »*raptus di gelosia*« umnebelt war, eine Ausrede, die dann auch regelmäßig als wesentliches Argument der Verteidigung verwendet wurde. Sollte Brunetti jemals mit Scarpa die Geduld verlieren und ihn vorsätzlich verletzen, würde auch er einen Eifersuchtsanfall als Entschuldigung anführen, obwohl er sich kaum vorstellen konnte, warum er auf den Tenente eifersüchtig sein sollte.

Kurz nach sechs rief Pucetti an; es sei ein technisches Problem aufgetreten, aber jetzt habe er ein paar Standbilder aus dem ersten Video herauskopiert, die er in etwa einer Stunde vorbeibringen könne. Brunetti sagte, das könne bis zum nächsten Morgen warten.

Er widerstand dem Drang, bei Signorina Elettra nachzufragen, ob sie schon etwas von ihrem Freund im Gesundheitsamt erfahren habe; er wusste, sie würde es ihn umgehend wissen lassen, war aber trotzdem ungeduldig.

Zur Untätigkeit verdammt, schaltete Brunetti seinen Computer ein und tippte *mucche* in die Suchmaske; was hatten Vianello und Signorina Elettra nur an diesen armen Viechern zu beanstanden? Seine Familie lebte seit Menschengedenken in Venedig, also gab es keine atavistischen Erinnerungen an irgendeinen Urahnen, der im Stall hinterm Haus eine Kuh gehalten hatte, und daher auch keine Erklärung für die Sympathie, die Brunetti für diese Tiere empfand. Er hatte nie eine gemolken; soweit er sich erinnerte, hatte er allenfalls mal bei Wanderungen in den Bergen einer Kuh das Maul getätschelt, und die hatte friedlich hinter einem Zaun gestanden. Paola, noch mehr Stadtkind als er, gab offen zu, dass Kühe ihr Angst machten, aber das war Brunetti schon immer unbegreiflich. Für ihn waren sie perfekte Milchmaschinen: Am einen Ende ging Gras hinein, am anderen kam Milch heraus: großartig.

Er klickte auf den nächstbesten Artikel in der Trefferliste und begann zu lesen. Nach einer Stunde schaltete ein erschütterter Brunetti den Computer aus und presste die wie zum Gebet aneinandergelegten Hände an seine Lippen. Das war es also, jetzt verstand er, warum Chiara zur Vegetarierin geworden war und sich, auch wenn sie bei Brathähnchen gelegentlich rückfällig wurde, so hartnäckig weigerte, Rindfleisch zu essen. Genau wie Vianello und Signorina Elettra. Er fragte sich, wieso er das alles nicht gewusst hatte. Was er da eben gelesen hatte, war doch offenbar allgemein bekannt; jedenfalls in gewissen Kreisen.

Er hielt sich für durchaus informiert, und doch hatte er sich vieles davon nicht träumen lassen. Die Zerstörung der Regenwälder, um Platz für die Rinderzucht zu gewinnen: Natürlich hatte er davon gehört. Rinderwahn und Maul- und Klauenseuche: Auch das war ihm nicht unbekannt, ging ja immer wieder mal durch die Medien und war anscheinend nicht auszurotten.

Der ausführliche Bericht eines südamerikanischen Viehzüchters, der an einem Fortbildungsprogramm einer US-amerikanischen Universität teilgenommen hatte, hatte ihm endgültig ein Licht aufgesteckt. Der Mann schrieb von Tieren, die schon krank zur Welt kamen, nur durch massiven Einsatz von Antibiotika und Hormonen am Leben erhalten und fruchtbar gemacht wurden und, wenn sie starben, immer noch krank waren. Der Autor schloss mit der Bemerkung, er selbst würde niemals Rindfleisch essen, es sei denn, es stamme von einem seiner eigenen Tiere und er habe Aufzucht und Schlachtung selbst überwacht. Wie Paola, die an diesem Tag zu viel über Bücher gehört hatte, fand Brunetti jetzt, er habe zu viel über Rindfleisch gelesen. Kurz vor sieben ging er aus seinem Büro nach unten, hinterließ Foa einen Zettel mit der Bitte, sich wegen der Gezeiten bei ihm zu melden, und verließ die Questura; sein Heimweg führte ihn über den nun nicht mehr überfüllten Campo Santa Maria Formosa. Auf dem Campo San Bortolo war noch einiges los, aber das störte ihn so wenig wie die paar Leute auf der Rialtobrücke.

Kurz vor halb acht kam er in die leere Wohnung, zog Jackett und Schuhe aus, ging ins Schlafzimmer, holte seine Ausgabe der Tragödien des Aischylos – er wusste selbst nicht, was ihn dazu trieb, die noch einmal zu lesen – und machte es sich auf dem Sofa in Paolas Arbeitszimmer bequem; er war begierig, etwas zu lesen, das nie sentimental wurde, nur unerbittlich die menschliche Natur aufzeigte, und er war begierig, Paola von den Kühen zu erzählen.

Agamemnon begrüßte gerade nach jahrzehntelanger Abwesenheit seine Frau mit den Worten, ihre Willkommensrede sei wie sein Aufenthalt in der Ferne viel zu lang geraten, und Brunetti sträubten sich ob der Torheit dieses Mannes bereits die Haare im Nacken, als er Paolas Schlüssel im Türschloss vernahm. Wie würde sie reagieren, fragte er sich, wenn er sie verraten würde, Schande über sie bringen und eine neue Geliebte in ihr gemeinsames Heim führen würde? Anders als Klytämnestra, vermutete er, und nicht mit physischer Gewalt. Aber er hatte keinen Zweifel, dass sie alles daransetzen würde, ihn mit Worten und mit der Macht ihrer Familie zu vernichten, und dass er am Ende mit nichts dastehen würde.

Er hörte, wie sie ihre Einkaufstüten hinter der Tür abstellte. Während sie ihre Jacke aufhängte, musste sie seine sehen. Er rief ihren Namen, und sie rief zurück, sie komme gleich. Dann hörte er das Rascheln von Plastiktüten und ihre Schritte, die sich zur Küche entfernten.

Sie würde das nicht aus Eifersucht tun, das wusste er, sondern aus verletztem Stolz und weil sie sich in ihrer Ehre gekränkt fühlte. Ihr Vater würde mit einem einzigen Telefonat dafür sorgen, dass er still und leise in ein ödes sizilianisches Mafiadorf versetzt würde; und Paola selbst würde noch am selben Tag alle Spuren von ihm aus der Wohnung beseitigen. Sogar seine Bücher. Und nie mehr würde sie seinen Namen aussprechen; allenfalls den Kindern gegenüber, aber die wären klug genug, nicht nach ihm zu fragen. Warum machte es ihn so glücklich, das so genau zu wissen?

Sie kam mit zwei Gläsern Prosecco. Ihre Trennung und Paolas Rache hatten ihn so beschäftigt, dass er den Knall des Korkens, sonst immer Musik in seinen Ohren, nicht gehört hatte.

Paola reichte ihm ein Glas und klopfte auf sein Knie, bis er die Beine anzog und ihr Platz machte. Er nahm einen Schluck.

»Das ist der Champagner«, sagte er.

»Ich weiß«, sagte sie und trank ebenfalls. »Ich finde, ich habe eine Belohnung verdient.«

»Wofür?«

»Weil ich mich mit Idioten herumschlagen muss.«

»Denn ihr ertraget gern die Toren…?«

Sie schnaubte verächtlich. »Ständig muss ich mir ihr dummes Zeug anhören und so tun, als ob es mich interessiert und ich ihre idiotischen Ideen auch nur für diskussionswürdig hielte.«

»Die Sache mit den guten Büchern?«

Sie fuhr sich mit der Hand durchs Haar und kratzte sich gedankenverloren am Hinterkopf. Im Profil war sie dieselbe Frau, in die er sich vor Jahrzehnten verliebt hatte. Ein wenig Weiß hatte sich in ihre blonden Haare geschlichen, aber das war nur aus nächster Nähe zu erkennen. Nase, Kinn, der Schwung ihrer Lippen: alles noch wie damals. Von vorne sah man Fältchen um ihre Augen und die Mundwinkel, aber noch immer drehten sich auf der Straße oder bei einer Party die Leute nach ihr um.

Sie nahm einen großen Schluck und ließ sich vorsichtig, um nichts zu verschütten, aufs Sofa sinken. »Ich weiß gar nicht, warum ich überhaupt noch mit Studenten arbeite«, sagte sie, und Brunetti verkniff sich die Bemerkung, das tue sie, weil sie es liebe. »Ich könnte aufhören. Das Haus gehört uns, und du verdienst genug, dass es für uns beide reicht.« Und wenn es hart auf hart käme, könnten sie jederzeit den Canaletto in der Küche verkaufen, aber auch das sagte er nicht. Lass sie reden, lass sie das loswerden.

»Was würdest du tun, den ganzen Tag im Pyjama auf dem Sofa liegen und lesen?«, fragte er.

Sie tätschelte mit der freien Hand sein Knie. »Du sorgst schon dafür, dass ich mich nicht auf dem Sofa niederlasse, wie?«

»Aber was *würdest* du tun?«, fragte er, plötzlich ernst.

Sie nahm noch einen Schluck. »Das ist natürlich das Problem. Wenn *du* kündigst, könntest du jederzeit als Wachmann anfangen und die ganze Nacht durch die Stadt laufen und kleine Zettel in die Türen von Häusern und Geschäften stecken, um zu zeigen, dass du da gewesen bist. Mich hingegen würde niemand bitten, mit ihm über den englischen Roman zu reden, stimmt's?«

»Wohl kaum«, stimmte er zu.

»*Might as well live*«, brummte sie zu seiner Verwirrung, aber da er unbedingt mit ihr über die Kühe reden wollte, bat er sie nicht, sich genauer zu erklären.

»Was weißt du über Kühe?«, fragte er.

»O mein Gott. Nicht noch einer«, sagte sie, hob dramatisch die Hand an die Stirn und ließ sich rückwärts aufs Sofa fallen.

11

Was soll das heißen: ›Nicht noch einer‹?«, tat er unschuldig.

»Wie ich dir in den letzten Jahrzehnten schon mindestens zwölftausend Mal gesagt habe: Stell dich nicht dumm, Guido Brunetti«, stöhnte sie theatralisch. »Du weißt genau, von wem ich rede: Chiara, Signorina Elettra und Vianello. Würde mich nicht wundern, wenn die beiden die Questura demnächst zur fleischfreien Zone erklären.«

Nach dem, was Brunetti am Nachmittag gelesen hatte, fand er die Vorstellung gar nicht mal so schlimm. »Die zwei sind Extremfälle, aber andere Leute fangen allmählich auch an, darüber nachzudenken«, sagte er.

»Wenn du jemals in einen Supermarkt gehen und dir ansehen würdest, was die Leute alles einkaufen, würdest du das nicht behaupten, glaub mir.«

Brunetti betrat Supermärkte nur in Ausnahmefällen, aber wenn – das musste er zugeben –, war er jedes Mal fasziniert von dem, was die Leute kauften, vor allem wenn er bedachte, dass sie diese Sachen tatsächlich essen wollten. Er kaufte so selten Lebensmittel ein, dass er von manchen Artikeln in diesen Geschäften kaum wusste, ob sie zum Verzehr gedacht waren oder ob es sich womöglich um Putzmittel handelte.

Er erinnerte sich, wie er als Junge einmal losgeschickt worden war, ein halbes Kilo weiße Bohnen zu kaufen. Der Verkäufer hatte sie ihm in einer Tüte aus Zeitungspapier mitgegeben. Heutzutage bekam man sie nur noch kiloweise in durchsichtigen Plastikpäckchen mit goldener Schleife. Seine Mutter hatte mit der Zeitung das Feuer im Küchenherd angezündet; die Plastikverpackung wanderte samt Schleife eine Viertelstunde nach dem Kauf in den Müll.

»Wir essen weniger Fleisch als früher«, sagte er.

»Und auch das nur, weil Chiara noch zu jung ist, um auszuziehen.«

»Das würde sie tun?«

»Oder aufhören zu essen«, erklärte Paola.

»Ist sie wirklich so überzeugt?«

»Ja.«

»Und was ist mit dir?«, fragte er. Immerhin war es Paola, die Tag für Tag entschied, was bei ihnen auf den Tisch kam.

Sie trank ihren Champagner aus und drehte das Glas zwischen den Handflächen, als wollte sie damit ein Feuer entfachen.

»Es schmeckt mir immer weniger«, sagte sie schließlich.

»Liegt das am Geschmack oder daran, was du darüber gelesen hast?«

»An beidem.«

»Aber du wirst es nicht ganz aus der Küche verbannen?«

»Natürlich nicht, Dummkopf.« Sie hielt ihm ihr Glas hin. »Besonders, wenn du uns noch etwas Champagner holst.«

Visionen von Lammkoteletts, Kalbfleisch in Marsala und Brathähnchen verfolgten ihn, als er aufstand und die leeren Gläser mit in die Küche nahm.

Am nächsten Morgen ging Brunetti auf dem Weg zur Questura in eine Bar und las beim Kaffee im *Gazzettino* den Artikel über den Leichenfund im Kanal, einschließlich einer kurzen

Beschreibung des Toten und einer ungefähren Altersangabe. Im Büro erfuhr er, dass weder in der Stadt noch in der weiteren Umgebung eine Vermisstenmeldung eingegangen war.

Kaum war er in der Questura angekommen, stand Pucetti bei ihm in der Tür. Entweder hatte der junge Mann Brunetti einen Computerchip ins Ohr gepflanzt, oder, wahrscheinlicher, der Posten am Eingang hatte Pucetti vom Eintreffen seines Vorgesetzten unterrichtet.

Brunetti winkte ihn herein, und Pucetti legte ihm ein Foto des Toten auf den Schreibtisch. Brunetti hatte keine Ahnung, wie es Pucetti gelungen war, ein einzelnes Bild aus dem Video herauszulösen; der Mann machte darauf einen vollkommen natürlichen Eindruck, ganz anders als der, der jetzt in einem Kühlraum des Ospedale Civile lag.

Brunetti nickte beifällig. »Gute Arbeit, Pucetti. Das ist er, der Mann, den ich gesehen habe.«

»Ich habe schon Kopien davon gemacht, Signore.«

»Gut. Lassen Sie eine einscannen und an den *Gazzettino* schicken. An die anderen Zeitungen auch. Und fragen Sie unten nach, ob jemand ihn wiedererkennt.«

»Ja, Signore.« Pucetti ließ das Foto auf Brunettis Schreibtisch liegen und eilte davon.

Signorina Elettra trug an diesem Tag Gelb, eine Farbe, die nur wenigen Frauen so gut stand wie ihr. Es war Blumentag auf dem Markt, und so zierte wie jeden Dienstag, seit sie hier war, reicher Blumenschmuck ihr Büro – und vermutlich auch Pattas. »Sind sie nicht reizend, diese Narzissen?«, fragte sie, als Brunetti eingetreten war, und wies auf einen Riesenstrauß auf dem Fensterbrett.

Als Junggeselle hätte Brunetti sich von diesen Frühlingsboten zu der Bemerkung verleiten lassen, die Blumen seien nicht so reizend wie die Person, die sie herbeigeschafft habe, als Ehemann beschränkte er sich auf die knappe Antwort: »Ja, allerdings«, und fragte dann: »Und welche Farbenpracht verschönert das Büro des Vice-Questore?«

»Pink. Mir gefällt's, ihm nicht. Aber er traut sich nicht, sich zu beklagen.« Sie sah kurz weg, dann wieder zu Brunetti. »Ich habe mal gelesen, Pink sei das Marineblau von Indien.«

Brunetti begriff erst mit Verzögerung und lachte dann laut auf. »Wunderbar«, sagte er und stellte sich vor, wie sehr das Paola gefallen würde.

»Sind Sie wegen des Toten hier?«, fragte sie plötzlich ernst.

»Ja.«

»Mein Freund hat nichts herausgefunden. Vielleicht hat Rizzardi mehr Glück.«

»Er könnte aus einer anderen Provinz kommen«, meinte Brunetti.

»Möglich«, sagte sie. »Ich habe die übliche Anfrage an die Hotels gestellt: Ob irgendwo ein Gast vermisst wird.«

»Auch nichts?«

»Nur ein Ungar, der mit einem Herzinfarkt im Krankenhaus gelandet ist.«

Brunetti dachte an das dicht verzweigte Netz von Ferienwohnungen und Frühstückspensionen in der Stadt. Viele davon arbeiteten ohne Kenntnis und Aufsicht der Behörden, zahlten keine Steuern und meldeten ihre Gäste nicht an. Kaum anzunehmen, dass sie sich beim Ausbleiben eines Gastes an die Polizei wenden und damit die Behörden auf ihren illegalen Betrieb aufmerksam machen würden. Da wartete man doch lieber erst mal ab, entschädigte sich für die entgangene Miete mit dem, was der flüchtige Gast zurückgelassen haben mochte, und damit hatte es sich.

Zu Beginn seiner Laufbahn hätte Brunetti angenommen, ein anständiger, gesetzestreuer Bürger werde sich unverzüglich bei der Polizei melden, sobald er in der Zeitung von einem Mordopfer las, dessen Beschreibung genau auf den Mann aus Zimmer drei zum Hof zu passen schien. Jahrzehntelange Erfahrungen mit gesetzestreuen Bürgern, die sich gewohnheitsmäßig in Ausreden und Halbwahrheiten flüchteten, hatten ihn von dieser Illusion geheilt.

»Pucetti hat aus einem der Videos ein Foto herauskopiert. Er will es an die Zeitungen schicken, vielleicht erkennt ihn ja jemand«, sagte Brunetti. »Sie haben schon recht, Signorina: Leute verschwinden nicht einfach.«

12

Brunetti fand Vianello im Bereitschaftsraum; der Ispettore telefonierte gerade und blickte erleichtert auf, als er ihn sah. Er sagte etwas, zuckte die Achseln, sagte noch etwas und legte auf.

Brunetti fragte: »Wer?«

»Scarpa.«

»Was will er?«

»Ärger machen. Wie immer.«

Brunetti sah das nicht anders und fragte: »Was ist es diesmal?«

»Es ging um die Treibstoffquittungen und ob Foa die Tankfüllungen für sein Privatboot über das Polizeikonto abrechnet.« Vianello murmelte etwas vor sich hin, das Brunetti geflissentlich überhörte. »Gibt's nicht in der Bibel diesen Splitter im Auge, den man bei anderen sieht, während man selber einen Balken vorm Kopf hat?«

»So in der Richtung«, stimmte Brunetti zu.

»Patta lässt sich von Foa zum Essen nach Pellestrina fahren und bei schlechtem Wetter auch noch nach Hause zurück, und Scarpa macht sich Sorgen, dass Foa Treibstoff stehlen könnte.« Dann fügte er noch hinzu: »Die haben doch den Verstand verloren.«

Brunetti, der das genauso sah, meinte: »Foa würde das niemals tun. Ich kenne seinen Vater.« Eine hinreichende Bestätigung für Foas Rechtschaffenheit. »Aber warum ist er jetzt hinter Foa her?«, fragte Brunetti. Scarpas Verhal-

ten war nicht selten verwirrend, seine Motive immer rätsel-
haft.

»Vielleicht hat er einen Cousin in Palermo, der einen Boots-
führerschein hat und einen Job braucht«, lästerte Vianello.
»Na, der würde prima hier zurechtkommen.«

Brunetti hätte am liebsten gefragt, wie er das meinte, schlug
dann aber vor, sie sollten sich an die *riva* setzen, wo sie den
Booten zusehen und in Ruhe reden konnten.

Als sie in der warmen Frühlingssonne auf der Bank saßen,
gab Brunetti ihm die Mappe mit den Fotos. »Hat Pucetti dir
das schon gezeigt?«

Vianello nickte und sah sich die Aufnahme an. »Verstehe,
was du mit dem Hals meinst«, sagte er und reichte ihm die
Mappe zurück; dann kam er noch einmal auf ihr voriges Thema: »Was meinst du, was führt Scarpa wirklich im Schilde?«

Brunetti hob achselzuckend die Hände: Wer konnte das
wissen? »Vielleicht versucht er lediglich, einem beliebten
Kollegen ein Bein zu stellen, aber bei Leuten wie Scarpa weiß
man nie wirklich, woran man ist.« Er holte weiter aus: »Paola
hält dieses Jahr ein Seminar über Kurzgeschichten; in einer
davon gibt es einen Schurken – er wird nur der ›Sonderling‹
genannt; er löscht eine ganze Familie aus, sogar die alte
Großmutter, sitzt dann ruhig da und sagt: ›Es gibt doch kein
größeres Vergnügen als die Niedertracht.‹« Wie zur Bestätigung dieser Aussage begannen zwei Möwen weiter hinten
an der *riva* zu streiten und zerrten kreischend und wild
flatternd an etwas herum.

»Als Paola mir das vorlas«, fuhr Brunetti fort, »musste
ich sofort an Scarpa denken. Es macht ihm einfach Spaß,
gemein zu sein.«

»Du meinst wirklich, es macht ihm *Spaß*?«, fragte Vianello.

Brunetti wurde einer Antwort enthoben, denn in diesem Augenblick erschien von links ein riesiges Kreuzfahrtschiff – hatte es acht Decks? Neun? Zehn? Lammfromm folgte es einem tapferen Schlepper, nur dass die Trosse zwischen ihnen schlaff ins Wasser hing und damit deutlich war, wessen Motoren die Arbeit leisteten und welches Boot hier das Sagen hatte. Was für ein treffendes Symbol, dachte Brunetti: Die Regierung zieht die Mafia in den Hafen, um sie abzuwracken und stillzulegen, aber ihr Schiff, das dem Anschein nach die Arbeit verrichtet, besitzt den weitaus kleineren Motor, und das andere kann jederzeit die Trosse spannen und sie an die wahren Machtverhältnisse erinnern.

Als die Schiffe vorbeigefahren waren, fragte Vianello: »Nun?«

»Ja, ich denke, es macht ihm Spaß«, sagte Brunetti schließlich. »Manche Leute sind einfach so. Keine Besessenheit, kein Satan, keine unglückliche Kindheit, keine chemische Störung im Gehirn. Für manche Leute gibt es kein größeres Vergnügen, als gemein zu sein.«

»Und deswegen tun sie es immer wieder?«, fragte Vianello.

»Sieht ganz danach aus, oder?«, sagte Brunetti.

»*Gesù*«, flüsterte Vianello. Er sah zu den zankenden Möwen hin und sagte: »Ich wollte das nie glauben.«

»Es fällt ja auch schwer.«

»Und wir haben ihn am Hals?«, fragte Vianello.

»Bis er zu weit geht oder unachtsam wird.«

»Und dann?«

»Dann können wir ihn loswerden«, sagte Brunetti.

»Bei dir klingt das ganz einfach.«

»Könnte es auch sein.«

»Na, hoffentlich«, sagte Vianello so inständig, wie andere Leute ein Gebet vorbringen.

»Aber dieser Mann – ich verstehe immer noch nicht, warum niemand ihn als vermisst gemeldet hat. Die Leute haben doch Familie, Herrgott noch mal.«

»Vielleicht ist es noch zu früh«, meinte Vianello.

Brunetti bemerkte wenig überzeugt: »Das Foto kommt morgen in die Zeitungen. Mit etwas Glück erkennt ihn jemand und ruft uns an.« Er glaubte zwar nicht recht daran, aber meinte noch: »Auf Pucettis Foto könnte schon jemand reagieren.«

»Und bis dahin?«, fragte der Ispettore.

Brunetti nahm die Mappe, klappte sie zu und stand auf. »Gehen wir Schuhe einkaufen.«

Der Fratelli-Moretti-Laden in Venedig befand sich unweit des Campo San Luca. Brunetti hatte die Schuhe dort schon immer bewundert, aber aus irgendeinem Grund noch nie welche gekauft. Was nicht so sehr an den Preisen lag – alles in Venedig war teuer geworden –, sondern vielmehr … Brunetti musste sich eingestehen, dass es tatsächlich überhaupt keinen Grund dafür gab: Er hatte den Laden einfach nie betreten; warum auch immer. Ein Grund mehr, nun gleich mit Vianello dort hinzugehen. Draußen blieben sie erst einmal stehen und sahen sich die Herrenschuhe im Schaufenster an. »Die gefallen mir«, sagte Brunetti und zeigte auf ein Paar dunkelbraune Loafer mit Ziersenkeln.

»Wenn du die kaufst«, sagte Vianello, nachdem er die

Qualität des Leders gewürdigt hatte, »und es dir später mal schlecht geht, kannst du sie kochen und von der Bouillon ein paar Tage leben.«

»Sehr witzig«, sagte Brunetti und ging hinein.

Die stämmige Geschäftsführerin warf einen Blick auf ihre Dienstmarken, studierte das Foto des Toten und schüttelte den Kopf. »Vielleicht kennt Letizia ihn«, sagte sie und wies auf die Treppe ins obere Stockwerk. »Sie hat gerade Kundschaft, wird aber bald fertig sein.« Brunetti und Vianello vertrieben sich die Wartezeit, indem sie durch den Laden schlenderten: Brunetti begutachtete noch einmal die Slipper.

Bald darauf folgte Letizia einem japanischen Pärchen nach unten, jünger und schlanker als die andere und mit vier Schuhkartons in den Armen. Sie mochte Ende zwanzig sein, hatte eine stachlige blonde Kurzhaarfrisur und kluge Augen in ihrem ansonsten unscheinbaren Gesicht.

Brunetti wartete, bis sie den Kauf abgeschlossen und die Kunden zur Tür begleitet hatte, wo dann noch einige tiefe Verbeugungen ausgetauscht wurden, die auf Seiten der Verkäuferin ganz ungezwungen wirkten.

Als Letizia zu ihnen kam, erklärte ihr die Chefin, wer die beiden Männer waren und worum es ging. Letizia lächelte interessiert, wenn nicht gar neugierig. Brunetti reichte ihr das Foto.

Kaum sah sie das Gesicht des Toten, sagte sie: »Der Mann aus Mestre.«

»Aus Mestre?«, fragte Brunetti.

»Ja. Er war hier – oh, das muss vor zwei Monaten gewesen sein – und wollte Schuhe kaufen. Loafer, wenn ich mich recht erinnere.«

»Hat es einen besonderen Grund, dass Sie sich an ihn erinnern, Signorina?«

»Na ja«, fing sie an; sie warf ihrer Chefin, die aufmerksam zuhörte, einen raschen Blick zu und fuhr fort: »Ich will nichts Schlechtes von unseren Kunden sagen, ganz bestimmt nicht, aber er war schon recht merkwürdig.«

»Sein Verhalten?«, fragte Brunetti.

»Nein, nein. Er war sehr freundlich, sehr höflich. Ich meine nur, wie er aussah.« Wieder sah sie die andere an, als bitte sie um Erlaubnis, so etwas sagen zu dürfen. Aber die schürzte nur die Lippen und nickte dann.

Sichtlich erleichtert sprach Letizia weiter. »Er war so dick. Nein, nicht dick, wie Amerikaner dick sind. Also nicht am ganzen Körper. Nur oben rum, besonders am Hals. Ich weiß noch, wie ich überlegt habe, welche Hemdengröße er wohl trägt und ob es für so einen dicken Hals überhaupt etwas Passendes gibt. Aber alles andere an ihm war normal.« Sie musterte erst Brunetti, dann Vianello. »Einen Anzug wird er auch nicht so leicht gefunden haben, wenn ich es mir recht überlege, bei den breiten Schultern und diesem Brustkasten. Das Jackett müsste zwei oder drei Nummern größer als die Hose sein.«

Bevor jemand etwas dazu sagen konnte, fuhr sie fort: »Er hatte eine Wildlederjacke anprobiert, da konnte ich sehen, dass er schlanke Hüften hatte. Und seine Füße waren auch normal: Größe dreiundvierzig. Aber der Rest… also ich weiß nicht… sah aus wie aufgepumpt.«

»Sie sind sich also ganz sicher?«, fragte Brunetti.

»Absolut«, sagte sie.

»Aus Mestre?«, hakte Vianello nach.

»Ja. Er sagte, er habe die Schuhe schon in unserer Filiale in Mestre kaufen wollen – aber die hätten sie nicht in der richtigen Größe gehabt. Also sei er in die Stadt gekommen, um sich hier danach umzusehen.«

»Hatten Sie die Schuhe?«, fragte Brunetti.

»Nein«, antwortete sie mit offenkundigem Bedauern. »Nur eine Nummer größer und eine Nummer kleiner. Seine Größe hatten wir nur in Braun, aber die wollte er nicht – es sollten schwarze sein.«

»Hat er stattdessen ein anderes Modell gekauft?«, fragte Brunetti in der Hoffnung, dass dem so war und er womöglich sogar mit Kreditkarte bezahlt hatte.

»Nein. Das habe ich ihm auch vorgeschlagen, aber er sagte, er wolle die schwarzen, weil er die braunen schon habe und die ihm so gut gefielen.« Das mussten die Schuhe gewesen sein, in denen er getötet wurde, dachte Brunetti und lächelte der jungen Frau aufmunternd zu.

»Und die Wildlederjacke?«, fragte er, um sie wieder zum Reden zu bringen.

»Die war ihm an den Schultern zu eng«, antwortete sie und fügte leiser hinzu: »Er hat mir leidgetan, weil er beim Anprobieren nicht mal mit dem anderen Arm in den Ärmel kam. Sie schüttelte mitfühlend den Kopf. »Normalerweise behalten wir Leute, die Wildlederjacken anprobieren, immer im Auge, weil die oft gestohlen werden. Aber ich konnte gar nicht hinsehen. Irgendwie schien er überrascht und traurig, richtig traurig, dass ihm die nicht passte.«

»Hat er überhaupt etwas gekauft?«, fragte Vianello.

»Nein, nichts. Aber ich hätte es ihm gewünscht, dass er etwas Passendes findet.« Um Missverständnissen vorzubeugen, erklärte sie: »Nicht weil ich unbedingt etwas verkaufen wollte, sondern einfach nur, weil er doch auch was zum Anziehen braucht. Der arme Mann.«

Brunetti fragte: »Hat er wörtlich gesagt, er lebe in Mestre?«

Sie sah ihre Kollegin an, als solle die ihr erklären, aus welcher Bemerkung des Mannes sie geschlossen hatte, dass er aus Mestre kam. Nachdenklich neigte sie den Kopf, wie ein Vögelchen. »Er hat gesagt, dort habe er schon einige Paar gekauft, und da habe ich angenommen, er müsse dort leben. Schließlich kauft man Schuhe gewöhnlich dort, wo man wohnt, oder?«

Brunetti nickte zustimmend und dachte, gewöhnlich habe man nicht das Glück, von einer so freundlichen Person bedient zu werden, ganz gleich, wo man seine Schuhe kauft.

Er dankte den beiden, gab Letizia seine Karte und bat sie, ihn anzurufen, falls ihr noch irgendetwas einfalle, was der Mann gesagt habe und was der Polizei vielleicht weiterhelfen könne.

Als sie sich zum Ausgang wandten, räusperte Letizia sich kaum vernehmlich. Brunetti drehte sich um, und sie fragte: »War er der Mann im Wasser?«

»Ja. Warum fragen Sie?«

Sie deutete auf ihn und Vianello, als sei ihre Gegenwart, oder ihr Erscheinen, Antwort genug, sagte dann aber: »Weil er besorgt schien, nicht nur traurig.« Bevor Brunetti darauf hinweisen konnte, dass sie davon noch nichts gesagt hatte, fuhr sie fort: »Ich weiß, ich weiß, ich habe gesagt, er war freundlich und höflich. Aber irgendetwas hat ihn bekümmert. Ich dachte, es war wegen der Jacke oder weil wir nicht die richtigen Schuhe für ihn hatten, aber es war mehr als das.«

Eine so aufmerksame Person wie sie brauchte man nicht zu drängen, also blieben Brunetti und Vianello still und warteten.

»Wenn Leute darauf warten, dass ich ihnen etwas bringe – eine andere Größe oder andere Farbe –, sehen sie sich normalerweise im Laden um, oder sie stehen auf, gehen herum und sehen sich die Gürtel an. Aber er ist einfach sitzen geblieben und hat seine Füße angestarrt.«

»Meinen Sie, er war unglücklich?«, fragte Brunetti.

Diesmal antwortete sie nicht sofort. »Nein, wenn ich es recht bedenke, würde ich sagen, ihn quälte etwas.«

13

Brunetti und Vianello beschlossen, gemeinsam mittagessen zu gehen, schreckten aber beide davor zurück, irgendwo im Radius von zehn Minuten um San Marco einzukehren.

»Wie ist das nur möglich?«, fragte Vianello. »Früher konnten wir überall in der Stadt gut essen, na ja, so ziemlich überall. Da war selten etwas auszusetzen, und man musste kein Vermögen dafür bezahlen.«

»Was verstehst du unter ›früher‹, Lorenzo?«

Vianello verlangsamte seinen Schritt. »Etwa zehn Jahre.« Korrigierte sich dann aber verblüfft: »Nein, das ist noch viel länger her, oder?«

Sie kamen an dem Geschäft vorbei, das früher die Buchhandlung Mondadori gewesen war, nur wenige hundert Meter vom Eingang zur Piazza San Marco entfernt, und wussten immer noch nicht, wo sie essen gehen sollten. Plötzlich wurden sie von einer heranströmenden Touristenwoge erfasst und konnten sich gerade noch ans Schaufenster retten. Weiter vorn, kurz vor der Piazza, widerlegte die pastellfarbene Flut die physikalischen Gesetze und strömte in entgegengesetzte Richtungen gleichzeitig. Blindlings und ohne Ziel, ein nie versiegender Strom.

Vianello legte Brunetti eine Hand auf den Unterarm. »Ich kann nicht«, sagte er. »Ich kann nicht über die Piazza gehen. Lass uns das Boot nehmen.« Sie bogen rechts ab und kämpften sich zum *embarcadero* durch. Lange Schlangen standen am Kartenschalter an, und die Bootsanleger versanken fast im Wasser unter den Massen, die auf ein Vaporetto warteten.

Von rechts näherte sich eine Nummer Eins, und die Schlange rückte ein paar sinnlose Schritte näher, denn vorne war nur das Wasser. Brunetti nahm seinen Dienstausweis aus der Brieftasche und schlüpfte um die Sperre des Durchgangs für die aussteigenden Passagiere. Vianello folgte ihm. Sie hatten noch keine vier Schritte getan, als ein Beamter unten an der Anlegestelle ihnen heftig gestikulierend zuschrie, sie sollten verschwinden.

Die beiden gingen unbeeindruckt auf ihn zu, und Brunetti hielt ihm seinen Ausweis hin. »*Scusi, Signori*«, sagte der Mann und gab ihnen den Weg auf den Ponton frei. Er war jung, wie die meisten von ihnen heutzutage, klein und dunkel, sprach aber Veneziano. »Die Leute versuchen sich immer auf diese Weise vorzudrängen, und ich muss sie zurückscheuchen. Eines Tages bekommt noch mal einer von denen Prügel«, sagte er lächelnd, damit sie das nicht ernst nahmen.

»Die Touristen?«, fragte Brunetti, erstaunt über so viel Erfindungsgabe.

»Nein, unsere Leute, Signore«, antwortete der Mann; offenbar meinte er Venezianer. »Die Touristen sind wie Schafe: sehr sanftmütig, denen braucht man nur zu sagen, wo's langgeht. Am schlimmsten, mit Abstand die Schlimmsten, sind die alten Damen: Die schimpfen über die Touristen, aber die meisten von ihnen fahren umsonst, wenn sie alt genug sind, und die etwas jüngeren kaufen einfach keine Karte.« Wie zum Beweis erschien hinter Brunetti und Vianello eine alte Frau, schob sich, ohne die drei zu beachten, an ihnen vorbei und baute sich genau vor der Stelle auf, wo die Passagiere aussteigen würden.

Der Matrose an Bord vertäute das Boot am Poller, legte eine Hand auf das Schiebegitter und bat die alte Frau, zur Seite zu treten, damit die Passagiere aussteigen konnten; sie stellte sich taub. Er bat sie noch einmal, und sie rührte sich nicht. Schließlich gab er dem Drängen und Murren der Leute im Boot nach und ließ das Gitter aufgleiten. Sogleich quollen sie heraus und schubsten die alte Frau mit Schultern, Armen und Rucksäcken wie ein Stück Treibgut zur Seite.

Die Alte revanchierte sich mit einer wüsten Schimpftirade auf Veneziano, ihr Castello-Akzent verriet, wohin das Boot unterwegs war. Sie verfluchte die Vorfahren aller Touristen, ihre sexuellen Gewohnheiten und ihre mangelnde Körperpflege, bis endlich der Weg frei war und sie an Bord gehen und sich setzen konnte, wobei sie unentwegt über die schlechten Manieren jener Ausländer zeterte, die anständigen Venezianern das Leben zur Hölle machten.

Nachdem das Boot abgelegt hatte, schob Brunetti die Kabinentür zu, damit sie das Gekeife nicht weiter mit anhören mussten. Schließlich sagte Vianello: »Eine widerliche Hexe, aber irgendwie hat sie recht.«

Brunetti ging darüber hinweg; die ganze Stadt redete bald von nichts anderem mehr. »Du entscheidest, wo wir hingehen?«, fragte er, als habe Vianellos Reaktion auf die Touristenmassen ihr Gespräch nie unterbrochen.

»Fahren wir zum Lido hinaus, Fisch essen«, sagte der Ispettore mit der Begeisterung eines kleinen Jungen, der die Schule schwänzt.

Da Andri war nur zehn Minuten zu Fuß von der Anlegestelle Santa Maria Elisabetta entfernt; der Inhaber, ein Schulkamerad von Vianello, führte sie an einen freien Tisch in der gut besuchten Trattoria. Unaufgefordert brachte er ihnen einen halben Liter Weißwein und einen Liter Mineralwasser und empfahl Vianello den Krabbensalat mit rohen Artischocken und Ingwer, dann *zuppa di pesce*. Vianello nickte; Brunetti nickte.

»Also Mestre«, sagte Brunetti.

Bevor Vianello darauf eingehen konnte, stellte der Inhaber ihnen Brot auf den Tisch, fragte, ob sie ein paar Artischockenherzen im Voraus haben wollten, und ging sie eilends holen.

»Ich will da nicht in Kompetenzstreitigkeiten geraten«, sagte Vianello schließlich. »Du kennst die Vorschriften besser als ich.«

Brunetti nickte. »Ich denke, ich werde mich auf Pattas Taktik verlegen und einfach davon ausgehen, wenn ich etwas tun will, habe ich auch das Recht dazu.« Er schenkte ihnen beiden die Getränke ein und nahm einen großen Schluck Wasser. Er riss ein Päckchen Grissini auf, knabberte eins und noch eins: Plötzlich spürte er, wie hungrig er war. »Aber damit alles korrekt zugeht, werde ich dort anrufen und mitteilen, dass wir rauskommen und uns umhören werden, ob jemand in dem Schuhgeschäft den Mann auf dem Foto erkennt.«

Vianello nahm sich ebenfalls ein paar Grissini.

Der Inhaber brachte die Artischocken und eilte wieder von dannen. Es war ein Uhr, die Trattoria bis auf den letzten Platz gefüllt. Beide registrierten zufrieden, dass offenbar nur

Einheimische da waren: Drei Tische waren voll besetzt mit staubbedeckten Arbeitern in derber Kleidung und schweren Stiefeln.

»Glaubst du, es gibt Ämter, in denen alle zusammenarbeiten?«, fragte Vianello.

Brunetti aß die erste Artischocke und legte seine Gabel hin. »Ist das eine rhetorische Frage, Lorenzo?«, meinte er nur und trank einen Schluck Wein.

Der Ispettore riss ein Stück Brot ab und wischte das Olivenöl von seinem Teller. »Die sind gut. Ohne Knoblauch mag ich sie am liebsten.« Die rhetorische Frage vertiefte er nicht weiter.

»Wir lassen uns mit dem Wagen hinbringen und fahren im Anschluss gleich wieder zurück.«

Der Inhaber brachte den Salat: in hauchdünne Scheiben geschnittene Artischocken und eine Vielzahl winzige, mit Ingwerflocken bestreute Krabben.

»Wenn niemand im Laden ihn erkennt, bitten wir die Jungs in Mestre um Unterstützung«, sagte Brunetti.

Vianello spießte nickend ein paar Krabben auf.

»Ich rufe Vezzani an und sage ihm, wir melden uns bei ihm nach dem Schuhgeschäft«, sagte Brunetti und zückte sein Handy.

Brunetti hatte immer gedacht, wenn Mestre nicht sein kleines, aber feines Zentrum hätte, würde jeder Venezianer, der dort hinziehen müsste, über die Ungerechtigkeit des Schicksals klagen. Bei Aristoteles bemisst sich die Tragik nach der Fallhöhe. Könige wurden zu blinden Bettlern; Königinnen ermordeten ihre Kinder; die Mächtigen starben für unerreichbare Ziele oder gerieten in äußerstes Elend. Wäre Mestre ein Slum oder bestünde es nur aus Wolkenkratzern mit nichts dazwischen, ähnelte es eher Mailand als Venedig, dann wäre die Notwendigkeit oder die freie Entscheidung, von Venedig dort hinzuziehen, in der Tat Stoff für eine Tragödie. Das Stadtzentrum jedoch – wenngleich es den Umzug immer noch schmerzlich, ja herzzerreißend traurig erscheinen ließ – verhinderte, dass die Sache als ganz und gar tragisch angesehen werden musste.

Das Schuhgeschäft war ebenso elegant wie sein Zwilling in Venedig, das Sortiment identisch. Auch die zwei Verkäuferinnen waren vergleichbar: eine Ältere, vermutlich die Chefin, und eine Jüngere, die sie mit einem Lächeln begrüßte. Brunetti, der nicht gegen die Rangordnung verstoßen wollte, ging auf die Frau zu, die er für die Geschäftsführerin hielt, und stellte sich vor. Sie schien wenig überrascht, offenbar hatte man sie aus Venedig telefonisch vorgewarnt.

»Ich möchte Sie und Ihre Kollegin bitten, sich ein Foto anzusehen und mir zu sagen, ob Sie den Mann darauf erkennen.«

»Sie waren auch schon in unserer anderen Filiale?«, fragte die Jüngere, die sich dazugesellt hatte; die Bemerkung brachte ihr einen scharfen Blick ihrer Vorgesetzten ein.

»Ja«, antwortete Brunetti. »Und dort haben wir erfahren, dass der Mann seine Schuhe eigentlich hier bei Ihnen kaufen wollte, Sie aber nicht die richtige Größe vorrätig hatten.« Er wusste, dass sie wussten, dass es sich bei dem Mann um den Toten im Kanal handelte, und da sie wussten, dass er das wusste, sagten sie beide nichts.

Die Ältere, dünn bis zur Auszehrung und mit einem Busen ausgestattet, den sie nicht unbedingt aus den Händen der Natur empfangen haben mochte, bat um das Foto. Folgsam reichte Brunetti es ihr. »Ja«, sagte sie, nachdem sie sich das Foto des Toten angesehen hatte. Dann gab sie es der Jüngeren und verschränkte die Arme unter der Brust.

Beim Anblick des Toten sagte die junge Frau: »Ja, der war ein paarmal hier. Letztes Mal vor ungefähr zwei Monaten.«

»Haben Sie ihn bedient, Signorina?«, fragte Brunetti.

»Ja, das habe ich. Aber seine Schuhgröße fehlte, und etwas anderes wollte er nicht.«

Brunetti wandte sich an die Ältere: »Erinnern Sie sich an ihn, Signora?«

»Nein, überhaupt nicht. Wir haben so viele Kunden«, sagte sie, und tatsächlich betraten in diesem Augenblick zwei Frauen das Geschäft, beide mit Einkaufstüten beladen. Ohne sich groß zu entschuldigen, ging die Chefin hinüber und fragte, ob sie ihnen helfen könne.

Brunetti fragte die junge Frau – eigentlich fast noch ein Mädchen: »Erinnern Sie sich genauer an diesen Mann? Sie sagten doch, er war öfter hier?«

Brunetti setzte immer noch darauf, dass der Mann etwas per Kreditkarte bezahlt haben könnte. Die junge Frau überlegte kurz. »Ein paarmal«, sagte sie. »Einmal war er hier und hat dasselbe Modell Schuhe gekauft, das er schon anhatte.«

Brunetti sah zu Vianello, dem es oft besser gelang, Leute zum Reden zu bringen. »Erinnern Sie sich an irgendetwas Besonderes, Signorina? Ist Ihnen etwas an ihm aufgefallen?«, fragte der Ispettore.

»Meinen Sie, dass er so dick geworden ist und immer so traurig war?«

»War er das?«, fragte Vianello mit tiefem Mitgefühl.

Sie schien ernsthaft nachzudenken, bevor sie antwortete.

»Ja, er hatte zugenommen. Das konnte ich sehen, trotz seiner Winterjacke, und eigentlich hat er nichts gesagt, woraus man schließen könnte, dass er einsam oder traurig war. Aber er wirkte so; irgendwie in sich gekehrt, als wäre er gar nicht richtig bei der Sache.« Sie versuchte das deutlicher zu erklären: »Einmal hat er ungefähr acht Paar Schuhe anprobiert, und die Schachteln standen überall um ihn herum, auf dem Boden, auf den Stühlen. Aber die er haben wollte, waren nicht dabei, und da sagte er – vielleicht war es ihm unangenehm, dass ich so oft für ihn ins Lager laufen musste –, jedenfalls sagte er, er wolle mir helfen, sie in die Schachteln zurückzulegen. Dabei muss er dann einen schwarzen zu einem braunen gepackt haben, und als nur noch ein Schuh übrig war, ein schwarzer, in der letzten Schachtel aber ein brauner lag, mussten wir alle wieder aufmachen und umsortieren. Ihm war das sehr peinlich, und er hat sich entschuldigt.« Sie dachte eine Weile darüber nach. »An so etwas denkt sonst niemand. Die Leute probieren zehn, fünfzehn Paar Schuhe an, und dann gehen sie und sagen nicht mal danke. Ich fand es jedenfalls sehr nett, dass er mich so rücksichtsvoll behandelt hat.«

»Hat er Ihnen seinen Namen genannt?«

»Nein.«

»Oder etwas von sich erzählt, woran Sie sich erinnern?«

Jetzt lächelte sie. »Er hat gesagt, dass er Tiere mag.«

»Wie bitte?«, fragte Brunetti.

»Ja, das hat er gesagt. Während ich ihn bediente, kam eine Stammkundin herein. Eine sehr reiche Frau: Das erkennt man sofort – an ihrer Kleidung, an ihrer Ausdrucksweise. Und sie hat einen ganz süßen alten Hund aus dem Tierheim. Ich habe sie einmal danach gefragt, und sie sagte, sie hole sich ihre Hunde grundsätzlich aus dem Tierheim, und es müssten immer alte sein. Man würde erwarten, so eine reiche Frau hat eins von diesen widerlichen winzigen Viechern, so ein Schoßhündchen, oder einen Pudel. Aber sie hat diese komische Promenadenmischung, halb Beagle, halb ich weiß nicht was. Und sie liebt diesen Köter und er sie. Also scheint sie ein guter Mensch zu sein, auch wenn sie reich ist«, sagte sie, und Brunetti fragte sich, ob die Revolution näher bevorstehe, als er gedacht hatte.

»Und warum hat er gesagt, dass er Tiere mag?«, fragte Vianello.

»Er hat die Frau gefragt, wie alt der Hund ist, und als sie sagte, elf Jahre, fragte er, ob sie ihn schon auf Arthrose habe untersuchen lassen. Sie sagte, nein, noch nicht, und er sagte, so wie der Hund läuft, hat er wahrscheinlich Arthrose.«

»Wie hat die Frau reagiert?«, fragte der Ispettore.

»Oh, sie hat sich bedankt. Wie gesagt: Sie ist sehr nett. Und als sie gegangen war, habe ich ihn gefragt, und er sagte, er habe Tiere gern, besonders Hunde, und kenne sich ganz gut mit ihnen aus.«

»Sonst noch etwas?«, fragte Brunetti, dem das als Ausgangspunkt für weitere Ermittlungen ziemlich dürftig erschien.

»Nein, nur dass er nett war. Das sind doch die meisten Leute, die Tiere mögen, finden Sie nicht?«

»Doch, das sehe ich auch so«, sagte Vianello. Brunetti begnügte sich mit einem Nicken.

Die Geschäftsführerin hatte immer noch mit den zwei

Frauen zu tun; ein Meer von Schachteln und Schuhen hatte sich um die drei ausgebreitet. »Hat Ihre Kollegin mit ihm gesprochen?«, fragte Brunetti.

»O nein. Die hat sich um Signora Persilli gekümmert.« Da die beiden sie verständnislos anblickten, erklärte sie: »Die Dame mit dem Hund.«

Brunetti nahm eine Karte aus seiner Brieftasche und gab sie ihr. »Wenn Ihnen noch etwas einfällt, Signorina, rufen Sie mich bitte an.«

Sie gingen schon zur Tür, als sie ihnen nachrief: »Dann ist es wirklich er, der umgekommen ist? In Venedig?«

Brunetti war selbst von der Offenheit überrascht, mit der er antwortete: »Ich denke schon.« Sie presste die Lippen zusammen und schüttelte traurig den Kopf. »Wenn Ihnen also noch etwas einfällt, rufen Sie uns bitte an; es könnte helfen«, wiederholte Brunetti.

»Ich würde gern helfen«, sagte sie.

Brunetti dankte ihr noch einmal und verließ mit Vianello das Geschäft.

14

Ein Madelung-Kranker, der Tiere mag und sich mit Hunden auskennt«, sagte Vianello, als sie zum Wagen gingen.

Brunetti dachte schon weiter: »Wir sprechen mit Vezzani. Inzwischen müsste er aus Treviso zurück sein.« Er hatte sich von dem Besuch des Schuhgeschäfts wesentlich mehr erhofft, ja er hatte erwartet, dort Aufschluss über die Identität des Toten zu erhalten. Jetzt war es ihm ziemlich peinlich, wie er sich darauf gefreut hatte, mit dem Namen des Toten in der Tasche in Vezzanis Büro zu marschieren. Nun blieb ihnen nichts anderes mehr übrig als das, was sie besser gleich als Erstes getan hätten: mit den Kollegen der Questura in Mestre zusammenzuarbeiten.

Er nahm auf dem Vordersitz des Wagens Platz und bat den Fahrer, sie zur Questura zu bringen. Der Fahrer ermahnte ihn, sich anzuschnallen; Brunetti gehorchte, obwohl er das für eine so kurze Strecke ziemlich albern fand. Es war schon nach vier, und auf den Straßen schien viel los zu sein.

Am Eingang zeigte Brunetti seinen Dienstausweis und sagte, er habe einen Termin mit Commissario Vezzani. Vor ein paar Jahren hatten sie wegen der Gepäckdiebstähle am Flughafen zusammengearbeitet – dieselben Ermittlungen, mit denen sich jetzt Pucetti herumschlagen musste –, eine gemeinsame Erfahrung, die sie um einiges klüger und pessimistischer gemacht und ihnen deutlich vor Augen geführt hatte, bis wohin ein cleverer Anwalt die Rechte von Beschuldigten auszudehnen vermochte.

Der Wachmann erklärte, der Commissario habe sein Büro im dritten Stock, und wies auf den Aufzug. Vezzani kam ursprünglich aus Livorno, lebte aber schon so lange im Veneto, dass er den singenden Tonfall dieser Gegend angenommen hatte; und seine Kinder sprachen mit ihren Freunden das Veneziano von Mestre, wie er Brunetti damals in einer Pause zwischen endlosen Verhören zweier Männer erzählt hatte, denen bewaffneter Raubüberfall vorgeworfen wurde.

Als Brunetti und Vianello eintraten, erhob sich Vezzani. Groß und schlank und mit vorzeitig ergrautem Haar, kurzgeschoren in dem vergeblichen Versuch, dies zu kaschieren. Er begrüßte Brunetti mit Handschlag, tätschelte ihm den Arm und gab dann auch Vianello die Hand, den er ebenfalls schon kannte.

»Habt ihr herausgefunden, wer er ist?«, fragte er, als sie sich gesetzt hatten.

»Nein. Wir haben mit den Frauen im Schuhgeschäft gesprochen, aber die wussten auch nichts. Nur, dass er Hunde mochte und sich mit Tieren auskannte.«

Falls Vezzani es befremdlich fand, dass jemand beim Schuhkauf über solche Dinge sprach, ging er darüber hinweg und fragte: »Und seine Krankheit, von der du mir erzählt hast?«

»Madelung. Kommt bei Alkoholikern und Drogensüchtigen vor, aber Rizzardi sagt, es gebe keinerlei Hinweise darauf, dass der Tote getrunken oder Drogen genommen habe.«

»Also purer Zufall?«

Brunetti nickte und sah wieder den dicken Hals und den mächtigen Brustkorb des Toten vor sich.

»Kann ich das Foto sehen?«, fragte Vezzani.

Brunetti gab es ihm.

»Das hat Pucetti gemacht, sagst du?«, fragte Vezzani, während er das Foto eingehend betrachtete.

»Ja.«

»Ich habe von ihm gehört«, sagte Vezzani und fuhr in anderem Tonfall fort: »Gott, solche wie ihn hätte ich auch gern hier.«

»So schlimm?«

Vezzani zuckte die Achseln.

»Du willst nicht darüber reden?«, fragte Brunetti.

Vezzani lachte trocken. »Falls ich mal ein Stellenangebot für einen Streifenpolizisten in Caltanissetta sehe, könnte ich in Versuchung geraten, das sag ich dir.«

»Warum?«

Vezzani rieb sich die Wange; er hatte einen so starken Bartwuchs, dass es schon um diese Tageszeit vernehmlich raspelte. »Weil hier so wenig geschieht und weil wir, wenn doch mal etwas passiert, so wenig tun können.« Als sei ihm das Thema zu unerfreulich, sprang er auf und nahm das Foto. »Ich geh damit mal nach unten und zeig es den anderen. Vielleicht kennt ihn ja einer.« Brunetti nickte, und schon war Vezzani aus dem Zimmer.

Brunetti stand auf und ging zu einer Pinnwand, an der Bekanntmachungen mit dem Siegel des Innenministeriums hingen. Er las ein paar und stellte fest, dass es dieselben Hinweise und Berichte waren, die auch sein Büro überfluteten. Vielleicht sollte er das Zeug einfach in Koffer packen und irgendwo abstellen, bis sie gestohlen wurden. Anders schien es kaum möglich, das alles jemals loszuwerden. Ob er das

Patta mal vorschlagen sollte?, fragte er sich und spielte in Gedanken die Debatte mit Patta durch.

Vezzani stürmte ins Zimmer. »Er ist Tierarzt«, sagte er.

Brunetti murmelte die Aussage der jungen Frau im Laden vor sich hin: »Mag Tiere und kennt sich mit Hunden aus.« Dann fragte er: »Von wem hast du das?«

»Von einem unserer Männer. Er hat ihn in der Schule seines Sohnes gesehen.« Vezzani kam ein paar Schritte näher. »Auf einer besonderen Veranstaltung, wo die Eltern eingeladen waren, um den Kindern von ihren Berufen zu erzählen. Er sagt, das findet jährlich statt, und letztes Jahr hat dieser Mann von seiner Tätigkeit als Tierarzt berichtet.«

»Ganz sicher?«, fragte Brunetti.

Vezzani nickte.

»Und sein Name?«

»Den wusste er nicht mehr, er hat auch nur den Schluss seines Vortrags gehört. Aber da nur Eltern eingeladen waren, müssen die in der Schule ja wohl wissen, wie er heißt.«

»Welche Schule war das?«

»San Giovanni Bosco. Ich kann dort anrufen«, sagte Vezzani und ging zu seinem Schreibtisch. »Oder wir fahren hin und reden mit ihnen.«

Brunetti reagierte sofort. »Ich möchte dort nicht in einem Streifenwagen auftauchen, das Kind geht ja bestimmt immer noch auf diese Schule. Gerüchte verbreiten sich schnell, und ich finde, es soll nicht auf diese Weise erfahren, was mit seinem Vater passiert ist.«

Vezzani stimmte zu, und Vianello, dessen Kinder noch zur Schule gingen und der wie die anderen in einem potentiell gefährlichen Beruf arbeitete, nickte ebenfalls.

Vezzani griff zum Telefon, und nachdem er zweimal weiterverbunden worden war, erfuhr er den Namen des Toten. Dottor Andrea Nava. Sein Sohn war noch auf der Schule, aber anscheinend hatte es familiäre Probleme gegeben, jedenfalls war der Vater zum letzten Elterntag nicht erschienen. Ja, voriges Jahr sei er da gewesen und habe über Haustiere und ihre Pflege gesprochen. Auf seine Anregung hin hätten einige Kinder ihre Haustiere mitgebracht, und die habe er als Beispiele benutzt. Den Kindern habe sein Vortrag besser gefallen als alle anderen, und es sei sehr schade, dass Dottor Nava dieses Jahr nicht habe kommen können.

Vezzani ließ sich Adresse und Telefonnummer aus den Unterlagen der Schule diktieren, dankte, ohne eine Erklärung abzugeben, warum die Polizei sich für den Dottore interessierte, und legte auf.

»Und jetzt?« Vezzani sah die beiden fragend an.

»Gott, wie ich das hasse«, murmelte Vianello.

»Dein Mann war sich sicher?«, fragte Brunetti.

»Absolut«, sagte Vezzani. Dann fragte er: »Sollen wir vorher anrufen?«

»Ist es weit?«, fragte Brunetti und wies auf den Zettel in Vezzanis Hand.

Der sah noch einmal nach der Adresse. »Am anderen Ende der Stadt.«

»Dann rufen wir an«, sagte Brunetti, der nicht lange im Stau stehen wollte, um schließlich zu erfahren, dass die Frau oder Verlobte oder Lebensgefährtin des Mannes – oder mit wem sonst Männer heutzutage zusammenleben mochten – nicht zu Hause war.

Vezzani nahm den Hörer, zögerte kurz und hielt ihn Brunetti hin. »Sprich du mit ihnen. Es ist dein Fall.« Dann tippte er die Nummer ein.

Nach dem dritten Klingeln meldete sich eine Frau. »*Pronto*«, sagte sie, ohne ihren Namen zu nennen.

»*Buon giorno, Signora*«, sagte Brunetti. »Bin ich mit dem Anschluss von Dottor Andrea Nava verbunden?«

»Wer spricht da, bitte?«, fragte sie mit deutlich abgekühlter Stimme.

»Commissario Guido Brunetti, Signora. Von der Polizei in Venedig.«

Nach einer Pause, die Brunetti nicht übermäßig lang vorkam, fragte sie: »Könnten Sie mir den Grund Ihres Anrufs nennen?«

»Wir versuchen, Dottor Nava ausfindig zu machen, Signora, und eine andere Nummer als diese haben wir nicht.«

»Von wem haben Sie die?«, fragte sie.

»Von der Polizei in Mestre«, sagte er und hoffte, sie werde nicht fragen, warum die Polizei die Nummer haben sollte.

»Er wohnt hier nicht mehr«, sagte sie.

»Darf ich fragen, mit wem ich spreche, Signora?«

Diesmal war die Pause übermäßig lang. »Ich bin seine Frau«, sagte sie.

»Verstehe. Kann ich vorbeikommen und mit Ihnen reden, Signora?«

»Warum?«

»Weil wir mit Ihnen über Ihren Mann sprechen müssen, Signora«, sagte Brunetti mit großem Ernst, um sie auf das Unvermeidliche vorzubereiten.

»Er hat doch nichts angestellt?«, fragte sie eher überrascht als besorgt.

»Nein«, sagte Brunetti.

»Worum geht es denn bitte?«, fragte sie zunehmend gereizt.

»Ich würde lieber unter vier Augen mit Ihnen sprechen, Signora.« Das dauerte schon viel zu lange, jetzt konnte Brunetti es ihr nicht mehr am Telefon sagen.

»Mein Sohn ist hier«, sagte sie.

Das hatte Brunetti nicht erwartet. Wie lenkt man ein Kind ab, während man seiner Mutter sagt, dass ihr Mann gestorben ist? »Ich werde einen meiner Leute mitbringen, Signora«, sagte er, ohne sich näher zu erklären.

»Wie lange brauchen Sie hierher?«

»Zwanzig Minuten«, schätzte Brunetti.

»Also gut, ich warte.« Offenbar wollte sie das Gespräch beenden.

»Könnten Sie mir sicherheitshalber die Adresse nochmals nennen, Signora?«, bat Brunetti.

»Via Enrico Toti 26«, sagte sie. »Ist das die Adresse, die Sie haben?«

»Ja«, bestätigte er. »In zwanzig Minuten sind wir da«, wiederholte er, dankte und legte auf.

Dann fragte er Vezzani: »Zwanzig Minuten?«

»Höchstens«, sagte er. »Soll ich mitkommen?«

»Zwei von uns reichen, finde ich. Ich nehme Vianello mit, weil wir in solchen Dingen gut eingespielt sind.«

Vezzani stand auf. »Ich bringe euch in meinem Wagen hin. Ihr könnt euren Fahrer zurückschicken. So vermeiden wir, mit einem Polizeiwagen dort anzurücken.« Er kam Brunettis Protest zuvor: »Ich will nicht mit euch reinkommen. Ich gehe so lange in einer Bar Kaffee trinken.«

15

Nummer 26 war eins der ersten in einer Reihe von Doppelhäusern hinter einer kleinen Einkaufszeile in den Außenbezirken von Mestre. Sie fuhren an dem Haus vorbei; Vezzani parkte das Zivilfahrzeug hundert Meter weiter. Als die drei Männer ausgestiegen waren, zeigte er auf eine Bar auf der anderen Straßenseite. »Ich warte dort«, sagte er.

Brunetti und Vianello gingen das Stück zurück und stiegen die Treppe zu Nummer 26 hinauf. Das Haus hatte zwei Türen und zwei Klingeln, beide mit Namensschildern darunter. Auf einem standen in verblasster Schrift die Namen »Cerulli« und »Fabretti«; auf dem anderen in Handschrift und unausgeblichen »Doni«. Dort klingelte Brunetti.

Ein dunkelhaariger Junge von etwa acht Jahren öffnete die Tür. Er war dünn, hatte blaue Augen und ein für sein Alter überraschend ernstes Gesicht. »Sind Sie die Polizisten?«, fragte er. In einer Hand hielt er eine futuristische Plastikwaffe, vielleicht eine Strahlenkanone. An der anderen hing ein ausgebleichter Teddybär mit einem großen kahlen Fleck am Bauch.

»Ja, das sind wir«, antwortete Brunetti. »Sagst du uns, wer du bist?«

»Teodoro«, sagte er und ließ sie eintreten. »Meine *mamma* ist im großen Zimmer.« Sie gingen an dem Jungen vorbei hinein, und er schloss die Tür hinter ihnen. Am Ende eines Flurs gelangten sie in ein Zimmer, das auf einen völlig verwilderten Garten hinaussah. In Vorstädten wie dieser waren die Gärten nach Brunettis Erfahrung meist von militärischer Strenge, Blumen und Gemüse schnurgerade ausgerichtet und zu jeder Jahreszeit sauber zurechtgestutzt und gejätet. Dieser kündete von Verwahrlosung; was früher einmal ordentlich gepflanzt gewesen sein mochte, wucherte jetzt kreuz und quer durcheinander. Brunetti sah die Stangen, die einst Tomaten und Bohnen gestützt hatten, unter Bergen von Unkraut schief und krumm daniederliegen, als sei der Garten am Ende des Sommers aufgegeben worden und jetzt im Frühjahr ganz und gar in Vergessenheit geraten.

Das Zimmer hingegen, in das der Junge sie führte, ließ keine Verwahrlosung erkennen. Ein maschinengewebter Orientteppich bedeckte weite Teile des Marmorbodens; an einer Wand stand ein dunkelblaues Sofa, davor ein niedriger Tisch mit einem akkuraten Stapel Zeitschriften. Dazu zwei geblümte Sessel im selben Dunkelblau wie das Sofa. An den Wänden sah Brunetti dunkel gerahmte Drucke von der Art, wie sie in Möbelgeschäften verkauft werden.

»Hier sind die Polizisten, *mamma*«, sagte der Junge. Die Frau stand auf und kam ihnen mit an den Körper gepressten Armen einen Schritt entgegen. Ihre steife Haltung ließ sie größer erscheinen als sie war. Sie mochte Ende dreißig sein, trug schulterlanges dunkles Haar und eine rechteckige Brille, die ihr Gesicht noch kantiger machte. Ihr Rock ging bis knapp über die Knie; darüber trug sie einen grauen Seidenpullover.

»Danke, Teodoro«, sagte sie. Sie nickte den beiden zu. »Ich bin Anna Doni.« Ihre Züge wurden weicher, aber sie lächelte nicht.

Brunetti stellte sich und Vianello vor und dankte ihr für die Bereitschaft, sie zu empfangen.

Der Junge sah zwischen den Erwachsenen hin und her. Sie drehte sich zu ihm um und sagte: »Ich finde, du solltest jetzt gehen und deine Hausaufgaben machen.«

Der Junge wollte widersprechen, ließ es dann aber. Er nickte und verschwand wortlos aus dem Zimmer, seine Waffe und den Teddy nahm er mit.

»Bitte, meine Herren«, sagte die Frau und wies auf das Sofa. Sie selbst nahm in einem Sessel Platz und erhob sich noch einmal kurz, um ihren Rock glattzuziehen. Als alle saßen, sagte sie: »Nun erklären Sie mir bitte, warum Sie gekommen sind.«

»Es geht um Ihren Mann, Signora«, sagte Brunetti. Da sie keine Fragen stellte, fuhr er fort: »Können Sie mir sagen, wann Sie ihn das letzte Mal gesehen oder von ihm gehört haben?«

Sie antwortete mit einer Gegenfrage: »Sie wissen, dass wir getrennt leben?«

Brunetti nickte, als sei ihm das bekannt, fragte aber nicht weiter nach. Schließlich erzählte sie: »Vor etwas über einer Woche habe ich ihn gesehen, als er Teodoro nach Hause gebracht hat.« Sie erklärte: »Er hat Besuchsrecht und darf ihn jedes zweites Wochenende zu sich holen; Teo schläft dann auch dort.« Brunetti nahm es als gutes Zeichen, dass sie den Jungen endlich bei seinem Kosenamen nannte.

»Haben Sie sich gütlich getrennt, Signora?«, schaltete Vianello sich ein und signalisierte Brunetti, dass er die Rolle des freundlichen Polizisten übernehmen werde, falls das nötig wurde.

»Wir leben getrennt«, sagte sie knapp. »Ich weiß nicht, ob man bei so etwas von gütlich sprechen kann.«

»Wie lange waren Sie verheiratet, Signora?«, fragte Vianello voller Anteilnahme. Und als wolle er andeuten, sie habe jedes Recht, die Antwort zu verweigern, fügte er hinzu: »Entschuldigen Sie die Frage.«

Jetzt reichte es ihr. Sie nahm die Hände auseinander und packte die Lehnen ihres Sessels. »Genug damit, Signori«, sagte sie unerwartet scharf. »Sagen Sir mir endlich, worum es geht, dann überlege ich mir, welche Ihrer Fragen ich beantworten möchte.«

Brunetti hatte gehofft, die schlimme Nachricht noch etwas hinausschieben zu können. »Wenn Sie die Zeitung gelesen haben, Signora«, fing er an, »wissen Sie, dass in einem Kanal in Venedig die Leiche eines Mannes gefunden wurde.« Er schwieg lange genug, dass sie sich auf das Unausweichliche gefasst machen konnte. Ihre Hände krampften sich um die Sessellehnen. Sie nickte. Ihr Mund ging auf, als sei die Luft plötzlich zu Wasser geworden und sie könne nicht mehr atmen.

»Wie es aussieht, wurde der Mann ermordet. Wir haben Grund zu der Annahme, dass es sich um Ihren Ehemann handelt.«

Sie fiel in Ohnmacht. In all seinen Dienstjahren als Polizist hatte Brunetti noch nie jemanden in Ohnmacht fallen sehen. Zweimal hatte er erlebt, wie Verdächtige, ein Mann und eine Frau und bei verschiedenen Gelegenheiten, so getan hatten, als würden sie ohnmächtig, und beide Male hatte er sofort gewusst, dass sie nur Zeit gewinnen wollten. Aber diese Frau hier verlor wirklich das Bewusstsein. Ihre Augen verdrehten sich nach oben; ihr Kopf sank nach hinten. Dann glitt sie wie ein nachlässig hingeworfenes Kleidungsstück vom Sessel auf den Boden.

Brunetti reagierte schneller als Vianello, stieß den Sessel zur Seite und kniete sich neben sie. Er schnappte sich ein Kissen vom Sofa und legte es ihr unter den Kopf, und weil er das in Filmen so gesehen hatte, nahm er ihr Handgelenk und fühlte nach dem Puls. Ihr Herz schlug langsam und gleichmäßig; die Atmung schien normal, als sei sie einfach nur eingeschlafen.

Brunetti sah zu Vianello hoch. »Sollen wir einen Krankenwagen rufen?«, fragte der Ispettore.

Signora Doni schlug die Augen auf und rückte sich die Brille zurecht, die bei ihrem Sturz verrutscht war. Sie blickte suchend umher, wie um sich zu vergewissern, wo sie war. Eine volle Minute verging, dann sagte sie: »Wenn Sie mir aufhelfen, kann ich mich wieder hinsetzen.«

Vianello kniete sich auf die andere Seite, und so vorsichtig, als könne sie jeden Augenblick noch einmal zusammenbrechen, halfen sie ihr gemeinsam hoch. Sie dankte ihnen, wartete, bis sie sie losließen, hielt sich mit einer Hand am Sessel fest und ließ sich hineinsinken.

»Darf ich Ihnen ein Glas Wasser bringen?«, fragte Brunetti und fühlte sich wieder wie im Film.

»Nein«, sagte sie. »Nicht nötig. Ich brauche nur einen Moment Ruhe.«

Die beiden wandten sich von ihr ab, gingen ans Fenster und sahen in den trostlosen Garten hinaus. Sie warteten eine ganze Weile, dass die Frau hinter ihnen sich irgendwie bemerkbar machte.

Schließlich sagte sie: »Es geht jetzt wieder.«

Sie nahmen auf dem Sofa Platz. »Bitte sagen Sie Teo nichts«, bat sie.

Brunetti nickte, Vianello schüttelte den Kopf. Beide meinten dasselbe.

»Ich weiß nicht, wie… das mit seinem Vater«, sagte sie mit brüchiger Stimme. Sie holte ein paarmal tief Luft, und Brunetti unterdrückte den Impuls, sie noch einmal zu fragen, ob sie etwas zu trinken haben wolle. »Erzählen Sie mir, was passiert ist«, sagte sie.

Brunetti sah keine Möglichkeit, die Geschichte zu beschönigen. »Ihr Mann wurde erstochen und in einen Kanal geworfen. Seine Leiche wurde am Montagmorgen gefunden und ins Ospedale Civile gebracht. Er hatte keine Papiere bei sich. Deswegen hat es so lange gedauert, bis wir Sie gefunden haben.«

Sie nickte mehrmals, ging das Gehörte Punkt für Punkt durch. »In der Zeitung war keine Beschreibung von ihm«, sagte sie. »Auch nichts von seiner Krankheit.«

»Weil wir keine weiteren Informationen hatten, Signora.«

»Das habe ich gelesen«, sagte sie aufgebracht. »Aber da stand nichts von Madelung. So etwas sollte Ihr Pathologe doch wohl erkennen können.« Sie wollte es nicht glauben, erkannte Brunetti an diesem Anfall von Sarkasmus. Eher zu sich selbst fuhr sie fort: »Wenn ich davon etwas gelesen hätte, hätte ich mich gemeldet.« Brunetti glaubte ihr.

»Es tut mir leid, Signora, dass Sie es auf diese Weise erfahren mussten.«

»So oder so. Man kann es nie fassen«, meinte sie kühl, bemerkte dann aber seine Reaktion und fragte: »Oder?«

»Seit wann hatte er diese Krankheit?«, fragte Brunetti aus reiner Neugier.

»Das ist schwer zu sagen«, erklärte sie. »Anfangs dachte er nur, er nimmt zu. Aber nichts half: Er aß immer weniger und wurde trotzdem immer schwerer. Das ging fast ein Jahr so. Dann bat er einen Freund um Rat. Die beiden waren zusammen auf der Uni gewesen, aber Luigi hatte sich für Medizin entschieden, also nicht Tiermedizin wie mein Mann. Luigi sagte ihm, wofür er das hielt, aber wir konnten das erst nicht glauben. Wie denn auch: Andrea trank höchstens mal ein oder zwei Gläser Wein zum Essen, oft auch gar nichts, also schien uns das ausgeschlossen.« Sie rückte sich umständlich auf dem Sessel zurecht.

»Dann, vor etwa sechs Monaten, wurde bei ihm eine Biopsie durchgeführt, und eine Tomographie. Und das hat die Diagnose bestätigt.« Ihre Stimme war völlig emotionslos. »Es gibt keine Behandlung dafür, keine Heilung.« Mit krampfhaftem Lächeln fügte sie hinzu: »Aber es ist nicht lebensgefährlich. Man wird zu einem Fass, aber man stirbt nicht daran.«

Ihre Miene wurde wieder ernst. »Aber deswegen sind Sie bestimmt nicht gekommen, oder?«

Brunetti versuchte abzuschätzen, wie weit er mit seinen Fragen gehen konnte, und entschied sich für völlige Offenheit. »Das stimmt, Signora.« Dann fragte er: »Gibt es jemand, der Ihrem Mann nach dem Leben getrachtet haben könnte?«

»Sie meinen: abgesehen von mir?«, fragte sie ohne jede Ironie zurück. Die Bemerkung stieß Brunetti vor den Kopf, und mit einem raschen Seitenblick zu Vianello stellte er fest, dass sie auch ihn befremdete.

»Wegen der Trennung?«, fragte Brunetti.

Sie schaute aus dem Fenster in den verwilderten Garten. »Nein, aber es gab ja einen Grund für die Trennung«, antwortete sie schließlich.

»Und das wäre?«, fragte Brunetti.

»Das älteste Klischee der Welt, Commissario. Eine junge Frau, eine Kollegin von ihm; über zehn Jahre jünger als er.« Sie korrigierte sich mit unverhohlenem Groll: »Als ich, sollte ich wohl sagen.« Sie sah Brunetti herausfordernd an, als warte auch er nur darauf, seiner Frau das Gleiche anzutun.

»Er hat Sie wegen dieser Frau verlassen?«, fragte Brunetti.

»Nein. Er hatte eine Affäre mit ihr, und als er mir das erzählte – ›beichtete‹ ist wohl das richtige Wort –, behauptete er, er habe das nicht gewollt, sie habe ihn verführt.« Wie Quecksilber in einem Thermometer, auf das die Morgensonne scheint, kam Bitterkeit in ihrer Stimme hoch.

Brunetti wartete. In einem solchen Augenblick sollte man eine Frau nicht unterbrechen.

»Er sagte, sie habe es offenbar darauf angelegt.« Sie machte eine Handbewegung, als wolle sie ihren Mann verscheuchen – oder die Frau, oder die Erinnerung an das, was er gesagt hatte. Und schon mehr als verbittert, fügte sie hinzu: »Es wäre nicht das erste Mal, dass ein Mann so etwas behauptet, oder?«

Vianello, ganz der freundliche Polizist, schaltete sich ein: »Sie sagten, er habe Ihnen davon erzählt, Signora? Warum denn eigentlich?«

Sie drehte sich zu ihm um, als nehme sie ihn jetzt erst richtig wahr. »Er sagte, die Frau habe vor, mir alles zu erzählen, und da wolle er ihr lieber zuvorkommen.« Sie rieb sich heftig die Stirn. »Und es mir selbst erzählen, meine ich.«

Sie sah den Ispettore unverwandt an und richtete das Wort dann wieder an Brunetti. »Jedenfalls hat er mich nicht wegen ihr verlassen, Commissario. Ich habe ihm gesagt, er soll verschwinden.«

»Und dann ist er gegangen?«

»Ja. Noch am selben Tag. Das heißt, am nächsten Tag.« Sie schwieg eine Weile, offenbar in Erinnerungen versunken. »Wir mussten besprechen, wie wir das Teo beibringen wollten.« Dann mit weicherer Stimme: »Ich glaube, man kann ihnen das nicht erklären – Kindern meine ich –, wie sollen sie das verstehen?«

Brunetti hätte am liebsten gefragt, was sie ihrem Sohn erzählt hatten, weil das aber zu aufdringlich gewesen wäre, fragte er stattdessen: »Wann war das?«

»Vor drei Monaten. Wir haben beide mit Anwälten gesprochen und Papiere unterschrieben.«

»Und wie sollte es weitergehen?«

»Sie meinen, ob ich mich scheiden lassen wollte?«

»Ja.«

»Selbstverständlich.« Sie kam immer mehr in Fahrt: »Nicht wegen der Affäre, bitte verstehen Sie mich richtig. Sondern weil er nicht den Mut hatte, dazu zu stehen; weil er das Opfer spielen musste.« Wie um ihren Zorn zu bändigen, umklammerte sie mit einer Hand ihre Schulter und fauchte: »Ich hasse dieses Opfergetue. Ich hasse Leute, die nicht den Mut haben, zu ihren Verfehlungen zu stehen, und sie anderen oder den Umständen in die Schuhe schieben.« Jetzt war sie nicht mehr zu bremsen. »Ich hasse die Feigheit dieser Leute. Affären sind nichts Besonderes. Die gibt es immer wieder. Aber dann soll man wenigstens dazu stehen, Herrgott noch mal. Und nicht andere dafür verantwortlich machen. Einfach sagen, ja, ich hab's getan, und wenn es einem leidtut, sagen, es tut mir leid, aber nicht irgendeinem anderen die Schuld an der eigenen Schwäche oder Dummheit geben.«

Sie verstummte erschöpft, vielleicht nicht so sehr von dem, was sie gesagt hatte, als von den Umständen, unter denen sie es gesagt hatte: vor zwei vollkommen Fremden, obendrein noch Polizisten, die ihr die Nachricht vom Tod ihres Mannes überbracht hatten.

»Angenommen, Sie sind nicht die Schuldige, Signora«, sagte Brunetti mit dem Anflug eines Lächelns und hoffte, seine Ironie werde sie von dem Kurs ablenken, den das Gespräch genommen hatte, »fällt Ihnen irgendjemand ein, der Ihrem Mann besonders feindlich gesinnt gewesen sein könnte?«

Sie dachte darüber nach und wurde sichtlich ruhiger. »Bevor ich darauf antworte, möchte ich eins klarstellen«, sagte sie.

Brunetti nickte.

»In der Zeitung stand, der Mann in Venedig – Andrea – wurde am Montagmorgen gefunden«, sagte sie, aber es war eine Frage.

Brunetti beantwortete sie. »Ja.«

»Ich war in der Nacht hier, mit meiner Schwester. Sie hatte ihre beiden Kinder mitgebracht, wir haben gemeinsam zu Abend gegessen, und dann haben sie hier übernachtet.«

Brunetti gestattete sich einen Blick in Vianellos Richtung und sah, dass der freundliche Polizist nickte. Dann wandte er sich wieder Signora Doni zu, die bereits weitererzählte.

»Was Ihre andere Frage betrifft, wüsste ich niemanden. Andrea war ein …« Sie unterbrach sich, vielleicht war ihr bewusst, dass dies ein Nachruf war. »Er war ein guter Mann.« Sie holte dreimal tief Luft und fuhr fort. »Ich weiß, er hatte Schwierigkeiten auf der Arbeit oder wegen der Arbeit. In den letzten Monaten, die wir zusammen waren, ist mir das aufgefallen; da hat er …« Sie brach ab, und Brunetti ließ sie in Ruhe nachdenken. Dann ging es weiter: »Vielleicht waren es Schuldgefühle wegen dem, was er tat. Was sie taten. Vielleicht war es aber auch etwas anderes.« Wieder eine lange Pause. »Wir haben nicht mehr viel miteinander geredet in den Monaten vor seinem Geständnis.«

»Wo arbeitet er, Signora?«, fragte Brunetti und erschrak, weil er in der Gegenwartsform gesprochen hatte. Wenn er sich jetzt korrigierte, würde es nur noch schlimmer.

»Seine Kleintierklinik ist nicht weit von hier. Aber zwei Tage die Woche arbeitet er noch woanders.« Unbewusst – vielleicht weil Brunetti damit angefangen hatte – fiel auch sie ins Präsens zurück.

Brunetti erschien die Arbeit eines Tierarztes als ziemlich spezialisiert; er fragte sich, was Dottor Nava neben seiner Privatklinik noch getan haben mochte. »War er in diesem anderen Job auch als Tierarzt tätig?«

Sie nickte. »Das wurde ihm vor etwa sechs Monaten angeboten. Wegen der Finanzkrise hatte er in seiner Klinik immer weniger zu tun. Eigentlich seltsam, weil die Leute normalerweise alles tun und jeden Preis bezahlen, wenn es um ihre Haustiere geht.« Sie rang die Hände – ein typisches Zeichen von Hilflosigkeit –, und Brunetti fragte sich, ob auch sie arbeiten ging oder ob sie sich als Hausfrau um ihren Sohn kümmerte. Was würde nun im letzteren Fall aus ihr werden?

»Deswegen hat er den Job übernommen, als er ihm angeboten wurde«, sagte sie. »Schließlich hatten wir die Hypothek auf das Haus und die Kosten für die Klinik, und dazu kamen noch die Arztrechnungen.« Da die beiden Polizisten sie erstaunt ansahen, erklärte sie: »Andrea musste alles privat bezahlen. Die Wartezeit für eine Tomographie im Krankenhaus war über sechs Monate. Und er hat auch alle Facharztbesuche selbst bezahlt. Deswegen hat er den Job angenommen.«

»Und was war das für eine Arbeit, Signora?«

»Im Schlachthof. Wenn die Tiere angeliefert werden, muss ein Veterinär sie begutachten. Ob sie gesund genug zur Verwertung sind.«

»Als Fleisch, meinen Sie?«, fragte Vianello.

Sie nickte.

»An zwei Tagen die Woche?«

»Ja. Montag und Mittwoch. Wenn sie von den Bauern gebracht werden. Er hatte seine Sprechzeiten so organisiert, dass er vormittags nicht da zu sein brauchte; bei Notfällen übernahmen seine Angestellten eine erste Versorgung der Patienten.« Sie blickte verwundert auf. »Wie sich das anhört: ›Patienten‹, wenn von Tieren die Rede ist.« Sie schüttelte lächelnd den Kopf. »Verrückt.«

»Welcher Schlachthof, Signora?«, fragte Brunetti.

»Preganziol«, sagte sie; und als ob das noch eine Rolle spielen würde, fügte sie hinzu: »Mit dem Auto nur fünfzehn Minuten von hier.«

In Gedanken noch bei dem, was sie über Leute gesagt hatte,

die alles für ihre Tiere tun würden, fragte Brunetti: »Kam es vor, dass Leute, die Haustiere zu Ihrem Mann gebracht haben, auf ihn wütend geworden sind?«

»Sie meinen, ob sie ihm gedroht haben?«, fragte sie.

»Ja.«

»Von einer so ernsten Sache hat er mir nie etwas erzählt; aber gelegentlich wurde ihm vorgeworfen, er habe sich nicht genug bemüht, ein Tier zu retten.« Sie sprach ganz ruhig, und ihre kühle Miene deutete an, was sie von solchen Vorwürfen hielt.

»Kann es sein, dass Ihr Mann Ihnen ernstzunehmende Drohungen verschwiegen hat?«, fragte Vianello.

»Sie meinen, damit ich mir keine Sorgen mache?«, fragte sie sachlich, ohne jede Spur von Sarkasmus.

»Ja.«

»Nein, nicht bevor wir uns entzweit haben. Er hat mir alles erzählt. Wir haben …« – sie suchte nach der richtigen Formulierung – »wir haben einander alles anvertraut. Aber er hat nie etwas gesagt. Er hat die Arbeit in seiner Klinik gern gehabt.«

»Die Schwierigkeiten, die Sie erwähnten, hatte er demnach mit dem anderen Job, Signora?«, fragte Brunetti.

Sie sah mit leerem Blick in den vernachlässigten Garten hinaus, in dem sich keine Frühlingsboten zeigten. »Als er da anfing, hat er sich verändert. Aber das war wegen … anderer Dinge, würde ich sagen.«

»Hat er dort diese Frau kennengelernt?«, fragte Brunetti, der zunächst angenommen hatte, sie arbeite in der Klinik.

»Ja. Ich weiß nicht, was sie da macht. Das hat mich nicht interessiert.«

»Wissen Sie, wie sie heißt, Signora?«

»Er war so anständig, ihren Namen nie zu erwähnen«, sagte sie mit kaum verhohlener Wut. »Nur, dass sie jünger sei«, fügte sie eisig hinzu.

»Verstehe«, sagte Brunetti. »Wie hat er auf Sie gewirkt, als Sie ihn das letzte Mal gesehen haben?«

Er sah zu, wie sie sich die Begegnung ins Gedächtnis zurückrief, sah zu, wie die Erinnerungen sich in ihren Zügen spiegelten. Sie holte tief Luft, neigte den Kopf zur Seite, weg von den beiden Polizisten, und sagte: »Das war vor ungefähr zehn Tagen.« Sie atmete noch mehrmals tief durch, und wieder legte sie einen Arm vor die Brust und umklammerte ihre Schulter. Schließlich sagte sie: »Er hatte Teo übers Wochenende, und als er ihn zurückbrachte, sagte er, er wolle mit mir reden. Etwas mache ihm Sorgen.«

»Was?«, fragte Brunetti.

Sie nahm die Hand herunter und legte sie zu der anderen in ihrem Schoß. »Ich dachte, es gehe um diese Frau, also sagte ich, ich wolle kein Wort hören, egal was er mir zu erzählen habe.«

Sie schwieg, und die beiden konnten sehen, wie sich die Szene vor ihrem inneren Auge wiederholte, blieben aber still. Schließlich fuhr sie fort: »Er sagte, da gehe etwas vor, das ihm gar nicht gefalle, und er wolle mit mir darüber reden.« Sie sah Vianello an, dann Brunetti. »Das fand ich am schlimmsten, dass er so feige war.«

Von irgendwo im Haus kam ein Geräusch, und sie erhob sich halb aus dem Sessel. Es kam aber nichts mehr, und sie setzte sich wieder. »Ich konnte mir schon denken, was er mir erzählen wollte. Von ihr. Vielleicht lief es nicht gut mit ihr, und er wollte mich um Verzeihung bitten. Mir war das in diesem Augenblick egal. Ich wollte mir so etwas nicht anhören, also sagte ich, er könne das alles meinem Anwalt erzählen.«

Sie holte Luft und fuhr fort. »Er sagte, es gehe nicht um sie. Ihren Namen hat er nicht gesagt. Er hat nur von ›ihr‹ gesprochen. Als sei es das Natürlichste von der Welt für ihn, mit mir über diese Frau zu reden. In meinem Haus.« Sie hatte zwischen den beiden Männern hin und her gesehen, jetzt aber richtete sie ihre Aufmerksamkeit auf die Hände in ihrem Schoß. »Ich habe ihm gesagt, er soll gehen.«

»Und hat er das getan, Signora?«, fragte Brunetti nach längerem Schweigen.

»Ja. Ich bin aufgestanden und aus dem Zimmer gegangen, und dann habe ich die Haustür gehört und sein Auto in der Einfahrt. Das war das letzte Mal, dass ich ihn gesehen habe.«

Brunetti, der auf ihre Hände sah, erschrak beim ersten Tropfen. Er fiel auf ihren Handrücken und versickerte im Gewebe ihres Rocks, dann kam noch einer und noch einer, und schließlich stand sie auf und ging hastig aus dem Zimmer.

Nach einer Weile sagte Vianello: »Ein Jammer, dass sie ihm nicht zugehört hat.«

»Ihretwegen oder unsretwegen?«, fragte Brunetti.

Überrascht von der Frage, antwortete Vianello: »Ihretwegen.«

16

Sie konnten nur warten, bis sie zurückkam. Mit gedämpfter Stimme besprachen sie, was sie gesagt hatte und welche Möglichkeiten sich für sie daraus ergaben.

»Wir müssen diese Frau aufspüren und herausfinden, was da los war«, sagte Brunetti.

Vianello machte ein vielsagendes Gesicht.

»Nein, nicht das«, meinte Brunetti. »Sie hat recht: Es ist ein Klischee, eins der ältesten überhaupt. Mich interessiert, ob ihn noch etwas anderes als die Affäre beunruhigt hat.«

»Du meinst, das reicht noch nicht, einem verheirateten Mann Bauchschmerzen zu machen?«, fragte Vianello.

»Doch, sicher«, räumte Brunetti ein. »Aber nicht jeder verheiratete Mann, der eine Affäre hat, landet mit drei Messerstichen im Rücken in einem Kanal.«

»Stimmt«, sagte Vianello. Er wies auf die Tür, durch die Signora Doni verschwunden war, und meinte: »Ich glaube, wenn ich es mit ihr zu tun hätte, würde eine Affäre mich ganz schön nervös machen.«

»Wie würde Nadia reagieren?«, fragte Brunetti, der sich nicht sicher war, ob oder wie viel Kritik an Signora Doni in Vianellos Frage mitschwang.

»Meine Pistole nehmen und mich erschießen, vermute ich«, antwortete Vianello mit einem Grinsen, das nicht ohne Stolz war. »Und Paola?«

»Wir leben im vierten Stock«, sagte Brunetti. »Und wir haben eine Terrasse.«

»Raffiniert, deine Frau«, sagte Vianello. »Würde sie einen Abschiedsbrief im Computer hinterlassen, ohne Unterschrift?«

»Wohl kaum«, sagte Brunetti. »Zu durchsichtig.« Er dachte eine Weile darüber nach. »Wahrscheinlich würde sie den Leuten erzählen, ich hätte seit Monaten unter Depressionen gelitten und schon öfter davon gesprochen, allem ein Ende zu setzen.«

»Wen würde sie überreden, diese Aussage zu bestätigen?«

»Ihre Eltern.« Das kam so spontan, dass Brunetti sich eilig korrigierte: »Nein, nur ihren Vater. Ihre Mutter würde niemals lügen.« Ihm fiel etwas ein, und er sprach es aus, wobei die Freude darüber ihm deutlich anzumerken war. »Ich glaube nicht, dass sie etwas Falsches über mich sagen würde. Ich glaube, sie mag mich.«

»Ihr Vater nicht?«

»Doch, aber anders.« Brunetti konnte das unmöglich erklären, aber die plötzliche Gewissheit, dass die Contessa ihn sehr schätzte, stimmte ihn heiter.

Sie hörten Signora Donis Schritte im Flur und standen auf, als sie ins Zimmer zurückkam. »Ich musste nach Teo sehen«, sagte sie. »Er weiß, dass etwas Schlimmes passiert ist, und macht sich Sorgen.«

»Haben Sie ihm gesagt, dass wir von der Polizei sind?«, stellte Brunetti sich unwissend.

Sie sah ihm in die Augen. »Ja. Ich dachte, Sie kommen in Uniform, und wollte ihn darauf vorbereiten«, sagte sie so hastig, als hätte sie diese Antwort schon parat gehabt. Das Schweigen der beiden schien sie zu ermutigen, denn nun sprach sie es aus: »Und ich hatte Angst, als Sie sich nach

Andrea erkundigten. Er rief normalerweise ein-, zweimal die Woche an. Aber seit er gegangen war, hatte ich nichts mehr von ihm gehört.« Sie legte die Hände auf ihre Oberschenkel und senkte den Blick darauf. »Offenbar habe ich geahnt, was Sie mir zu sagen hatten.«

Brunetti ging darüber hinweg. »Sie haben uns erzählt, nachdem er mit dem anderen Job angefangen habe, sei er anders geworden.« Er musste behutsam vorgehen, sich einen Weg durch das Gewirr ihrer Gefühle bahnen. »Sie sagten, Sie hätten sich alles anvertraut, Signora.« Er ließ das kurz wirken. »Erinnern Sie sich – hat diese Veränderung, seine Unruhe, sich bald nach Antritt dieser neuen Arbeit gezeigt?«

So, wie sie die Lippen zusammenpresste, war abzusehen, dass sie nicht mehr viele Fragen beantworten würde. Sie räusperte sich. »Er war noch nicht lange da«, sagte sie. »Vielleicht einen Monat. Aber inzwischen war auch seine Krankheit schlimmer geworden. Er hatte angefangen, weniger zu essen, weil er abnehmen wollte, und das hat ihn launisch gemacht.« Sie verzog das Gesicht. »Ich konnte ihn nicht überreden, etwas anderes zu essen als Gemüse und Pasta, ein wenig Obst und Brot. Er dachte, das werde wirken. Aber es hat nichts genützt, er wurde immer dicker.«

»Hat er je von Problemen gesprochen?«, fragte Brunetti. »Außer der Krankheit.«

Da sie immer unruhiger wurde, gab Brunetti sich betont entspannt und hoffte, das werde sich auf sie übertragen.

»Die neue Arbeit hat ihm nicht gefallen. Zwei Jobs, das war sehr anstrengend für ihn, besonders seit die Krankheit sich verschlimmert hatte; aber er konnte nicht aufhören, weil wir das zusätzliche Geld dringend brauchten.«

»Das ist ja auch eine große Belastung für einen Mann, der gesundheitlich nicht auf der Höhe ist«, warf Vianello mitfühlend ein.

Sie lächelte. »Aber so war Andrea«, sagte sie. »Er dachte auch an seine Angestellten in der Klinik. Er fühlte sich verantwortlich und wollte die Praxis nicht schließen.«

Brunetti ging nicht weiter darauf ein. Früher, als er sich mit Gefühlen noch nicht so gut auskannte, hätte er sie wahrscheinlich auf die Diskrepanz zwischen ihrem Verhalten gegenüber ihrem Mann und diesen Bemerkungen hingewiesen, aber die Erfahrung hatte ihn gelehrt, dass Gefühle nicht von Logik bestimmt wurden, und daher erwartete er auch keine mehr und bohrte niemals nach, wenn er auf Widersprüche stieß. Die Frau wurde von widerstreitenden Gefühlen zerrissen: Brunetti vermutete, das stärkste davon sei Reue, nicht Zorn.

»Könnten Sie uns sagen, wo seine Klinik ist, Signora?«, fragte Brunetti. Vianello zückte sein Notizbuch.

»Via Motta 145«, antwortete sie. »Nur fünf Minuten von hier.« Etwas schien ihr peinlich zu sein. »Die haben mich gestern angerufen und gesagt, Andrea sei nicht gekommen. Ich habe gesagt, ich … ich wüsste nicht, wo er ist.« Sie sah auf ihre Hände hinab wie jemand, der es nicht gewohnt ist zu lügen, und Brunetti vermutete, sie habe denen auch gesagt, dass es ihr egal sei.

Sie zwang sich, ihn anzusehen, und fuhr fort. »Er hat in einer kleinen Wohnung im zweiten Stock des Gebäudes gewohnt. Soll ich dort anrufen und sagen, dass Sie kommen?«, fragte sie.

»Nein, vielen Dank, Signora. Ich möchte lieber unangekündigt erscheinen.«

»Um zu sehen, ob jemand wegläuft, wenn Polizisten auftauchen?«, fragte sie nur halb im Scherz.

Brunetti lächelte. »So etwa. Aber wenn Ihr Mann seit zwei Tagen nicht mehr in der Klinik war, und wir schneien da hinein, ohne ein Tier dabeizuhaben, errät man vielleicht auch so, was wir sind.«

Sie begriff nicht gleich, dass er übertrieb. Ihre Miene blieb starr.

»Gibt es sonst noch etwas?«, fragte sie.

»Nein, Signora«, sagte Brunetti und schloss in höflichem Ton: »Ich möchte Ihnen danken, dass Sie so viel Zeit für uns erübrigt haben.« Als Vater fügte er hinzu: »Ich hoffe, Sie finden einen Weg, es Ihrem Sohn schonend beizubringen.«

»Unserem Sohn, das ist er, nicht wahr?«, war alles, was sie herausbrachte.

Vezzani wartete in der Bar auf sie, im Fernsehen lief eine Kochshow, vor ihm auf dem Tisch lag der *Gazzettino* aufgeschlagen, daneben stand eine Kaffeetasse.

»Kaffee?«, fragte er.

Sie nickten, und Vezzani winkte dem Barmann und bat um zwei Kaffee und ein Glas Wasser.

Sie setzten sich an seinen Tisch. Er legte die Zeitung zusammen und warf sie auf den leeren vierten Stuhl. »Was hat sie euch erzählt?«

»Dass er eine Affäre mit einer Arbeitskollegin hatte«, antwortete Brunetti.

Vezzani machte ein verblüfftes Gesicht und hob die Hände. »Ja, hat man denn so was je gehört? Wo soll das nur enden?« Der Kellner brachte die Getränke.

Sie tranken, dann fragte Vezzani sachlich: »Was noch?«

»Er hat nebenbei im Schlachthof gearbeitet«, fing Vianello an.

»Dem in Preganziol?«, fragte Vezzani.

»Ja«, antwortete Brunetti. »Gibt es noch andere?«

»Ich glaube, es gibt einen in Treviso, aber der liegt in einer anderen Provinz. Preganziol ist für uns der nächste.«

Vezzani fragte: »Wozu braucht man im Schlachthof einen Tierarzt? Er soll ja den Tieren da wohl nicht das Leben retten, oder?«

»Er soll ihren Gesundheitszustand überprüfen, und ich kann mir vorstellen, dass er auch darauf zu achten hat, dass sie auf humane Weise getötet werden«, sagte Brunetti. »Da gibt es bestimmt eine EU-Vorschrift, die das regelt.«

»Nenn mir eine Tätigkeit, zu der es keine EU-Vorschrift gibt«, sagte Vezzani, hob ihnen ironisch zuprostend sein Glas und nahm einen Schluck Wasser. Das Glas noch in der Hand, fragte er: »Hatte er irgendwelchen Ärger mit Klienten in seiner Klinik?«

»Davon wusste seine Frau nichts«, sagte Brunetti. »Nur, dass manche Leute gar nicht genug Einsatz bekommen konnten für ihre Tiere. Aber das kann man nicht als Ärger bezeichnen.«

»Da habe ich schon schreckliche Sachen gehört«, warf Vianello ein. »Es gibt Leute, die handgreiflich werden, wenn man ihren Tieren etwas zuleide tut. Ich halte die für verrückt, aber wir haben kein Haustier, also kann ich mich vielleicht nicht in sie hineinversetzen.«

»Mir kommt so etwas auch übertrieben vor«, stimmte Vezzani zu. »Aber ich komme schon lange nicht mehr mit.

Wenn sie einen schon umbringen, weil man ihr Auto beschädigt hat«, spielte er auf einen aktuellen Fall an, »was tun sie dann erst, wenn man ihrem Dackel ein Haar krümmt.«

»Du weißt, wo seine Klinik ist?«, fragte Brunetti. Er legte ein paar Münzen auf den Tisch und stand auf. »Via Motta 145. Anscheinend hat er dort auch gewohnt.«

Vezzani erhob sich ebenfalls. »Ja, kenne ich. Gehen wir hin und reden mit ihnen.«

Früher einmal musste die Klinik eine Vorstadtvilla mit Platz genug für zwei Familien gewesen sein. Ähnliche zweigeschossige Häuser gab es links und rechts davon, dazwischen jeweils breite Rasenflächen. Als sie langsam an dem Gebäude vorbeifuhren, begann drinnen ein Hund zu bellen, dem sich bald ein zweiter anschloss; eine Stimme rief etwas; eine Tür knallte, dann war es wieder still.

Vezzani hatte Schwierigkeiten, einen Parkplatz zu finden. Er fuhr gut hundert Meter weiter, aber alles war mit Autos zugestellt: keine Chance, nichts frei. Damit also vertrieben sie sich die Zeit auf der *terraferma*, dachte Brunetti. Er drehte sich zu Vianello auf dem Rücksitz um; sie wechselten einen Blick, sagten aber kein Wort.

Vezzani stieß einen Fluch aus, wendete und fuhr zur Klinik zurück. Er parkte direkt davor auf der gegenüberliegenden Straßenseite. Er zog ein Plastikkärtchen hervor, legte es aufs Armaturenbrett, stieg aus und knallte die Tür hinter sich zu. Brunetti und Vianello achteten darauf, ihre Türen leise zu schließen.

Die drei Männer gingen über den kurzen gepflasterten Weg zum Eingang. Neben der Tür hing eine Metalltafel: »Clinica

Amico Mio«, darunter waren die Sprechzeiten angegeben und Dott. Andrea Nava als Leiter der Klinik.

Vezzani ignorierte den Klingelknopf, stieß die Tür auf und ging hinein; Brunetti und Vianello folgten. Gegen Tiergeruch gab es offenbar kein Mittel, dachte Brunetti. Er hatte das in den Häusern von Freunden erlebt, die Haustiere hatten, in den Wohnungen von Leuten, die er festnehmen musste, in leerstehenden Gebäuden und einmal in einem Antiquitätenladen, wo er einen Zeugen befragt hatte. Ein alles durchdringender Gestank mit einer Beimischung von Ammoniak, von dem er annahm, er werde sich in seiner Kleidung festsetzen und noch Stunden später nicht verdunstet sein. Und Nava hatte hier sogar eine Zeitlang gelebt.

Der Eingangsbereich war hell erleuchtet, ein grauer Linoleumbelag bedeckte den Boden, und an einer Seite stand ein Tisch, hinter dem ein junger Mann im weißen Laborkittel saß. »*Buon dì*«, sagte er lächelnd. »Was kann ich für Sie tun?«

Vezzani ließ Brunetti den Vortritt. Der Junge war noch keine achtzehn und strahlte Gesundheit und Wohlbefinden aus. Brunetti sah gleichmäßige Reihen perfekter Zähne und so große braune Augen, dass er an die »kuhäugige Hera« denken musste. Die Haut des Jungen war rosig.

»Wir möchten den Chef sprechen«, sagte Brunetti und ließ sich vom Lächeln des anderen anstecken.

»Geht es um Ihren kleinen Liebling?«, fragte der junge Mann, aber es klang nicht so, als erwartete er eine bejahende Antwort. Er beugte sich zur Seite, um an ihnen vorbeizusehen.

»Nein«, sagte Brunetti und ließ sein Lächeln verschwinden. »Es geht um Dottor Nava.«

Bei diesen Worten verschwand auch das Lächeln des Jungen, und er sah sich die Männer genauer an, als wittere er einen neuen Geruch, den sie ins Haus gebracht hätten. »Haben Sie ihn gesehen?«, brachte er schließlich heraus.

»Vielleicht könnte ich jetzt mit dem Chef sprechen«, sagte Brunetti.

Plötzlich hatte der Junge es eilig. »Das wäre Signora Baroni. Ich gehe sie holen.« Er sprang auf und öffnete die Tür hinter seinem Tisch. Er lief einen kurzen Korridor hinunter und bog nach rechts in ein Zimmer ein. Aus dem Flur drangen Tiergeräusche: Bellen und so etwas wie ein Trommeln.

Nach weniger als einer Minute kam eine Frau aus dem Zimmer. Ohne die Tür hinter sich zu schließen, steuerte sie auf Brunetti zu, der am nächsten stand. Ihrem Gesicht nach mochte sie eine Generation älter sein als der Junge vom Empfang, doch ihren Bewegungen war dies nicht anzumerken.

»Clara Baroni.« Sie gab Brunetti die Hand und nickte den anderen zu. »Ich bin Dottor Navas Assistentin. Luca sagt, Sie kommen seinetwegen. Wissen Sie, wo er geblieben ist?«

Brunetti war die Situation peinlich, wie sie zu viert da herumstanden. Der Raum schien denkbar ungeeignet für das, was er zu sagen hatte, aber er sah keine andere Möglichkeit. »Wir haben eben mit Dottor Navas Frau gesprochen«, fing er an. Und falls das noch nötig war: »Wir sind von der Polizei.«

Sie nickte verständnisvoll.

»Der Dottore wurde getötet.« Eine bessere Formulierung fiel ihm nicht ein.

»Wie?«, fragte sie entsetzt. »Bei einem Unfall?«

»Nein, Signora. Kein Unfall«, wich Brunetti aus. »Er hatte keine Papiere bei sich, deshalb hat es so lange gedauert, ihn zu identifizieren.« Bei seinen Worten wurde ihr Blick leer, als zöge sie sich in ihr Inneres zurück. Sie stützte sich mit einer Hand am Empfangstisch ab. Keiner der Männer sagte etwas.

Nach einer kleinen Ewigkeit richtete sie sich auf und sah Brunetti an. »Kein Unfall?«, fragte sie.

»Es sieht nicht danach aus, Signora«, sagte Brunetti.

Sie schüttelte sich wie ein Hund, der aus dem Wasser kommt, und fragte beklommen: »Was ist passiert?«

»Er wurde Opfer eines Verbrechens.«

Sie biss sich in die Oberlippe. »War er der Mann in Venedig?«

»Ja«, sagte Brunetti und fragte sich, warum sie sich, falls sie das geahnt haben sollte, nicht bei ihnen gemeldet hatte. »Warum fragen Sie das, Signora?«

»Weil seit zwei Tagen niemand etwas von ihm gehört hat. Nicht mal seine Frau weiß, wo er ist.«

»Haben Sie uns angerufen, Signora?«

»Die Polizei?«, fragte sie aufrichtig erstaunt.

Wen sonst?, hätte Brunetti am liebsten gefragt, begnügte sich aber mit einem schlichten »Ja«.

Als werde sie sich der Anwesenheit der drei Männer erst jetzt richtig bewusst, sagte sie: »Vielleicht sollten wir nach hinten in mein Büro gehen.«

Sie folgten ihr durch den Flur, wo der Tiergeruch noch stärker wurde, in das Zimmer hinten rechts. Auf einem Stuhl an einer Wand saß der Junge von vorhin mit einem schwarz-weißen Kaninchen auf dem Schoß. Das Tier hatte nur ein Ohr, machte ansonsten aber einen wohlgenährten und gepflegten Eindruck. Auf dem Fensterbrett dahinter schlief eine große graue Katze in der Sonne. Als sie eintraten, machte sie ein Auge auf, dann aber gleich wieder zu.

Der Junge setzte das Kaninchen auf den Fußboden und verließ wortlos den Raum. Das Kaninchen hopste zu Vianello rüber, schnupperte an seinem Hosenbein und dann an Vezzanis und Brunettis. Offenbar unzufrieden, hoppelte es zu Signora Baroni und erhob sich auf die Hinterbeine. Brunetti stellte verwundert fest, dass die Vorderpfoten ihr bis über die Knie reichten.

»Na dann komm, Livio«, sagte sie und hob es auf. Das Tier machte es sich in ihren Armen bequem. Sie nahm an ihrem Schreibtisch Platz. Vianello überließ die beiden freien Stühle den Commissari und lehnte sich ans Fensterbrett. Kaum hatte Signora Baroni sich gesetzt, war das Kaninchen auf ihrem Schoß eingeschlafen.

Als habe es keine Unterbrechung gegeben, sagte die Frau, während sie den Bauch des Kaninchens kraulte: »Ich habe nicht angerufen, weil Andrea hier bei uns erst einen Tag gefehlt hat. Ich wollte erst noch einmal bei seiner Frau nachfragen, da standen Sie vor der Tür.« Sie blickte von dem Kaninchen auf und sah die drei Männer der Reihe nach an, als wolle sie sich vergewissern, dass sie ihr zuhörten und Verständnis für sie aufbrachten. »Und als Sie dann sagten, er sei Opfer eines Verbrechens geworden, musste ich natürlich sofort an den Mann in Venedig denken.«

»Wieso ›natürlich‹, Signora?«, fragte Brunetti freundlich.

Sie begann wieder das Kaninchen zu kraulen, das sich in ihren Schoß drapiert hatte wie ein schlaffes Stück Stoff. »Weil in der Zeitung stand, der Mann sei noch nicht identifiziert, und weil Andrea verschwunden ist, und dann taucht die Polizei hier auf. Da habe ich eins und eins zusammen-gezählt.« Sie schob das Kaninchen, das nicht aus seinem Koma erwachen wollte, auf ihr Knie und fragte: »Oder täusche ich mich?«

»Noch ist er nicht eindeutig identifiziert«, sagte Brunetti. »Es besteht kaum ein Zweifel, aber wir brauchen noch eine Identifizierung.« Er sagte sich, er habe vergessen, Navas Frau darum zu bitten, aber das war nicht die Wahrheit.

»Wer muss das machen?«, fragte sie.

»Jemand, der ihn gut gekannt hat.«

»Muss es ein Angehöriger sein?«

»Nein, nicht unbedingt.«

»Eigentlich wäre das Sache seiner Frau, nicht wahr?«

»Ja.«

Signora Baroni hob das Kaninchen hoch, schüttelte es sanft, bis es halbwegs wach zu sein schien, und setzte es behutsam auf den Boden. Es kroch zur Wand, legte sich der Länge nach hin und schlief sofort wieder ein. Sie sah Brunetti in die Augen und sagte: »Könnte ich das übernehmen? Ich habe sechs Jahre lang mit ihm gearbeitet.«

»Ja, selbstverständlich«, sagte er. »Warum?«

»Anna würde es nicht verkraften.«

Überrascht von diesem Angebot, war Brunetti gleich-zeitig erleichtert, dass Navas Frau diese schwere Aufgabe erspart blieb.

Signora Baroni schien über Navas Leben, privat und be-ruflich, gut Bescheid zu wissen. Ja, sie wusste, dass er sich von seiner Frau getrennt hatte, und ja, sie hatte den Eindruck, dass er mit seinem Job im Schlachthof nicht glücklich war. Hier fügte sie seufzend hinzu, Nava habe ihr erklärt, dass er sich, so unangenehm ihm der Job sei, verpflichtet fühle, ihn beizubehalten, nicht zuletzt, um ihr das Gehalt hier in der Klinik weiterzahlen zu können. Sie schloss kurz die Augen und rieb sich die Stirn.

»Er hat das wie im Scherz gesagt«, meinte sie und sah Vianello an. »Aber ihm war es ernst.«

Brunetti fragte: »Hat er sonst noch etwas von seiner Arbeit dort erzählt, Signora?«

Sie nahm das schlafende Kaninchen wieder hoch und kraulte nachdenklich das eine Ohr des Tiers, das sich davon nicht stören ließ. Schließlich sagte sie: »Er hat nie davon gesprochen, aber ich nehme an, es war nicht nur die Arbeit, die ihm dort zu schaffen machte.«

»Haben Sie eine Vermutung, was ihm sonst noch zugesetzt hat?«, fragte Brunetti.

Sie zuckte die Schultern, worauf das Kaninchen erschrocken von ihrem Schoß sprang und sich in sicherer Entfernung neben der Heizung auf den Boden legte.

»Wahrscheinlich ging es um eine Frau«, sagte sie. »Darum geht es doch meistens, oder?«

Keiner der Männer antwortete darauf.

»Er hat nie davon gesprochen, falls Sie das interessiert. Und ich habe ihn nicht gefragt, weil ich es nicht wissen wollte. Dafür war ich nicht zuständig.«

Und dann erklärte sie ihnen, wofür sie zuständig war: Termine machen; Proben ans Labor schicken und die Ergebnisse eintragen; Rechnungen ausstellen und Konten führen; gelegentlich bei Untersuchungen und Behandlungen helfen. Luca und ein anderer Gehilfe, der heute keinen Dienst hatte, empfingen die Patienten, fütterten die Tiere und assistierten

Dottor Nava bei kleineren Eingriffen; nein, er sei niemals von Klienten bedroht worden, obwohl einige über den Tod ihrer Tiere sehr traurig gewesen seien. Im Gegenteil, die meisten wüssten seine Tierliebe zu schätzen.

Ja, er habe oben im Haus gewohnt, seit ungefähr drei Monaten. Als Brunetti bemerkte, sie hätten die Schlüssel und wollten sich in seiner Wohnung umsehen, hatte sie nichts dagegen einzuwenden.

Sie führte sie zu einer Tür am Ende des Flurs und erklärte: »Ursprünglich war das ein Einfamilienhaus, deshalb kommt man von hier in die Wohnung.«

Brunetti dankte ihr und öffnete die Tür mit einem von Navas Schlüsseln, die er aus der Asservatenkammer mitgenommen hatte. Am oberen Ende der Treppe führte eine unverschlossene Tür in einen weitläufigen Raum, der sich über die gesamte Fläche des Gebäudes erstreckte; offenbar hatte man sich beim Bau dazu entschlossen, hier oben keinerlei Zwischenwände einzuziehen. Zu behaupten, der Raum sei karg möbliert, wäre noch untertrieben: ein zweisitziges Sofa vor einem kleinen Fernsehgerät auf dem Fußboden; davor ein ordentlicher Stapel DVDs. Ein Holztisch vor dem Fenster an der Rückseite mit Blick auf die Häuser gegenüber. Links davon ein schmaler Tisch mit blankgeputzter Doppelkochplatte. Saubere Töpfe an Haken über einer kleinen Spüle. Auf einem kleinen Kühlschrank eine Keramikschale mit Äpfeln.

In der Schräge an der Seitenwand ein Einzelbett, Laken und Decke mit militärischer Präzision eingesteckt. An der Wand gegenüber ein zweites Bett mit akkurat gefalteter Mickymaus-Decke und einem Berg Stofftiere.

Ein Pappschrank weckte Brunettis Interesse. Er schaute hinein und sah ein paar Anzüge und einen Mantel, deren Gewicht die Bügelstange zu einem U verbog. Darunter standen einige kleine Turnschuhe und rechts davon drei Paar größere Schuhe, eins davon, wie Brunetti bemerkte, stark abgenutzte braune Loafer mit Ziersenkeln. Auf einem Brett über der Stange lagen weiße Hemden in Plastikverpackung, auf der unteren Ablage die ordentlich zusammengelegte Unterwäsche und Kleidungsstücke eines kleinen Jungen.

Das Bad war so spartanisch eingerichtet wie der Rest der Wohnung, auch hier alles bemerkenswert sauber und aufgeräumt. Überhaupt gab es nirgendwo ungespülte Tassen, achtlos hingeworfene Kleidung, Pizzaschachteln, schmutzige Teller, nichts von dem Unrat, den Brunetti mit den Wohnungen von Verlassenen und Einzelgängern in Verbindung brachte.

Auf dem Nachttisch neben dem Bett des Mannes lagen ein paar Bücher und Zeitschriften. Brunetti betrachtete sie näher. Ein Buch über Vegetarismus, darin eine fotokopierte Tabelle mit Kombinationen von Getreidesorten und Gemüse für eine optimale Versorgung mit Proteinen und Aminosäuren. Der Ausdruck eines Artikels über Bleivergiftung. Ein tiermedizinisches Lehrbuch der Rinderkrankheiten. Brunetti blätterte darin herum, betrachtete zwei Fotos und legte das Buch wieder hin.

Die beiden anderen sahen sich ebenfalls um, bemerkten aber nichts Auffälliges. Im Bad gab es nichts außer Seife, Rasierapparat und Handtüchern. Eine Kommode am Fußende des Betts enthielt saubere Herrenunterwäsche und in der unteren Schublade saubere Handtücher und Laken.

Nichts von dem Chaos, das beim Daueraufenthalt eines Kindes zu erwarten war. Nur die Kleidung sagte etwas über die Personen, die die Wohnung benutzten, und die sagte auch nur, dass es sich um einen stattlichen Mann und einen kleinen Jungen handelte.

»Was denkt ihr, war das seine Art, oder hat hier jemand aufgeräumt?«, fragte Brunetti schließlich.

Vezzani zuckte unschlüssig die Schultern. Vianello sah sich noch einmal um und meinte: »Ich sage das ungern, aber ich glaube, er war tatsächlich so.«

»Armer Teufel«, sagte Vezzani. Mehr fiel auch den anderen nicht ein, und damit verließen sie die Wohnung.

17

Sie beschlossen sich den Schlachthof für den folgenden Morgen aufzuheben, wenn dort Hochbetrieb herrschte. Während Vezzani sie über die Brücke zum Piazzale Roma zurückfuhr, sah Brunetti rechts aus dem Fenster zum riesigen Industriekomplex von Marghera hinüber. Er dachte nicht an die tödlichen Abgase, die dort unablässig aus den Schloten quollen, sondern an den Schlachthof und dass der frühe Morgen die beste Zeit für einen plötzlichen Tod war. Hatte der KGB die Leute nicht im Dunkel der Nacht abgeholt, wenn sie schlaftrunken kaum etwas mitbekamen?

Das Klingeln von Vianellos Handy hinter ihm riss Brunetti aus seinen Gedanken, und dann sagte der Ispettore: »Foa. Er kann uns nicht abholen. Patta hat ihn beauftragt, ihn und seine Frau nach Burano zu fahren. Jetzt wartet er vor seinem Haus.«

»Zweifellos Polizeiangelegenheiten«, bemerkte Vezzani und gab damit zu erkennen, dass Pattas Ruf bis in die Questura von Mestre gedrungen war.

»Zweifelsohne, wenn die Polizei in einem Restaurant zu ermitteln hat«, antwortete Vianello. Brunetti bat ihn, dem Bootsführer auszurichten, er warte noch auf seinen Bericht über die Strömungsverhältnisse in der Nacht, in der Nava ermordet wurde. Vianello gab das weiter und klappte sein Handy zu.

»Wisst ihr eigentlich, was ihr für Glückspilze seid?«, fragte Vezzani.

Brunetti sah ihn verblüfft an. »Weil wir für Patta arbeiten dürfen?«

Vezzani lachte. »Nein, weil ihr in Venedig arbeiten dürft. Wo es keine nennenswerten Verbrechen gibt.« Er kam dem Protest der beiden zuvor: »Ich meine jetzt nicht diesen Nava, sondern überhaupt. Die schlimmsten Verbrecher sind die Politiker, aber da wir gegen die nichts unternehmen können, zählen sie nicht. Und was habt ihr sonst? Ein paar Einbrüche? Den Touristen, dem man die Geldbörse gestohlen hat? Den Mann, der seine Frau umgebracht hat und euch bereitwillig alles gesteht? Also lest ihr den lieben langen Tag die absurden Anweisungen aus Rom oder wartet darauf, dass der nächste Innenminister verhaftet wird, damit ihr einen neuen Chef und neue Order bekommt, oder ihr schlendert durch die Stadt, setzt euch in die Sonne, trinkt einen Kaffee und lest die Zeitung.« Er versuchte, es wie einen Scherz klingen zu lassen, aber Brunetti hatte den Verdacht, er meine es vollkommen ernst.

Brunetti warf einen kurzen Blick in den Rückspiegel, sah aber nur Vianellos linke Schulter und bemerkte trocken: »Leute beten um Regen. Vielleicht sollten wir um Morde beten.«

Vezzani wandte den Blick von der Straße und sah rasch zu Brunetti hinüber, aber dessen Miene war ebenso unbeteiligt wie seine Stimme.

Am Piazzale Roma stiegen sie aus und verabschiedeten sich per Handschlag von Vezzani. Brunetti erklärte, sie würden sich morgen früh von einem ihrer eigenen Fahrer zum Schlachthof bringen lassen. Vezzani protestierte noch nicht einmal höflich, sondern fuhr mit einem Abschiedsgruß davon.

Brunetti sah Vianello an, und der zuckte mit den Schultern.

»Wenn er wirklich so denkt, können wir auch nichts daran ändern«, sagte Brunetti.

Vianello folgte ihm zum *embarcadero* der Nummer eins. Der Ispettore wäre mit der Zwei schneller nach Hause gekommen, also nahm Brunetti dies zum Zeichen, dass Vianello ihr Gespräch fortsetzen wollte.

Leute hasteten ihnen entgegen, die meisten hielten sich links, nur einige wenige umgingen sie rechts dicht am Kanal entlang, um schneller voranzukommen und ein paar Sekunden vor den anderen die Busse zu erreichen, die sie zu ihren Häusern auf dem Festland bringen würden.

Während sie an den im Wasser schwankenden Taxis vorbeikamen, sagte Vianello: »Ich weiß schon, wie er das meint. Immerhin haben wir in den *calli* keinen Straßenstrich, und wir werden nicht in die chinesischen Fabriken gerufen, um dort ganze Belegschaften festzunehmen. Oder ihre Bordelle auszuheben.«

»Und wir haben keine betrunkenen Autofahrer«, ergänzte Brunetti.

»Für die ist die *Polizia Stradale* zuständig«, warf Vianello ironisch ein.

Brunetti fuhr unbeeindruckt fort: »Oder Brandstiftung. Niemand zündet Fabriken an.«

»Aber nur, weil wir keine Fabriken mehr haben. Nur noch Tourismus«, sagte Vianello niedergeschlagen und beschleunigte seine Schritte, als ein nahendes Vaporetto zu hören war. Der Ispettore hielt der jungen Frau in Uniform an der Anlegestelle seinen Dienstausweis hin.

Hinter ihnen wurde das Gitter geschlossen, und sie nahmen in der Kabine Platz. Beide schwiegen, bis sie unter der Scalzi-Brücke durchfuhren. »Meinst du, er ist neidisch?«, fragte Vianello.

Links glitt die Kirche San Geremia auf sie zu, und gleich darauf erblickten sie vor sich auf der rechten Seite die Säulenfassade des Naturhistorischen Museums.

»Er müsste schon verrückt sein, wenn er das nicht wäre«, sagte Brunetti.

Erst als er seine Wohnungstür erreichte, merkte Brunetti, wie ungeheuer müde er war. Er kam sich vor wie eine Billardkugel, die man den ganzen Tag herumgestoßen hatte. Er hatte zu viel gehört und zu weite Wege gemacht, und jetzt wollte er nur noch ruhig dasitzen und seine Familie beim Essen über Dinge plaudern hören, die nichts mit Tod und Verbrechen zu tun hatten. Er sehnte sich nach einem friedlichen, harmonischen Abend.

Seiner Gattin stand der Sinn jedoch nach anderem, was er sogleich an der Art erkannte, wie sie ihn in ihrem Arbeitszimmer begrüßte.

»Ah, da bist du ja«, sagte sie mit einem breiten Lächeln, die Zähne zeigend. »Ich möchte dir eine juristische Frage stellen.«

Brunetti setzte sich aufs Sofa, erst dann sagte er: »Nach acht Uhr abends arbeite ich ausschließlich als privater Rechtsberater und erwarte, für meinen Zeitaufwand und etwaige Informationen bezahlt zu werden.«

»Mit Prosecco?«

Er zog die Schuhe aus und legte sich in voller Länge hin.

Er klopfte ein Kissen zurecht und schob es sich unter den Kopf. »Wenn es eine ernste, nicht rhetorische Frage ist, dann hat die Bezahlung mit Champagner zu erfolgen.«

Sie nahm die Brille ab, legte sie auf die offenen Seiten des Buchs, das sie gelesen hatte, und ging aus dem Zimmer. Brunetti schloss die Augen und suchte unter den Eindrücken des heutigen Tages nach etwas Friedlichem, an das er denken konnte, bis Paola wiederkam. Gleich fiel ihm Teos Teddybär ein, mit dem kahlen Bauch, von dessen Fell kindliche Liebe nichts übriggelassen hatte. Brunetti schob alles andere beiseite und konzentrierte sich ganz auf den Bären, was ihn auf die Bären brachte, die seine Kinder geliebt hatten, und dann auf den, den er selbst einmal gehabt hatte, auch wenn er sich längst nicht mehr erinnern konnte, von wo er gekommen und wohin er gegangen war.

Gläserklingen holte ihn aus der Kindheit ins Erwachsenenleben zurück. Dass er, als er die Augen aufschlug, eine Flasche Moët in der Hand seiner Frau erblickte, beschleunigte die Rückkehr erheblich.

Sie füllte das zweite Glas und kam zum Sofa. Er zog die Beine an, um ihr Platz zu machen, und nahm das Glas, das sie ihm hinhielt. Sie stießen an, das Klingen der Gläser war Musik in seinen Ohren. Er trank einen Schluck. »Also schön«, sagte er, als sie neben ihm saß, »schieß los.«

Sie versuchte ein überraschtes Gesicht zu machen, aber da er keine Miene verzog, gab sie es auf und nippte erst einmal an ihrem Glas. Dann lehnte sie sich zurück und ließ ihre Hand auf seine Wade sinken. »Ich möchte wissen, ob es eine Straftat ist, wenn man von irgendwelchen illegalen Vorgängen weiß und die nicht meldet.«

Er nahm noch einen Schluck Champagner, beschloss, Paola nicht mit Komplimenten zu ihrer Wahl abzulenken, und dachte über ihre Frage nach. Ähnlich wie er Teos Teddybären heraufbeschworen hatte, jedoch viel weiter in die Vergangenheit zurückgreifend, ging er die Grundlagen des Strafrechts durch, die er an der Universität gehört hatte.

»Ja und nein«, sagte er schließlich.

»Wann wäre es ja?«, fragte sie.

»Als Beamter zum Beispiel hättest du die Pflicht, die Behörden zu informieren.«

»Und rein moralisch betrachtet?«, fragte sie.

»Da bin ich nicht vom Fach«, sagte Brunetti und nahm lieber einen Schluck Champagner.

»Ist es richtig, Verbrechen zu verhindern?«, fragte sie.

»Du möchtest, dass ich ja sage?«

»Ich möchte, dass du ja sagst.«

»Ja.« Er fügte noch hinzu: »Moralisch betrachtet. Ja.«

Paola dachte schweigend darüber nach, stand auf und ging die beiden Gläser nachfüllen. Immer noch schweigend kam sie zurück, reichte ihm seins und setzte sich. Aus jahrzehntelanger Gewohnheit ließ ihre linke Hand sich wieder auf seinem Bein nieder.

Sie lehnte sich zurück, schlug die Beine übereinander und trank. Ihr Blick fiel auf das Gemälde an der Wand gegenüber, ein von ihnen vor Jahren in Sevilla entdecktes Porträt eines englischen Naturforschers, der ein Kragenhuhn in der Hand hält, und schließlich sagte sie: »Willst du mich nicht fragen, was das eigentlich soll?«

Er sah seine Frau an, nicht den Naturforscher mit dem Kragenhuhn, und sagte: »Nein, will ich nicht.«

»Warum?«

»Konkret gesagt, weil ich einen langen Tag hatte und sehr müde bin; in meinem Kopf ist kein Platz mehr für Dinge, die sich als problematisch erweisen könnten. Und so wie du fragst, scheint mir das nicht ausgeschlossen.«

»Und allgemein gesagt? Warum möchtest du nichts davon hören?«

»Weil ich, falls es sich als problematisch erweist, früher oder später ohnehin davon hören werde. Also brauchst du es mir nicht jetzt zu erzählen.« Er beugte sich vor und legte seine Hand auf ihre. »Ich kann jetzt wirklich nicht, Paola.«

Sie nahm seine Hand, drückte sie fest und sagte: »Dann gehe ich jetzt das Essen machen, ja?«

18

In der Nacht wachte Brunetti mehrmals auf. Paolas Frage
ging ihm nicht aus dem Kopf. Was meinte sie damit,
worauf war sie aus? Denn dass sie etwas im Schilde führte,
stand für ihn fest. Er kannte das aus langjähriger Erfahrung:
Sobald sie glaubte, sich einer Sache annehmen zu müssen, tat
sie das wild entschlossen, war hinter Einzelheiten her, nicht
Meinungen oder Ideen, und schien ihren Sinn für Ironie und
Humor zu verlieren. Sie hatte im Lauf der Jahre schon einige
solche Attacken von Übereifer gehabt, und oft hatte es dann
Ärger gegeben. Brunetti spürte, es war wieder einmal so weit.

Jedes Mal wenn er aufwachte und den reglosen Klotz an
seiner Seite spürte, staunte er aufs Neue über ihr Talent, sich
von nichts, was um sie vorging, im Schlaf stören zu lassen.
Er dachte an die Nächte, die er durchwacht hatte, geplagt von
Sorgen um seine Familie, seine Arbeit, seine Zukunft oder
die des Planeten oder schlicht um den Schlaf gebracht von
einem besonders üppigen Abendessen. Während sie reglos,
kaum atmend neben ihm lag, seelenruhig, ein Ausbund des
Friedens.

Kurz vor sechs wachte er wieder auf und fand es sinnlos,
noch einmal einschlafen zu wollen. Er ging in die Küche,
machte sich eine Tasse Kaffee mit heißer Milch und ging ins
Bett zurück.

Nachdem er den *Agamemnon* ausgelesen hatte, brauchte
er, bevor er die Geschichte dieser Herrschaftsfamilie weiter-
las, erst einmal eine Pause und tat, was er in solchen Fällen

häufig tat: Er griff nach Marc Aurel, seinen Selbstbetrachtungen, und schlug das Buch, wie fromme Christen es angeblich mit der Bibel machen, an irgendeiner beliebigen Stelle auf. Im Grunde war das ein Glücksspiel, das wusste er selbst. Manchmal stieß er lediglich auf salbungsvolles Geschwafel, das zu nichts führte und gewiss keine tiefen Einsichten brachte. Manchmal aber zog er das große Los und strich einen Schatz an Weisheit ein.

In Buch zwei fand er dies: »Man wird nie gesehen haben, dass einer deswegen unglücklich gewesen sei, weil er sich nicht darum bekümmert hat, wie es in der Seele anderer Leute stehe; aber wer auf die Gedanken und Regungen seiner eigenen Seele nicht Achtung gibt, muss notwendig unglücklich sein.« Er sah vom Buch auf und aus dem vom Vorhang nur halb verdeckten Fenster; das diffuse Leuchten draußen rührte nicht von der nahenden Dämmerung her, sondern von den Lichtern der Stadt.

Brunetti erwog die Worte des weisen Kaisers, musste dann aber an Patta denken, dem man manches nachsagen konnte, nur nicht, dass er unglücklich war. Doch wenn es je einen Menschen gegeben hatte, der den Bewegungen seiner eigenen Seele nicht mit Aufmerksamkeit folgte, dann war er es, Vice-Questore Giuseppe Patta.

Keineswegs abgeschreckt von der Niete, die er mit dieser Stelle gezogen hatte, schlug Brunetti Buch elf auf. »Deinen Willen kann dir niemand rauben.« Jetzt klappte er das Buch zu und legte es beiseite. Wieder richtete er seine Aufmerksamkeit auf das Licht im Fenster und die Bemerkung, die er soeben gelesen hatte: Beides brachte keine Erleuchtung. Minister wurden erschreckend häufig verhaftet; der Regierungschef prahlte inmitten der sich verschärfenden Finanzkrise, er selbst habe keine finanziellen Sorgen und besitze neunzehn Häuser; das Parlament war nur noch eine einzige Schande. Und wo blieben die wütenden Proteste auf den Straßen? Welcher Abgeordnete erhob sich und prangerte die schamlose Plünderung des Landes an? Kaum aber wurde ein junges, unbescholtenes Mädchen ermordet, spielte das ganze Land verrückt; wenn einem die Kehle aufgeschlitzt wurde, lief die Presse tagelang auf Hochtouren. War vom Willen der Öffentlichkeit überhaupt noch etwas übrig, das durch das Fernsehen und die ständigen Übergriffe der gegenwärtigen Regierung nicht zerstört worden war? »O doch, man kann dir deinen Willen rauben. Und man hat es bereits getan«, hörte er sich sagen.

In einer Mischung aus Zorn und Verzweiflung, den einzigen aufrichtigen Gefühlen, die den Bürgern noch geblieben waren, schob er die Decke zurück und stieg aus dem Bett. Er blieb lange unter der Dusche und genoss den Luxus, sich dort zu rasieren, ohne sich Gedanken über die Wasser- und Energieverschwendung zu machen, oder auch darüber, dass er einen Wegwerfrasierer benutzte. Er hatte es satt, ständig an den Planeten zu denken: Sollte der sich zur Abwechslung mal selbst um sich kümmern.

Er ging ins Schlafzimmer zurück und warf sich in Schlips und Anzug, dann aber fiel ihm ein, wohin er und Vianello an diesem Morgen gehen wollten, und er tat den Anzug in den Schrank zurück und zog eine braune Cordhose und eine dicke Wolljacke an. Nach einigem Suchen fand er unten im Kleiderschrank ein Paar Bootsschuhe mit dicken Profilsohlen. Er hatte keine Ahnung, welche Kleidung für ein

Schlachthaus angemessen war, aber ein Anzug war bestimmt nicht das Richtige.

Um halb acht brach er auf und trat in den hellen Morgen hinaus, der frische Luft und zunehmende Wärme verhieß. Das waren wirklich die besten Tage des Jahres, wenn durchs Küchenfenster die Berge zu sehen und die Nächte noch kühl genug waren, dass man aus dem Schrank eine zweite Decke holen musste.

Unterwegs kaufte er eine Zeitung – *La Repubblica*, keine der beiden Lokalzeitungen – und frühstückte im Ballarin, Kaffee und Brioche. Die Pasticceria war belebt, aber noch nicht überfüllt, so dass die meisten Kunden am Tresen Platz hatten. Brunetti setzte sich mit seinem Kaffee an den kleinen runden Tisch, legte die Zeitung links neben die Tasse und las die Schlagzeilen. Eine Frau etwa in seinem Alter, die Haare gelb wie Ringelblumen, stellte ihre Tasse nicht weit von seiner ab, trank ein wenig, las über seine Schultern dieselben Schlagzeilen, sah ihn an und sagte in reinstem Veneziano: »Das macht einen ganz krank, oder?«

Brunetti wedelte abschätzig mit der Brioche in seiner Hand. »Da kann man nichts machen«, entfuhr es ihm, aber dann fielen ihm Marc Aurels Worte ein. Anscheinend war ihm in der kurzen Zeit, seit er das Haus verlassen hatte, schon wieder sein Wille geraubt worden. Als habe er das nur so dahingesagt, sah er die Frau jetzt direkt an und meinte: »Außer wählen gehen, Signora.«

Sie sah ihn an, als sei sie auf der Straße von einem Patienten des Palazzo Boldù angehalten worden, einem Geisteskranken, der ihr die Geheimnisse des Daseins offenbaren wollte. Plötzlich von Widerwillen gegen seine Feigheit erfüllt, fügte

Brunetti hinzu: »Und ihnen Kleingeld hinwerfen, wenn wir sie auf der Straße die Hand aufhalten sehen.«

Beruhigt, dass der Mann so schnell wieder zur Vernunft gekommen war, stellte sie ihre Tasse auf die Untertasse und brachte sie zum Tresen. Sie lächelte ihm zu, wünschte einen guten Tag, zahlte und ging.

In der Questura sah er als Erstes im Bereitschaftsraum nach, aber es war noch niemand von der Tagschicht da. Oben in seinem Büro warf er einen Blick auf seinen Schreibtisch, ob neue Akten gekommen waren, aber da hatte sich seit gestern nichts verändert. Er rief in seinem neuen Computer die anderen Zeitungen auf, aber die meldeten nichts Neues über den Ermordeten und den Fortschritt der Ermittlungen, und keine brachte das Foto, das man ihnen geschickt hatte. Alles Interesse galt der Neuigkeit, dass es sich bei der vor zwei Tagen in einem Erdloch bei Verona gefundenen Leiche um eine Frau handelte, die seit drei Wochen vermisst wurde. Sie war jung und attraktiv, folglich stand einzig ihr Tod im Vordergrund und hatte jenen anderen verdrängt.

Vianello kam herein und riss ihn aus seinen Gedanken. »Foas Vertretung wartet«, sagte er. »Er selbst hat erst ab dem Nachmittag Dienst. Am Piazzale Roma steht ein Wagen bereit.« Brunetti sah, dass auch der Ispettore an das Ziel ihres Ausflugs gedacht hatte: Er trug verwaschene Jeans, eine braune Lederjacke und derbe Wanderschuhe.

Brunetti suchte umständlich seinen Schreibtisch ab, ob er irgendetwas mitnehmen sollte, aber es fiel ihm nichts ein. Memmenhafte Verzögerungstaktik, befand er in jäher Selbsterkenntnis. »Gut. Gehen wir«, sagte er und schritt aus dem Büro.

Nach Preganziol brauchten sie eine geschlagene Stunde: Erst steckten sie in dem Knäuel von Autos und Bussen am Piazzale Roma fest, dann quälten sie sich durch den zähen Verkehr auf dem Ponte della Libertá und in den Außenbezirken von Mestre. Etwas zügiger ging es erst voran, als sie unter der Autobahn hindurch auf die ss13 Richtung Norden gelangt waren.

Sie passierten die Einfahrten zur Villa Fürstenberg und Villa Marchesi und fuhren an den Bahngleisen entlang. Wieder langsamer ging es durch Mogliano; dann kamen sie an einer weiteren Villa vorbei, deren Namen Brunetti bei dem Tempo nicht lesen konnte. Ihr Fahrer sah weder rechts noch links: Die Villa hätte ein Zirkuszelt oder ein Atomreaktor sein können, er hätte den Blick nicht von der Straße abgewendet. Sie überquerten einen Bach, kamen an noch einer Villa vorbei, dann bog der Fahrer nach rechts auf eine schmale zweispurige Straße ein, um schließlich vor dem Eingang zu einem Industriepark anzuhalten.

Die Welt vor ihnen war eine Welt aus Beton, Maschendrahtzäunen, Gebäudequadern und manövrierenden Lastwagen. Die Gebäude waren fast vollkommen schmucklos: nackte rechteckige Kästen mit Flachdächern und sehr wenigen Fenstern; darum herum schmutzige Betonflächen und Zäune. Ein wenig Farbe brachten nur die Schriftzüge auf einigen Lastwagen hinein und ein Getränkestand, an dem Arbeiter sich mit Bier und Kaffee stärkten.

Der Fahrer drehte sich zu Brunetti um. »Das ist es, Signore«, sagte er und zeigte auf ein Metalltor in der Einzäunung eines Gebäudes. »Gleich da links.« Erst jetzt, als er ihn von vorne sah, bemerkte Brunetti eine breite glänzende Narbe, offenbar eine Brandwunde, die von seinem linken Auge aus über die Stirn verlief und, nur drei Finger breit, unter der Mütze verschwand.

Brunetti öffnete die Tür. Kaum ausgestiegen, vernahm er ein fernes, undefinierbares Geräusch, bei dem es sich ebenso gut um das Pfeifen von Silvesterraketen wie um Lustschreie oder eine malträtierte Oboe handeln konnte. Brunetti wusste jedoch, was das war, und wenn nicht, hätte ihm der starke Geruch nach Eisen verraten, was hinter diesen Toren vor sich ging.

Vezzani hatte Brunetti während der Fahrt angerufen: Der Direktor sei nicht im Haus, daher habe er dessen Assistentin informiert, dass zwei Polizisten aus Venedig unterwegs seien. Die werde sie in Empfang nehmen. Als Brunetti das an Vianello weitergab, meinte der Ispettore achselzuckend: »Also eine Frau.«

Der Fahrer hupte ein paarmal: Brunetti bezweifelte, dass jemand das hören konnte. Doch wie im Film ertönte schon nach wenigen Sekunden ein neues Geräusch, unerbittlicher und mechanischer als das andere, und die beiden Torhälften schwangen nach innen.

Brunetti wartete, bis das Tor ganz aufgegangen war; erst dann wollte er entscheiden, ob er wieder in den Wagen stieg oder zu Fuß das Gelände betrat. Der metallische Geruch hatte zugenommen. Schließlich war das Tor offen, gleichzeitig brach das Rattern des Öffnungsmechanismus ab, und es blieb nur das ursprüngliche Geräusch, jedoch lauter als zuvor. Ein schrilles Quieken, vermutlich von einem Schwein, durchdrang die übrigen Geräusche und verstummte abrupt. Aber das senkte den Lärmpegel nicht im Geringsten: Brunetti fühlte sich an einen Spielplatz erinnert, auf dem ausgelassene Kinder tobten, nur dass hier nicht gespielt wurde und auch niemand herausgelassen wurde.

Er wollte gerade zum Wagen kehrtmachen, als Vianello ausstieg und auf ihn zuging. Brunetti hatte das vage Gefühl, etwas stimme hier nicht, doch erst als sein Blick auf den mit Kies bedeckten Boden fiel, erkannte er, dass Vianellos Schritte von jenen Geräuschen übertönt wurden.

»Ich habe den Fahrer einen Kaffee trinken geschickt; wir rufen ihn an, wenn wir hier fertig sind«, sagte der Ispettore. »Wegen dem Gestank«, erklärte er, als Brunetti ihn fragend ansah.

Sie setzten sich in Bewegung, und Brunetti fand es erneut eigenartig, dass er den Kies unter seinen Füßen zwar fühlen, aber nicht hören konnte. Als sie durch das Tor schritten, öffnete sich eine Tür in dem Gebäude zu ihrer Rechten, einem schlichten Betonkasten mit Aluminiumdach. Eine kleine Frau blieb kurz in der Tür stehen, ging dann die zwei Stufen hinunter und kam auf sie zu, auch ihre Schritte ausgelöscht von den Geräuschen hinter ihr.

Den knabenhaften Eindruck ihrer kurzgeschorenen dunklen Haare machten ihre vollen Brüste und ein eng taillierter Rock mehr als wett. Ihre Beine, stellte Brunetti fest, waren schön, ihr Lächeln entspannt und freundlich. Sie gab erst dem näher stehenden Vianello die Hand, dann Brunetti und legte den Kopf nach hinten, um die zwei sehr viel größeren Männer besser sehen zu können.

Sie wies auf das Gebäude und schritt darauf zu, ohne in dem Lärm überflüssige Worte zu machen.

Sie folgten ihr die Stufen hinauf in das Gebäude, wo der

Lärm sogleich nachließ und dann noch leiser wurde, als die Frau hinter ihnen die Tür zumachte. Sie standen jetzt in einem kleinen Vorraum von etwa zwei mal drei Metern. Betonfußboden, weiße Gipskartonwände, keinerlei Dekoration. Der einzige Gegenstand in dem Raum war eine Videokamera an der Decke, die auf die Eingangstür gerichtet war. »Ja«, sagte sie, als sie die Erleichterung auf ihren Gesichtern bemerkte, »hier drin ist es ruhiger. Sonst würden wir alle wahnsinnig.« Sie war noch keine dreißig, aber kurz davor, und strahlte den lässigen Charme einer Frau aus, die sich in ihrem Körper wohl fühlt.

»Giulia Borelli«, sagte sie, »Dottor Papettis Assistentin. Wie ich Ihrem Kollegen schon erklärt habe, ist Dottor Papetti heute Vormittag in Treviso. Er hat mich gebeten, Ihnen auf jede erdenkliche Weise behilflich zu sein.« Ihr Lächeln hätte auch potentiellen Kunden gelten können. Brunetti fragte sich, ob es viele Frauen gab, die in Schlachthöfen arbeiteten.

Sie musterte die beiden Männer mit unverhohlener Neugier. »Sind Sie wirklich von der Polizei in Venedig?« Ihre Stimme war eigenartig tief für eine so kleine Frau, und sie sprach mit dem melodischen Tonfall des Veneto.

Brunetti bejahte. Aus der Nähe sah er die Sommersprossen auf ihrer Nase und ihren Wangen, die den allgemeinen Eindruck blühender Gesundheit noch verstärkten. Sie fuhr sich mit den Fingern der Rechten durchs Haar und sagte: »Kommen Sie in mein Büro, da können wir reden.«

Auch der Eisengeruch war hier nicht so durchdringend. Brunetti fragte sich, ob das an der Klimaanlage lag, und falls ja, was dann im Winter wäre, wenn hier geheizt wurde? Er und Vianello folgten ihr durch eine Tür in einen Korridor, der in den rückwärtigen Teil des Gebäudes führte. Brunetti hatte das Gefühl, seit er aus dem Auto gestiegen war, seien seine Sinne gleichzeitig mehr als gefordert und außer Kraft gesetzt. Sein Gehör und sein Geruchssinn waren von dem Ansturm draußen so betäubt, dass er keine neuen Gerüche oder Geräusche mehr wahrnehmen konnte, während sein Sehvermögen durch den kahlen Raum geschärft worden war.

Signorina Borelli öffnete eine Tür und ließ den beiden den Vortritt. Auch dieser Raum war erschreckend nüchtern. Ein Tisch, darauf ein Computer und einige Papiere, ein Stuhl dahinter und drei davor, sonst nichts. Noch beunruhigender: Es gab keine Fenster. Etliche Neonröhren an der Decke sorgten für ein gleichmäßig kaltes Licht, das dem Raum jede Tiefe nahm.

Sie setzte sich hinter den Tisch und ließ ihnen die Stühle davor. »Ihr Kollege sagte, Sie wollten über Dottor Nava sprechen«, erklärte sie ruhig und beugte sich zu ihnen vor.

»Ja, das ist richtig«, antwortete Brunetti. »Könnten Sie mir sagen, wann er hier angefangen hat?«

»Vor etwa sechs Monaten.«

»Und seine Aufgaben?«, fragte Brunetti, indem er die Vergangenheitsform weiterhin möglichst unauffällig vermied. Vianello zückte sein Notizbuch und begann zu schreiben.

»Er untersucht die Tiere, die hier angeliefert werden.«

»Zu welchem Zweck?«, fragte Brunetti.

»Um festzustellen, ob sie gesund sind«, antwortete sie.

»Und wenn sie es nicht sind?«

Die Frage schien Signorina Borelli zu überraschen, als müsse die Antwort doch auf der Hand liegen. »Dann werden sie nicht geschlachtet. Der Bauer nimmt sie wieder mit.«

»Und sonst noch?«

»Er untersucht auch einzelne Fleischproben.« Sie lehnte sich zurück und wies nach links hinter sich. »Es wird tiefgefroren. Natürlich kann er nur Stichproben nehmen und prüfen, ob das Fleisch zum Verzehr durch den Menschen geeignet ist.«

»Und wenn es das nicht ist?«

»Dann wird es vernichtet.«

»Wie?«

»Es wird verbrannt.«

»Verstehe«, sagte Brunetti. »Weitere Aufgaben?«

»Nein, nur diese beiden.«

»Wie oft kommt er in der Woche?«, fragte Brunetti, als hätte er das noch nicht von der Frau des Ermordeten erfahren.

»Zweimal. Montag- und Mittwochvormittag.«

»Und was macht er an den anderen Tagen?«

Falls die Frage sie verblüffte, zögerte sie nicht mit der Antwort. »Er hat eine Privatpraxis. Wie die meisten tierärztlichen Gutachter.« Sie hob lächelnd die Schultern. »Von dem, was sie hier verdienen, könnten sie kaum leben.«

»Aber Sie wissen nicht wo?«

»Nein«, sagte sie mit Bedauern. »Aber das müsste in unseren Akten stehen, in seinen Bewerbungsunterlagen. Ich kann gern einmal für Sie nachsehen.«

Brunetti hob eine Hand – eine Geste, die Dank und Abwehr zugleich ausdrückte. »Könnten Sie mir eine deutlichere Vorstellung von den Arbeitsabläufen hier vermitteln? Zum Beispiel, warum er die Tiere nur an zwei Tagen untersucht?« Er breitete hilflos die Arme aus.

»Das ist nicht weiter kompliziert«, sagte sie, wie man gewöhnlich zu einer ganz und gar nicht einfachen Erklärung anhebt. »Die meisten Bauern liefern am Tag vor der Schlachtung an, manchmal auch am selben Tag. Das spart die Kosten für die Pflege und Fütterung der Tiere, die sonst hier warten müssten. Dottor Nava untersucht sie montags und mittwochs, und anschließend werden sie verarbeitet.« Sie sah Brunetti fragend an, ob er ihr folgen konnte. Brunetti nickte, während er noch über das Wort »verarbeitet« nachdachte.

»Und wenn er sie nicht sieht?«, fragte Vianello. Auch er benutzte mit Vorsatz die trügerische Gegenwartsform.

Sie zog die Augenbrauen hoch, entweder über die Entdeckung, dass der Ispettore sprechen konnte, oder über die Frage selbst. »Das ist noch nie vorgekommen. Gott sei Dank hat sein Vorgänger sich bereit erklärt, für Dottor Nava einzuspringen und seine Aufgaben zu übernehmen, bis er wieder bei uns ist.«

Seelenruhig fragte Brunetti: »Und der Name seines Vorgängers?«

Sie konnte ihre Überraschung nicht verbergen. »Wozu wollen Sie das wissen?«

»Für den Fall, dass wir mit ihm reden müssen«, antwortete Brunetti.

»Meucci. Gabriele Meucci.«

»Ich danke Ihnen.«

Signorina Borelli richtete sich auf, als halte sie das Gespräch für beendet, aber Brunetti fragte weiter: »Könnten Sie mir die Namen der anderen Leute nennen, mit denen Dottor Nava hier Kontakt hat?«

»Abgesehen von mir und dem Direktor, Dottor Papetti,

kommt da noch Leonardo Bianchi in Frage, der Chefschlachter. Vielleicht kannte er auch einige andere, aber mit uns dreien hatte er am häufigsten zu tun.«

Sie lächelte, aber nicht mehr ganz so strahlend. »Ich finde, Sie sollten jetzt endlich erklären, warum Sie mir alle diese Fragen stellen, Commissario. Vielleicht sehe ich ja zu viel fern, aber normalerweise kommt es zu solchen Befragungen, wenn jemand gestorben ist und die Polizei Informationen über den Toten einzuholen versucht.«

Ihr Blick wanderte zwischen den beiden Männern hin und her. Vianello hielt den Kopf über sein Notizbuch gesenkt und überließ die Antwort seinem Vorgesetzten.

»Wir haben Grund zu der Annahme, dass Dottor Nava Opfer eines Gewaltverbrechens wurde«, sagte Brunetti wie ein Bürokrat, der Informationen stets nur scheibchenweise herauszurücken gewillt ist.

Wie zur Illustration dieser Phrase drang in diesem Augenblick ein gellender Schrei durch die Schallschutzwände, die diesen Raum vor der Realität draußen abschirmen sollten. Anders als der langgezogene Schrei vorhin kam dieser jetzt in drei kurzen Stößen, ähnlich dem Signal, das auf den Vaporetti zum Verlassen des Schiffs aufforderte. Es folgten noch drei Schreie, schon gedämpft, und dann hatte das Tier das Schiff verlassen und tat keinen Mucks mehr.

»Tot?«, fragte Signorina Borelli sichtlich erschüttert.

Leicht verwirrt, worauf sich ihre Frage bezog, antwortete Brunetti mit Verzögerung: »Davon gehen wir aus, ja.«

»Was soll das heißen: Sie gehen davon aus?«, fragte sie und sah die beiden an. »Sie sind doch von der Polizei. Wenn Sie es nicht wissen, wer dann sonst?«

»Wir haben noch keine eindeutige Identifizierung«, sagte Brunetti.

»Heißt das, Sie wollen, dass ich das mache?«, fragte sie, noch immer entrüstet über Brunettis Bemerkung.

»Nein«, sagte Brunetti ruhig. »Wir haben bereits jemanden gefunden, der das übernimmt.«

Plötzlich reckte sie den Kopf wie eine angriffslustige Schlange. »Wie eiskalt Sie sind! Sie erzählen mir, er sei Opfer eines Gewaltverbrechens geworden, aber dass Sie hier sind, bedeutet, dass er tot ist, und dass Sie alle diese Fragen stellen, bedeutet, jemand hat ihn umgebracht.« Sie wischte sich die Augen und schien den Satz nur mit Mühe zu Ende zu bringen.

Vianello sah von seinem Notizbuch auf und studierte Signorina Borellis Gesicht.

Sie stützte ihre Ellenbogen auf den Schreibtisch und ließ das Kinn in ihre Hände sinken. »Da haben wir einmal einen guten Mann gefunden, und dann das«, sagte sie. Ihrer Stimme konnte Brunetti nicht entnehmen, wie er das Wort »gut« interpretieren sollte. War Nava für sie ein fähiger oder ein ehrlicher Mann?

Nach einer Weile und immer noch nicht ganz gefasst, sagte sie: »Für weitere Fragen werden Sie sich an Dottor Papetti wenden müssen.« Sie schlug mit beiden Handflächen auf den Tisch, das Geräusch schien sie zu beruhigen. »Was wollen Sie sonst noch?«

»Könnten wir uns in Ihrem Betrieb einmal umsehen?«

»Das möchten Sie bestimmt nicht«, sagte sie ohne nachzudenken.

»Wie bitte?«, fragte Brunetti.

»Sie wollen garantiert nicht sehen, was wir hier machen.«
Sie sprach vollkommen ruhig und vernünftig. »Das will niemand. Glauben Sie mir.«

Nur wenige Bemerkungen hätten Brunettis Entschlossenheit, sich hier umzusehen, noch wirksamer steigern können.

»Doch. Wir wollen«, sagte er und erhob sich.

19

Vianello und Brunetti hatten sich umsonst Gedanken um die richtige Kleidung für den Besuch des Schlachthofs gemacht; sie hätten ebenso gut im Smoking erscheinen können. Da Brunetti es sich nicht ausreden ließ, Dottor Navas Arbeitsplatz persönlich in Augenschein zu nehmen, rief Signorina Borelli als Erstes den Chefschlachter Leonardo Bianchi an und bestellte ihn in die Umkleide. Dann führte sie die beiden durch einen kahlen Flur und zwei Treppen hinauf in einen spartanisch eingerichteten Raum, der Brunetti an ähnliche Räume in Filmen erinnerte, die in amerikanischen Highschools spielten: Metallspinde an den Wänden, in der Mitte ein Tisch voller Kratzer und Flecken von Zigaretten und verschütteten Flüssigkeiten; Bänke, auf denen zerknitterte Ausgaben von *La Gazzetta dello Sport*, schmutzige Socken und leere Pappbecher lagen.

Vor einem Spind blieb sie stehen, zog schweigend ein Schlüsselbund aus der Tasche und öffnete das Vorhängeschloss mit einem kleinen Schlüssel. Sie nahm einen zusammengelegten weißen Papieroverall heraus, wie die Leute von der Spurensicherung sie tragen, faltete ihn auseinander und reichte ihn Brunetti; einen zweiten gab sie Vianello. »Ziehen Sie, um hineinzuschlüpfen, die Schuhe aus«, sagte sie.

Brunetti und Vianello befolgten ihre Anweisungen. Als sie ihre Schuhe wieder anhatten, gab sie ihnen zwei Paar Schuhschützer aus transparenter Folie, die sie sich über die Schuhe streiften. Als Letztes kamen transparente Kunststoffhauben, die aussahen wie die, die Paola unter der Dusche trug. Die zogen sie sich über den Kopf.

Signorina Borelli musterte sie wortlos von oben bis unten. Die Tür gegenüber der, durch die sie gekommen waren, ging auf, und ein großer bärtiger Mann kam in den Raum. Er trug einen langen grauen Kittel, der ursprünglich einmal weiß gewesen und vorne und an den Seiten mit großen roten Flecken beschmiert war. Brunetti sah auf seine Füße und war froh, dass sie die Schuhschützer bekommen hatten.

Der Mann, offenbar der Chefschlachter, nickte Signorina Borelli zu und sah die beiden Männer gleichgültig an. Man stellte sie einander nicht vor. Der Mann sagte: »Kommen Sie, meine Herren.« Brunetti und Vianello folgten Bianchi zu der Tür. Kaum öffnete er sie, drangen die Schreie, die schweren Schläge und das Klirren wieder auf sie ein.

Er führte sie einen schmalen, etwa fünf Meter langen Flur hinunter zu einer weiteren Tür. Brunetti empfand das Rascheln seines Schutzanzugs und das Glitschen der Schuhschützer unter seinen Füßen als äußerst unangenehm. Er sah auf den Boden, um festzustellen, ob der ihm genug Halt bot. Dabei geriet er für einen winzigen Augenblick ins Straucheln, denn als er vor sich einen blutigen Schuhabdruck bemerkte, wich er mit dem rechten Fuß zur Seite aus, landete unbeholfen und erkannte zu spät, dass es kaum einen Unterschied machte, ob er darauf trat oder nicht; es sei denn, man wäre abergläubisch.

Brunetti warf einen Blick nach hinten und sah Vianellos angespannte Miene; rasch wandte er sich wieder Bianchis Rücken zu. Brunetti zitterte: Der anschwellende Lärm hatte alle anderen Wahrnehmungen übertönt, erst jetzt bemerkte er die Kälte. Vianello schien vor sich hinzusummen. Lärm und Kälte nahmen zu, als sie sich der Tür näherten. Bianchi blieb davor stehen und legte eine Hand auf den Metallriegel. Einmal nach unten drücken, und sie würde aufgehen.

Er starrte Brunetti schweigend an, dann Vianello, fragte sie mit den Augen. Plötzlich befielen Brunetti Zweifel, ob das alles richtig sei, aber Navas Frau hatte gesagt, den Tierarzt habe etwas beunruhigt, was hier vor sich gehe.

Brunetti hob das Kinn, eine Geste, die man als Befehl oder Aufmunterung auffassen konnte. Bianchi drehte sich um, drückte den Riegel nach unten und stieß die Tür auf. Krach, Kälte und Licht ergossen sich über sie. Schreie und Heulen, Winseln und das Dröhnen vermischten sich zu einer modernen Kakophonie, die mehr als nur ihren Gehörsinn attackierte. Die meisten Geräusche sind neutral. Schritte klingen im Grunde immer gleich: Bedrohlich werden sie nur durch die Umgebung, die Situation, in der sie gehört werden. Dasselbe gilt für Wasserplätschern. Überlaufende Badewanne, idyllischer Gebirgsbach: Es kommt immer auf den Zusammenhang an. Zerstückelt man eine Symphonie, hört man nur noch seltsame, unzusammenhängende Töne. Ein Schmerzensschrei jedoch ist stets Schmerzensschrei, ob er von einem Tier mit zwei oder vier Beinen kommt, und eine im Zorn erhobene Stimme ruft immer dieselbe Reaktion hervor, unabhängig von der Sprache, in welcher der Zorn zum Ausdruck gebracht wird oder gegen wen er sich richtet.

Die Reize, die über die anderen Sinnesorgane hereinbrachen, ließen keine hübschen Wort- oder Gedankenspiele zu: Brunettis Magen krampfte sich von dem Gestank zusammen, der ihn traf wie ein Faustschlag, und seine Augen suchten all dem Rot zu entkommen. Sein Verstand schaltete sich ein, zwang ihn, zu denken und durch Denken einen Fluchtweg aus dieser Hölle zu finden. Dunkel erinnerte er sich an etwas, das William James, ja, der Bruder des Mannes, den seine Frau so liebte, vor über hundert Jahren geschrieben hatte: Das Auge werde immer »von Dingen angezogen, die sich bewegen, von Dingen, die nach Blut riechen«.

Brunetti hielt diese Worte wie einen Schild vor sich und spähte dahinter hervor. Sie standen zwischen Geländern auf einem schmalen Gitterrost, gut drei Meter über dem Arbeitsbereich. Er sah, ohne zu sehen, nahm wahr, ohne wahrzunehmen, konnte aber auch von dort oben erkennen, dass die Arbeit ihrem Ende zuging. Sechs oder sieben Männer in gelben Stiefeln, weißen Gummimänteln und gelben Schutzhelmen bewegten sich in den Betonboxen unter ihnen und bearbeiteten Schweine und Schafe mit Messern und spitzen Gegenständen; daher der Lärm. Die Tiere fielen den Männern vor die Füße, aber manche versuchten zu fliehen und krachten an die Wände, ehe sie zusammenbrachen. Andere, blutüberströmt und zu schwach, um hochzukommen, zappelten wie wild und peitschten mit den Füßen an Boden und Wände, so dass die Männer ihren Hufen ausweichen mussten, bevor sie zum nächsten Hieb ausholten.

Einige Schafe waren durch ihr dichtes Fell vor den Messern geschützt und mussten mit Eisenstangen, die in Haken endeten, mehrmals auf den Kopf geschlagen werden. Die Haken dienten offenbar noch anderen Zwecken, aber Brunetti sah weg, bevor er das genauer erkennen konnte, auch wenn das Wehgeschrei, das ihm dann jedesmal in den Ohren gellte, keinen Zweifel ließ, was da vor sich ging.

Während die Schafe tiefe, animalische Laute von sich gaben – Grunzen und Blöken –, kam es ihm bei den Schreien
der Schweine so vor, als würden er und Vianello, wären sie
da unten und nicht hier oben, sich nicht viel anders anhören. Die Kälber jammerten.

Der Gestank bohrte sich in seine Nase. Der beißende, metallische Blutgeruch, und dazu der alles durchdringende Pesthauch von Innereien und Exkrementen. Gerade als Brunetti
das klar wurde, vernahm er das Rauschen von Wasser und
empfand, ohne zu wissen warum, Dankbarkeit für dieses Geräusch. Er sah sich nach der Quelle um und erblickte einen
Mann, der eine leere Box mit einer Art Feuerwehrschlauch
ausspritzte. Breitbeinig gegen den Rückstoß des Wasserstrahls gestemmt, schwenkte er den Schlauch hin und her
und spülte die Überreste in den vergitterten Abfluss im Betonboden.

Die Wände der Boxen waren aus Drahtgeflecht; Wasser
schwappte auch in die Nachbarbox und schwemmte Blut
fort, das einem Schwein aus Maul und Nase rann, das sich
strampelnd an die Wand drückte in dem vergeblichen Versuch, dem Mann zu entkommen, der über ihm stand. Der
Mann holte mit seiner Eisenstange aus, und als Brunetti das
nächste Mal hinsah, war das Schwein der Szene enthoben und
schwebte zu ihnen herauf – vielleicht gen Himmel? Brunetti
wandte sich ab, als der zuckende Körper des Schweins neben
ihm hing – an einer Eisenkette, deren Haken dem Tier im
Hals stak. Brunetti drehte sich zu Vianello um, doch bevor
er ihn warnen konnte, klatschte dem Ispettore ein Schwall
roter Spritzer an die Brust. Vianello sah fassungslos an sich
hinunter und hob eine Hand, um das Rot fortzuwischen,

brach aber mitten in der Bewegung ab, ließ die Hand sinken und starrte Brunetti entgeistert an.

Ein Knirschen zog ihre Aufmerksamkeit wieder auf das zuckende Schwein, das jetzt von ihnen fort einem mit breiten Plastikbahnen verschlossenen Durchgang am anderen Ende des Raums entgegenschwebte. Als er den Körper des Schweins die Bahnen aufstoßen und dahinter verschwinden sah, gab Brunetti die groteske Vorstellung auf, er könnte noch einschreiten und das arme Tier retten.

Er räusperte sich und tippte Bianchi auf die Schulter. »Wo werden die hingebracht?«, versuchte er das Klirren und Schreien zu übertönen.

Der Schlachter wies nach vorn und marschierte los. Brunetti ließ den Rücken des Mannes nicht aus den Augen und folgte ihm, während Vianello wie betäubt hinter ihnen herschlich. Am Ende des Gitterrosts erreichten sie eine dicke Metalltür. Praktisch ohne anzuhalten, drückte Bianchi die Klinke, stieß die Tür auf und schritt hindurch. Die anderen folgten, und Vianello warf hastig die Tür hinter sich zu.

Im ersten Augenblick kam es Brunetti vor, als seien sie plötzlich ins Freie gelangt und in einem Wald gelandet, obwohl er sich nicht erinnern konnte, hinter dem Gebäude irgendwelche Bäume gesehen zu haben. Es war dunkel, nur von oben kam ein wenig Licht wie in einem Gehölz am frühen Morgen. Unmittelbar vor sich erblickte er die Umrisse massiger Gestalten, die aus der Erde zu wachsen schienen. Vielleicht Sträucher oder dicht belaubte junge Pappeln? Ausgewachsene Bäume konnten es nicht sein, aber dick waren sie, und das ließ sein malträtiertes Gehirn doch wieder an

Sträucher denken. Die drei Männer verteilten sich und begannen einzeln umherzugehen.

Aber wenn sie im Freien waren, musste es plötzlich Nacht und schrecklich kalt geworden sein. Allmählich gewöhnten sich Brunettis Augen an das schwache Licht, und die Sträucher oder Bäume traten deutlicher hervor. Als Erstes dachte er an Herbstlaub, bis er das Rot als Muskelfleisch und das Gelb als Fettschichten identifizierte. Er und Vianello hatten sich so auf Bianchis Führung verlassen, dass sie ihm blindlings mitten in die dicht an dicht hängenden Rinder, Schweine und Schafe gefolgt waren: kopflose Hälften von Tieren, die man nur der Größe nach unterscheiden konnte – aber wie unterschied man ein großes Schaf von einem kleinen Kalb? Nichts als Rot und Gelb mit weißen Streifen dazwischen.

Vianello kapitulierte als Erster. Gleichgültig gegenüber dem, was Bianchi oder sonst wer von ihm halten mochte, schob er sich an Brunetti vorbei und taumelte wie betrunken zur Tür zurück. Vergebens versuchte er sie aufzudrücken, schlug zweimal mit der Faust dagegen und gab ihr einen Tritt. Der Schlachter schälte sich aus dem Dickicht von Kadavern, zog an einem Griff, den Vianello in dem Dämmerlicht übersehen hatte, und die Tür schwang auf. Brunetti sah Vianello in den helleren Raum entschwinden, eine Hand vor sich hingestreckt, als sei er darauf gefasst, weiche Knie zu bekommen und sich am Geländer festhalten zu müssen.

Betont langsam und den Blick auf Vianellos Rücken geheftet, ging Brunetti durch die Tür, ohne auf Bianchi zu warten. Während er auf das andere Ende des Gitterrosts zuschritt, summte er wie vorhin Vianello vor sich hin und bemerkte, dass er damit zumindest ein wenig von dem Lärm ausblenden konnte, der noch immer von unten heraufdrang. Neben ihm, in Schulterhöhe, tauchte etwas auf und schien mit ihm Schritt zu halten. Brunetti stockte kurz, ging dann aber weiter, den Blick stur geradeaus, und widerstand der Versuchung, sich nach dem umzudrehen, was da neben ihm herschwebte.

Vianello hockte wie ein Häuflein Elend im Umkleideraum; einen Ärmel des Schutzanzugs hatte er abgestreift, den anderen hatte er vergessen oder nicht freibekommen. Auf Brunetti wirkte er wie ein besiegter Held der *Ilias*, seine Rüstung halb zerfetzt, der Feind drauf und dran, ihm den Rest zu geben. Brunetti setzte sich neben ihn, sank nach vorn, legte die Unterarme auf den Schenkeln ab und starrte auf seine Schuhe. Wer die beiden sah, hätte sie für zwei alternde, merkwürdig bekleidete Gladiatoren gehalten, die vom Kampf erschöpft auf den Schiedsrichter warteten, der ihnen sagen würde, wie sie sich geschlagen hatten.

Aber Bianchi ließ sich nicht blicken. Brunetti bückte sich, zog die Plastikhüllen von seinen Schuhen und kickte sie fort, dann stieß er sich hoch und fummelte am Reißverschluss seines Schutzanzugs. Er bekam die Arme frei, schob das Ding bis unter die Knie runter und setzte sich wieder, um es über die Schuhe zu zerren. Da er sonst nichts zu tun hatte, unternahm er einen halbherzigen Versuch, den zerknüllten Anzug zu falten, warf ihn dann aber einfach neben sich auf die Bank.

Mit einem Blick auf Vianello stellte er fest, dass der sich nicht gerührt hatte. »Komm schon, Lorenzo. Der Fahrer wartet.«

Mit langsamen Bewegungen, wie im Schlaf oder unter Wasser, zog Vianello den anderen Arm heraus und stemmte sich mit beiden Händen in die Senkrechte. Als er den Anzug abstreifen wollte, übersah er, dass er den Reißverschluss nicht ganz aufgezogen hatte, und konnte zerren wie er wollte, er bekam ihn nicht über die Hüften.

»Der Reißverschluss, Lorenzo«, sagte Brunetti, blieb aber untätig sitzen. Vianello begriff. Dann setzte er sich, zog die Schuhe aus, streifte den Anzug über die Füße und wollte die Schuhe wieder anziehen. Er stutzte verwirrt, erkannte dann aber, dass er erst die Schutzhüllen von den Schuhen entfernen musste, bevor er die Schuhe anziehen konnte, und wurde rasch fertig. Wie Brunetti knüllte er seinen Anzug zusammen und warf ihn neben sich auf die Bank.

»*Bene*«, sagte Vianello. »*Andemo.*«

Bianchi und Signorina Borelli blieben verschwunden. Die beiden gingen zum Eingang zurück. Im Freien empfing sie die Sonne, wärmte ihnen Kopf und Hände und Füße mit einer Großzügigkeit und Güte, die Brunetti an alte Darstellungen erinnerte, wie Echnaton von Aton, dem Sonnengott, mit Licht übergossen wird. Da standen sie, stumm wie ägyptische Statuen, und ließen sich von der Sonne wärmen und den entsetzlichen Gestank aus der Kleidung spülen.

Gleich darauf fuhr das Auto vor; beide hatten es nicht kommen hören, so sehr waren ihre Ohren noch auf das eben vernommene Getöse eingestellt.

Der Fahrer ließ das Fenster aufgleiten und rief: »Sind Sie hier fertig?«

20

Diesmal nahmen sie beide auf der Rückbank Platz. Auch wenn es nicht gerade warm war, kurbelten Brunetti und Vianello die Fenster runter und lehnten sich zurück, um die frische Luft hineinströmen zu lassen. Der Fahrer war so feinfühlig, nichts zu sagen und nur per Funk bei der Questura ein Boot zu bestellen, das für die beiden Männer am Piazzale Roma bereitstehen sollte.

Auf dem Weg zur Stadt fuhren sie durch eine stille Landschaft, die sich anschickte, die Pracht des Sommers zu entfalten. Die Bäume begannen auszuschlagen, um sich mit wunderbarem grünem Laub zu schmücken. Brunetti war dankbar für dieses Zeichen: Die Farbe der Hoffnung. Vögel, die er kannte, aber nicht benennen konnte, hockten zwischen den grünen Trieben und plauderten über ihre Rückkehr in den Norden.

Die Villen fielen ihnen diesmal nicht weiter auf, nur all die Autos, die ihnen entgegenkamen oder sie überholten, um vor ihnen wieder einzuscheren. Sie sprachen nicht: weder miteinander noch mit dem Fahrer. Sie ließen Zeit verstreichen, denn nur so konnte die Erinnerung an das, was sie erlebt hatten, ein wenig verblassen. Brunetti sah zum Fenster hinaus. Wie schön das ist, dachte er; wie schön, wenn etwas wächst: Bäume, Rebstöcke, die aus dem Winterschlaf erwachen, ja selbst das Wasser im Straßengraben würde seinen Teil dazu beitragen, dass die Pflanzen aufblühten.

Unablässig kamen ihnen Autos entgegen, und Brunetti

schloss die Augen. Es schien ihm, als seien nur Sekunden vergangen, als der Fahrer bremste und sagte: »Da sind wir, Commissario.« Brunetti schlug die Augen auf, sah den ACTV-Ticketschalter, Wasser dahinter und den *embarcadero* der Nummer zwei.

Vianello machte Anstalten auszusteigen, Brunetti dankte dem Fahrer und schlug sachte die Tür zu. Er freute sich, dass auch Vianello noch ein Wort mit dem Fahrer wechselte. Zum Abschied tätschelte der Ispettore mit einem Lächeln das Autodach und wandte sich dann dem Wasser zu.

Sie gingen die flachen Stufen hinunter nach links, wo Foas Kollege, nach ihnen Ausschau haltend, mit dem Fahrer eines Wassertaxis sprach. Brunetti staunte, dass der junge Mann noch genauso aussah wie einige Stunden zuvor. Der Bootsführer tippte sich an die Mütze, eine Geste, die man ebenso als freundliche Begrüßung wie als Salut deuten konnte: Brunetti hoffte, es sei ein Gruß.

Der Bootsführer wollte ihm den *Gazzettino* reichen, der gefaltet hinterm Steuer klemmte, aber Brunetti sehnte sich nach Weite, nach Farben und Schönheit und Leben, nicht nach schwarzen Zeitungszeilen. Er lehnte dankend ab, worauf der Bootsführer den Motor anließ.

»Fahren Sie nicht hinter dem Bahnhof durch, lieber durch den Canal Grande.« So würde die Fahrt zwar länger dauern, aber dafür bliebe ihnen die Kehre direkt am Fahrdamm erspart, wo sie die Schornsteine von Marghera sehen würden; außerdem mussten sie dann nicht zwischen dem Ospedale Civile und der Friedhofsinsel San Michele hindurch. Brunetti und Vianello sagten kein Wort, blieben aber beide an Deck in der Sonne. Die wärmte ihnen den Kopf und ließ sie in ihren Jacken schwitzen. Brunetti klebte das feuchte Hemd am Rücken, Schweißtropfen kitzelten ihn an den Schläfen. Er hatte seine Sonnenbrille vergessen und spähte, eine Hand schützend über den Augen, wie ein Kapitän in einem Seefahrerroman in die Ferne. Und erblickte kein Tropenatoll mit unberührten Stränden und auch nicht die stürmischen Gewässer am Kap der Guten Hoffnung, sondern die Calatrava-Brücke, die in ihrem eingerüsteten Bauzustand wie in Windeln gewickelt erschien und über deren Geländer sich kurzärmelige Touristen beugten, um ein Foto von der Polizeibarkasse zu machen. Er winkte lächelnd zu ihnen hoch.

Keiner der drei Männer sagte etwas, während sie unter der Brücke durchfuhren, und sie schwiegen auch, als sie unter der nächsten und unter allen weiteren Brücken hindurch und an der Basilika und an San Giorgio zu ihrer Rechten vorbeifuhren. Wie fühlte es sich an, versuchte Brunetti sich vorzustellen, wenn man das alles zum ersten Mal erblickte? Mit jungfräulichen Augen? All diese Schönheit war das Gegenteil von dem, was sich ihnen in Preganziol dargeboten hatte, und doch: Beides war überwältigend, beides raubte dem Betrachter auf seine Weise die Sprache.

Der Bootsführer lenkte die Barkasse an den Anleger vor der Questura, sprang mit dem Tau in der Hand an Land und schlang es um den Poller. Als Brunetti von Bord ging, wollte der Mann ihm etwas sagen, musste aber wieder ins Boot, weil der Motor plötzlich seltsame Geräusche machte. Bis er den Motor ausgestellt hatte, waren Brunetti und Vianello schon im Gebäude verschwunden.

Brunetti wusste nicht, was er mit Vianello reden sollte: Er

konnte sich nicht erinnern, jemals so sprachlos gewesen zu sein, als sei ihr gemeinsames Erlebnis so intensiv gewesen, dass es jeglichen Kommentar, ja beinahe jegliches weitere Gespräch überflüssig machte. Aus dieser Verlegenheit half ihm der Wachmann an der Tür: »Commissario, der Vice-Questore möchte Sie sehen.«

Die Vorstellung, mit Patta reden zu müssen, war geradezu Balsam für die Seele: Die Unerfreulichkeit dieser Begegnung würde Brunetti unweigerlich auf den Boden zurückholen. Er sah Vianello an und sagte: »Ich rede mit ihm, dann hole ich dich ab, und wir gehen was trinken.« Erst wieder Boden unter den Füßen, dann die Freuden des Alltags.

Da Signorina Elettra nicht an ihrem Schreibtisch saß, musste Brunetti bei Patta anklopfen, ohne sich zuvor über Ausmaß oder Grund der Verärgerung seines Vorgesetzten informieren zu können. Dass der Vice-Questore verärgert war, stand fest: Nichts anderes als äußerster Verdruss konnte ihn dazu bewegen, die Anweisung nach unten ergehen zu lassen, Brunetti solle sich sofort bei ihm melden, wenn er ins Haus komme. Vorher atmete Brunetti wie ein Turner, der zum Sprung an die Ringe ansetzt, ein paarmal tief durch und konzentrierte sich ganz auf seinen Auftritt.

Er klopfte möglichst mannhaft an: drei knappe Schläge zur Verkündung seiner Ankunft. Von drinnen scholl ihm ein Ruf entgegen, den er als Bitte interpretierte, er möge eintreten. Patta hatte sich als Landjunker kostümiert. Diesmal war sein Vorgesetzter in seinem Streben nach Eleganz endgültig zu weit gegangen, trug er doch heute tatsächlich einen echten Jagdrock. Hellbrauner Tweed, lang und schmal geschnitten, mit dem unerlässlichen braunen Wildlederflicken an der rechten Schulter und einer einzelnen Tasche gegenüber an der linken; darunter leicht aufknöpfbare Umschlagtaschen für den Patronennachschub. Das weiße Hemd, das Patta dazu trug, war dezent kariert, und seine grüne Seidenkrawatte war mit winzigen gelben Schafen verziert, die Brunetti an die Lämmer auf dem Mosaik in Ravenna erinnerten, gleich hinter dem Hauptaltar der Basilica di Sant'Apollinare in Classe.

Wie der ungläubige Thomas an die Auferstehung seines Herrn erst glauben konnte, nachdem er die Wundmale Jesu berührt hatte, so empfand Brunetti das dringende Bedürfnis, seine Wange an den braunen Wildlederflicken auf Pattas Schulter zu lehnen, schien ihm doch dieses bizarre Accessoire der beste Beweis, dass die Dinge unverändert ihren Gang nahmen. Noch immer erschüttert von den Erlebnissen im Schlachthof, brauchte Brunettis Seele einen Anhaltspunkt, dass die normale Welt, ja das Leben überhaupt, noch existierte – und was wäre ein offenkundigerer Beweis als dieser absurde Flicken? Oder Patta am Telefon: Wie er leibte und lebte. Endlich nahm der Vice-Questore Notiz von seinem Besucher, sagte noch etwas und legte auf.

Brunetti widerstand der Versuchung, sich zu bücken und unter dem Schreibtisch nachzusehen, ob der Vice-Questore womöglich auch noch trug, was Brunetti aus englischen Romanen als »derbes Schuhwerk« kannte. Ebenso verkniff er es sich, seinem Vorgesetzten dafür zu danken, dass er ihn ins Leben zurückgeholt hatte. Stattdessen sagte er: »Di Oliva sagt, Sie wollen mich sprechen, Signore.«

Patta hielt den *Gazzettino* hoch, die aktuelle Ausgabe, die

Brunetti auf dem Boot nicht hatte lesen wollen. »Haben Sie das gesehen?«, fragte er.

»Nein, Signore«, erwiderte Brunetti. »Diese Woche gibt mir meine Frau nur den *Osservatore Romano* zu lesen.« Er wollte noch hinzufügen, dies sei die einzige Zeitung, die ihn täglich über die Termine des Heiligen Vaters unterrichte, ähnlich wie die *Times* ihre Leser über die Aktivitäten der Königsfamilie auf dem Laufenden halte, war sich aber – da er die Zeitung seit Jahrzehnten nicht mehr in die Hand genommen hatte – nicht sicher, ob das stimmte; im Übrigen gebot ihm seine Dankbarkeit, Patta nicht noch weiter zu reizen. Er begnügte sich daher mit dem Achselzucken des echten Schwächlings und streckte die Hand nach der Zeitung aus.

Zu seiner Überraschung reichte Patta sie ihm bereitwillig und sagte: »Setzen Sie sich und lesen Sie. Seite fünf. Dann sagen Sie mir, von wem das Motiv stammt.«

Eilfertig nahm Brunetti Platz, schlug die Zeitung auf und fand die Schlagzeile: »Unbekannter im Kanal als Tierarzt identifiziert«. Der Artikel nannte Navas Namen und Alter und erwähnte, dass er in Mestre gewohnt und eine private Tierklinik betrieben habe. Des Weiteren, dass er von seiner Frau getrennt gelebt und einen Sohn habe. Die Mordkommission der Polizei schließe einen privaten Racheakt nicht aus.

»›*Vendetta privata*‹?« Brunetti blickte erstaunt auf.

»Genau das will ich von Ihnen wissen, Commissario«, sagte Patta mit triefendem Sarkasmus. »Wer hat das ins Gespräch gebracht?«

»Seine Frau, seine Verwandten oder sonst wer, der mit dem

Reporter gesprochen hat, falls es nicht auf dessen eigenem Mist gewachsen ist. Weiß der Himmel.« Brunetti überlegte, ob er darauf hinweisen sollte, dass es ebenso gut auch jemand aus der Questura gewesen sein könnte, aber Klugheit und Lebenserfahrung hielten ihn davon ab.

»Sie bestreiten also, dass das von Ihnen stammt?«, fragte Patta kühl.

»Vice-Questore.« Brunetti riss sich zusammen. »Es spielt keine Rolle, wo die das herhaben.« Immerhin kannte er Pattas Hirnwindungen zur Genüge und fuhr daher fort: »Wenn man darüber nachdenkt, ist ›privater Racheakt‹ doch wesentlich besser als die Annahme, es handle sich um einen Überfall auf den Nächstbesten.« Er hielt den Blick auf die Zeitung gerichtet, während er das sagte, als rede er nicht mit Patta, sondern mit sich selbst. Vermutlich ließ es Patta ohnehin kalt, wenn jemand erstochen und in einen Kanal geworfen wurde, solange das Opfer ein Einheimischer war. Wäre es ein Tourist, würde das Verbrechen ihn beunruhigen, und wenn es gar ein Tourist aus einem wohlhabenden europäischen Nachbarland wäre, dann würde es ihn in helle Panik versetzen.

»Möglich«, räumte Patta widerwillig ein; was Brunetti sogleich als Zustimmung interpretierte. Er faltete die Zeitung zusammen, legte sie vor Patta hin und setzte eine dienstbeflissene Miene auf.

»Was haben Sie bisher getan?«, fragte Patta schließlich.

»Mit seiner Frau gesprochen. Seiner Witwe.«

»Und?« Pattas Tonfall ließ es Brunetti nicht geraten erscheinen, sich mit ihm anzulegen.

»Sie hat mir von der Trennung der beiden erzählt; offenbar wollte sie die Scheidung. Er hatte ein Verhältnis mit einer Kollegin. Nicht an seiner Klinik, sondern in dem *macello*, wo er einen Nebenjob hatte; außerhalb von Preganziol.« Er wartete auf Zwischenfragen, aber sein Vorgesetzter nickte nur. »Seine Frau sagt, etwas habe ihn beunruhigt.«

»Etwas anderes als die Sache mit dieser Kollegin?«, fragte Patta.

»So machte es mir den Eindruck. Also wollte ich mir ein Bild von dem Ort verschaffen.« Mehr brachte Brunetti nicht heraus.

»Und?«

»Sehr unschön: Dort werden Tiere getötet und zerlegt«, sagte Brunetti schroff. »Ich habe mit der Frau gesprochen, die seine Geliebte gewesen sein muss.«

Patta kam mit einer Zwischenfrage: »Sie haben ihr hoffentlich nicht erzählt, dass Sie von der Affäre wissen?«

»Nein, Signore.«

»Was haben Sie ihr erzählt?«

»Dass er tot sei.«

»Wie hat sie reagiert?«

Darüber hatte Brunetti schon ausgiebig nachgedacht. »Ungehalten, weil wir sie erst so spät unterrichtet hätten, ließ sich aber nicht weiter über ihn aus.«

»Wozu auch?«, sagte Patta. Als er Brunettis Reaktion bemerkte, fügte er mit erstaunlichem Feingefühl hinzu: »Ich meine, von ihrem Standpunkt aus.« Dann wieder ganz der Alte, fragte er: »Wie kommt eine Frau überhaupt dazu, dort zu arbeiten?«

»Das weiß ich nicht, Signore«, sagte Brunetti, der sich das auch schon gefragt hatte.

»Mir scheint, viel haben Sie nicht in Erfahrung gebracht«, sagte Patta voller Genugtuung.

Das Gegenteil war der Fall: Brunetti hatte zu viel erfahren, aber darüber wollte er nicht reden, schon gar nicht mit seinem Vorgesetzten. Mit ernster Miene bemerkte er lediglich: »Schon möglich, Vice-Questore. Über seine Tätigkeit dort draußen habe ich nicht viel herausgebracht und über die Rolle dieser Frau auch nicht. Wenn sie denn ihre Finger im Spiel gehabt hat.« Mit einem Mal war er zu müde und – so ungern er sich das eingestand – zu hungrig, das Geplänkel mit Patta fortzusetzen. Sein Blick schweifte zu dem Fenster, das auf denselben *campo* hinausging wie das in seinem Büro.

Am liebsten hätte er Patta gefragt, ob er die Aussicht aus seinem Fenster auch schon mal als Symbol für den Unterschied zwischen ihnen beiden betrachtet habe. Beide sahen dasselbe, nur dass Brunetti es von höherer Warte betrachtete. Doch vielleicht war es klüger, Patta nicht darauf aufmerksam zu machen.

»Nun, dann an die Arbeit«, sagte Patta in dem Ton, den er anschlug, wenn er die dynamische Führungskraft markieren wollte.

Langjährige Erfahrung hatte Brunetti gelehrt, diesem Ton mit besonderer Unterwürfigkeit zu begegnen. »Sì, *Dottore*«, sagte er und erhob sich.

Unten saß Vianello an seinem Tisch. Er las nicht, er sprach nicht mit seinen Kollegen, er telefonierte nicht. Er saß nur da, reglos und stumm, und starrte vor sich hin. Als Brunetti in den Bereitschaftsraum kam, warfen die anderen ihm nervöse Blicke zu, fast als fürchteten sie, Vianello habe etwas Schlimmes angestellt, und er werde ihn jetzt abführen.

Brunetti blieb vor Masieros Schreibtisch stehen und erkundigte sich, ob er mit den Autoeinbrüchen im Parkhaus am Piazzale Roma weitergekommen sei. Der Polizist berichtete ihm, vorige Nacht seien dort drei Überwachungskameras zerstört und sechs Autos aufgebrochen worden.

Obwohl er mit dem Fall nichts zu tun hatte, fragte Brunetti den Kollegen weiter danach aus und sprach dabei lauter als gewöhnlich. Während Masiero seine Theorie vortrug, nach der die Diebstähle auf das Konto von jemandem gingen, der dort arbeitete, vielleicht aber auch von jemandem, der dort sein Auto parkte, sah Brunetti unauffällig zu Vianello hin, der sich weiterhin nicht rührte.

Brunetti wollte gerade anregen, die Kameras besser zu tarnen, als Vianello endlich aufstand und zu ihm kam. »Ja, ein Kaffee wäre jetzt nicht schlecht.«

Ohne ein weiteres Wort an Masiero zu richten, verließ Brunetti den Bereitschaftsraum und das Gebäude und ging mit Vianello an den Fondamenta entlang zu der Bar an der Brücke. Beide hatten nicht viel zu sagen, auch wenn Vianello düster bemerkte, man sollte vielleicht den Dienstplan der Leute überprüfen, die in dem Parkhaus arbeiteten. Wenn das nichts bringe, fuhr er fort, könnte man sich im Computer ansehen, welche Kunden in den fraglichen Nächten mit ihren Dauerkarten dort ein- oder ausgeparkt hätten.

In der Bar blieben sie am Tresen stehen und studierten, im Hunger vereint, die *tramezzini*. Bambola fragte nach ihren Wünschen. Brunetti bat um eins mit Tomate und Ei und eins mit Tomate und Mozzarella. Vianello nahm das Gleiche. Beide entschieden sich für Weißwein und trugen ihre Gläser an den hintersten Tisch.

Sekunden später brachte Bambola ihnen die *tramezzini*. Vianello trank einen großen Schluck; Brunetti ebenfalls, dann hob er sein Glas, zeigte auf Vianellos und nickte Bambola zu.

Der Commissario griff wahllos nach einem *tramezzino*. Der Hunger ließ ihn nicht lang fackeln. Weniger Mayonnaise als bei Sergio üblich, befand Brunetti nach dem ersten Bissen. Umso besser. Er trank aus und gab das Glas Bambola, der neben ihnen wartete.

»Nun?«, fragte Brunetti, als der Barmann mit den leeren Gläsern abgezogen war.

»Was hat Patta gesagt?«, fragte Vianello und musste grinsen, als er Brunettis Miene sah. »Alvise hat dich reingehen sehen.«

»Er hat gesagt, ich soll weitermachen, ohne sich genauer darüber auszulassen. Ich werde mich wohl auf die Borelli konzentrieren.«

»Kam mir nicht so vor, als ob eine Frau dort gern arbeiten würde«, sprach Vianello aus, was Brunetti und Patta auch schon bemerkt hatten, wobei es sich allerdings aus seinem Mund weniger anstößig anhörte. Dann die verblüffende Feststellung: »Mein Großvater war Bauer.«

»Ich dachte, er hat in Venedig gelebt«, sagte Brunetti. Das eine schloss das andere aus.

»Erst als er schon fast zwanzig war. Er ist kurz vor dem Ersten Weltkrieg hierhergekommen. Der Vater meiner Mutter. Seine Familie auf einem Bauernhof im Friaul war am Verhungern, also haben sie den Jungen zum Arbeiten in die Stadt geschickt. Aber aufgewachsen ist er auf dem Hof. Ich weiß noch, wie er mir früher davon erzählte, wie das war, unter einem *padrone* zu arbeiten. Der Besitzer des Hofs kam

jeden Tag auf seinem Pferd angeritten und hat die Eier ge-
zählt oder die Hühner, ob sie auch ja genug gelegt hatten.«
Vianello sah aus dem Fenster der Bar nach den Leuten, die
über die Brücke gingen. »Stell dir das mal vor: Dem Kerl
gehörten die meisten Höfe in der Gegend, und ihm fiel nichts
Besseres ein, als Eier zu zählen.« Er schüttelte den Kopf.
»Er hat mir erzählt, manchmal blieb ihnen nur, etwas von der
Milch abzuzweigen, die am nächsten Tag abgeholt wurde.«

In Erinnerungen versunken, stellte Vianello sein Glas auf
den Tisch, ans Essen dachte er nicht mehr. »Er hat mir erzählt, ein Onkel von ihm sei verhungert. Eines Morgens im
Winter haben sie ihn in der Scheune gefunden.«

Brunetti, der als Kind ähnliche Geschichten gehört hatte,
sagte nichts.

Vianello sah ihn lächelnd an. »Darüber zu reden ist auch
kein Trost, stimmt's?« Er nahm ein Sandwich und biss zögernd hinein, als wolle er sich in Erinnerung rufen, was Essen bedeutete; offenbar schmeckte es ihm, und er verputzte
den Rest und griff nach dem zweiten.

»Diese Borelli macht mich neugierig«, sagte Brunetti.

»Wenn es etwas über sie gibt, wird Signorina Elettra es
herausfinden«, verkündete Vianello. Dies war eine der sieben Säulen der Weisheit auf denen die Questura ruhte.

Brunetti trank seinen Wein aus und verkündete eine weitere: »Ein Raubüberfall wäre Patta gar nicht recht. Gehen
wir zurück.«

21

Nachdem sie in der Bar miteinander gegessen, getrunken und geredet hatten, hob sich ihre Stimmung, und als sie an den Fondamenta entlang zur Questura gingen, schien auch der Geruch aus ihrer Kleidung verflogen. Brunetti wollte als Erstes Signorina Elettra bitten, Signorina Borelli hinterherzurecherchieren. Vianello erbot sich, Papetti, den Leiter des Schlachthofs, zu durchleuchten; dazu wollte er sowohl amtliche Quellen zu Rate ziehen als auch »Freunde auf dem Festland«, wer immer das sein mochte. In der Questura verschwand der Ispettore im Bereitschaftsraum, und Brunetti machte sich auf den Weg zu Patta.

Signorina Elettra saß hinter ihrem Computer und streckte beide Arme mit ineinanderverschränkten Händen in die Höhe. »Ich hoffe, ich störe nicht«, sagte Brunetti.

»Überhaupt nicht, Dottore«, sagte sie, ließ die Arme sinken und schüttelte die Finger aus. »Ich sitze schon den ganzen Tag vor dem Bildschirm, allmählich habe ich es satt.«

Wenn sein Sohn gesagt hätte, er habe das Essen satt, oder Paola, sie habe das Lesen satt, hätte Brunetti nicht verblüffter reagieren können. Er wollte fragen, was genau sie daran satt habe ... aber ihm fiel kein Wort ein für das, was sie den ganzen Tag lang machte. Schnüffeln? Herumwühlen? Das Gesetz brechen?

»Möchten Sie lieber etwas anderes tun?«, fragte er schließlich.

»Ist die Frage höflich oder ernst gemeint, Signore?«

»Wohl eher ernst«, räumte Brunetti ein.

Sie fuhr sich nachdenklich durchs Haar. »Wenn ich einen Beruf frei wählen könnte, wäre ich gern Archäologin.«

»Archäologin?«, wiederholte er. Ach, der heimliche Traum so vieler Leute, die er kannte.

Ihr Lächeln war die Verbindlichkeit selbst. »Natürlich nur, wenn ich sensationelle Entdeckungen machen und weltberühmt werden könnte.«

Von Carter und Schliemann abgesehen, wurden nur wenige Archäologen berühmt, dachte Brunetti. Er fragte skeptisch: »Nur wegen des Ruhms?«

Sie dachte lange nach und gab dann lächelnd zu: »Nein, eigentlich nicht. Natürlich würde ich gern schöne Sachen finden – nur dadurch werden Archäologen berühmt –, aber eigentlich interessiert mich, wie die Leute früher gelebt haben und inwieweit sie uns ähnlich waren. Oder eben nicht.

Obwohl ich mir nicht sicher bin, ob die Archäologie uns das sagen kann.«

Brunetti hatte da auch seine Zweifel; er fand, nur die Literatur konnte einen Eindruck von früheren Zeiten vermitteln. »Was sehen Sie sich im Museum an?«, fragte er. »Die edlen Exponate oder die Gürtelschnallen?«

»Das ist ja das Erstaunliche«, antwortete sie. »Damals waren die alltäglichsten Gegenstände so schön, dass ich nie weiß, wo ich anfangen soll. Gürtelschnallen, Haarnadeln, sogar die Tonschalen, aus denen sie gegessen haben.« Ihr kam ein Gedanke. »Oder vielleicht halten wir sie nur deshalb für schön, weil sie handgemacht sind, vielleicht sind wir so an den Anblick von Massenprodukten gewöhnt, dass wir fasziniert sind, weil jedes ein Einzelstück ist.«

Sie lachte kurz auf. »Vermutlich hätten die Leute damals liebend gern ihre schöne Trinkschale aus Ton gegen eins von unseren Marmeladengläsern mit Deckel eingetauscht oder ihren handgeschnitzten Elfenbeinkamm gegen ein Dutzend maschinell hergestellte Haarnadeln.«

Brunetti sah das genauso und setzte noch einen drauf: »Für eine Waschmaschine würden sie einem wahrscheinlich alles geben, was man verlangt.«

Wieder lachte sie. »Für eine Waschmaschine würde *ich* Ihnen alles geben, was Sie verlangen.« Plötzlich wurde sie ernst. »Ich nehme an, die meisten Leute – zumindest Frauen – würden für eine Waschmaschine auf ihr Stimmrecht verzichten. Ich jedenfalls.«

Brunetti hielt das zunächst für einen Scherz, eine ihrer üblichen Übertreibungen, merkte dann aber, dass dem nicht so war.

»Tatsächlich?«, fragte er ungläubig.

»Wenn es um Wahlen in diesem Land geht? Jederzeit.«

»Und in anderen Ländern?«

Diesmal fuhr sie sich mit beiden Händen durchs Haar und senkte den Blick auf die Schreibtischplatte, als wären dort die Namen aller Länder aufgelistet. Schließlich blickte sie auf und sagte, plötzlich gar nicht mehr zum Scherzen aufgelegt: »Da wohl auch, leider.«

Er fand es an der Zeit, das Thema zu wechseln. »Ich möchte Sie bitten, mir ein paar Dinge herauszusuchen, Signorina.«

Eben noch ein Mahnmal für den Tod der Demokratie, fand sie im Handumdrehen zum alten Tatendrang zurück. Er nannte ihr Giulia Borellis Namen und informierte sie über deren Verhältnis mit dem Ermordeten und ihre Arbeit im

Schlachthof. Auch wenn er nicht an Vianellos Können zweifelte, wusste Brunetti doch, dass Signorina Elettra die Meisterin und Vianello nur der Lehrling war, und bat sie daher, auch über Papetti und Bianchi Erkundigungen einzuziehen.

»Was meinen Sie, wird die Presse uns in dieser Sache zusetzen?«, fragte er.

»Oh, die haben ja jetzt den Onkel«, sagte sie. »Also schreibt keiner was. Keiner ruft an.« Das war eine Anspielung auf den Mordfall, der zurzeit das Land erschütterte: Ein Mord innerhalb einer weitverzweigten Familie; die Eltern und der Rest der Verwandtschaft erzählten unterschiedliche Versionen über das Opfer und die Beschuldigten. Die Liste der Täter änderte sich von Tag zu Tag; so viele Leute drängten ins Rampenlicht, dass Presse und Fernsehen kaum noch nachkamen. Und wann immer ein gramgebeugtes Familienmitglied ein Foto des reizenden jungen Opfers in die Kamera hielt, mutierte es tags darauf durch die Enthüllungen eines weiteren Verwandten vom Trauernden zum Verdächtigen.

In den Bars sprach man von nichts anderem; auf jedem Boot wurde der Fall diskutiert. Im Frühstadium, vor einem Monat, als die junge Frau gerade erst verschwunden war, hätte der Polizist in Brunetti am liebsten allen Passanten zugerufen: »Es war einer aus der Familie!« Aber er hatte striktes Stillschweigen bewahrt. Wenn jetzt jemand davon anfing, heuchelte er nicht einmal mehr Überraschung über die neuesten Entdeckungen und versuchte das Thema zu wechseln.

Selbst bei Signorina Elettra machte er keine Ausnahme. »Falls doch jemand von der Presse anruft«, sagte er, »stellen Sie ihn zum Vice-Questore durch, ja?«

»Selbstverständlich, Commissario.«

194

Er hatte sie abgewimmelt, zugegeben, aber er wollte sich nicht schon wieder in eine Debatte über dieses Verbrechen verwickeln lassen. Er fand es beunruhigend, dass viele Leute heutzutage einen Mord nicht viel anders behandelten als eine Art primitiven Witz, auf den man nur mit Galgenhumor reagieren konnte. Vielleicht war diese Reaktion nichts anderes als magisches Denken, vielleicht drückte sich darin die Hoffnung aus, Lachen könne verhindern, dass so etwas noch einmal passierte oder dass dem Lacher etwas Ähnliches widerfuhr.

Oder aber es handelte sich um den Versuch, zu verschleiern oder von sich zu weisen, was dieser Mord den Leuten vor Augen führte: Die italienische Familie als Institution war genauso Geschichte wie die handgemachten Gürtelschnallen und Tonschalen. Auch sie stammte aus einfacheren Zeiten, eine solide Einrichtung für Menschen, die vom Leben ein schlichtes Glück erwarteten. Heute hingegen waren auch Beziehungen und Vergnügungen schnelllebiger, und so war die Familie denselben Weg gegangen wie Kirchenchor und sonntäglicher Messebesuch. Lippenbekenntnisse wurden noch abgelegt, aber das alles waren nur noch Schatten aus der Vergangenheit.

»Ich gehe in mein Büro«, sagte Brunetti abschließend. Oben angekommen, zog er seinen Stuhl ans äußere Ende des Schreibtischs, wo er den Computer hingestellt hatte, den er aus ihm selbst unerfindlichen Gründen immer noch als Signorina Elettras Eigentum betrachtete.

Über die Vorgänge, die er am Vormittag hatte mit ansehen müssen, wollte er sich auf keinen Fall gründlicher informieren, umso mehr interessierte ihn die Situation der Landwirtschaft im Allgemeinen. Seine Neugier führte ihn nach Brüssel und Rom und mitten in die undurchdringliche Prosa der gesichtslosen Macher der Agrarpolitik.

Als er genug davon hatte, beschloss er, sein Glück zu versuchen und sich nach Papetti umzusehen, dem Leiter des Schlachthofs in Preganziol, eine Suchaktion, die sich als überraschend unkompliziert erwies. Wie sich rasch zeigte, war Alessandro Papetti kein grobschlächtiger Landbewohner mit einer Vorliebe für Ackerbau und Viehzucht, sondern Sohn eines Anwalts aus Treviso. Nachdem er an der Universität von Bologna Betriebswirtschaft studiert hatte, begann er seine berufliche Laufbahn in der Kanzlei seines Vaters, wo er zehn Jahre lang als Steuerberater für dessen Geschäftskunden arbeitete. Vor vier Jahren wurde er zum Leiter des *macello* ernannt.

Kurz darauf erschien in *La Tribuna*, dem Lokalblatt von Treviso, ein Interview mit Papetti, dazu ein Foto von ihm mit Frau und drei kleinen Kindern. Die Bauern, erklärte er darin, seien der Nährboden der Nation, auf deren Hände Arbeit man angewiesen sei.

Über Bianchi brachte Brunetti nichts heraus, und zu Signorina Borelli fand sich in der Treviso-Ausgabe des *Gazzettino* nur eine drei Jahre alte Kurznotiz über ihre Anstellung im *macello*: Demnach hatte sie ein Diplom in Marketing und Touristik, und für den neuen Job im Schlachthof hatte sie ihre Stelle in der Buchhaltung von Tekknomed, einem kleinen, in Treviso ansässigen Pharmaunternehmen, aufgegeben.

Zweimal Treviso, fiel Brunetti auf. Aber was hieß das schon?

Immerhin wechselte er zum Telefonbuch von Treviso. Tekknomed war schnell gefunden. Er wählte die Nummer, und nach dreimaligem Klingeln meldete sich eine muntere junge Frauenstimme.

»Guten Morgen, Signorina«, sagte Brunetti. »Die Kanzlei von Avvocato Papetti. Wir versuchen seit einer halben Stunde, Ihnen eine E-Mail zu schicken, bekommen aber ständig eine Fehlermeldung. Können Sie mir vielleicht sagen, ob Sie Probleme mit Ihrem Server haben?« Etwas nervöser fügte er hinzu: »Es könnte natürlich auch an unserem liegen, aber da es nur bei Ihrer Adresse nicht funktioniert, wollte ich Ihnen doch lieber Bescheid sagen.«

»Das ist sehr freundlich von Ihnen, Signore. Warten Sie einen Moment, ich überprüfe das. An wen haben Sie die Mail geschickt?«

Auf die Frage war Brunetti vorbereitet. »An die Buchhaltung.«

»Moment, bitte. Ich frag mal nach.«

Es klickte, dann dudelte nichtssagende Musik. Brunetti wartete wohlgemut.

Sie meldete sich schnell zurück. »Die fragen, ob Sie die übliche Adresse verwendet haben: *conta@Tekknomed.it*?

»Ja, sicher«, spielte Brunetti den Verwirrten. »Ich versuch's gleich noch einmal. Wenn es wieder nicht klappt, rufe ich zurück, in Ordnung?«

»Gut. Sehr freundlich von Ihnen, Signore. Nicht viele würden sich die Mühe machen, uns Bescheid zu sagen.«

»Das ist das mindeste, was wir für unsere Klienten tun können«, sagte Brunetti.

Sie dankte und war weg.

»Bingo«, meinte Brunetti nur, als er aufgelegt hatte, versah das aber aus gewohnheitsmäßiger Vorsicht mit einem Fragezeichen: »Bingo?«

22

Es könnte auch Zufall sein«, meinte Vianello, nachdem Brunetti berichtet hatte, dass Tekknomed – Signorina Borellis früherer Arbeitgeber – zu den Klienten der Kanzlei von Papettis Vater gehörte.

»Sie hat Marketing und Touristik studiert, Lorenzo. Und jetzt ist sie seine Mitarbeiterin in einem Schlachthof, Herrgott noch mal. Hast du eine Erklärung dafür?«

»Was wirfst du ihr eigentlich vor, Guido? Dass sie die Stelle wechselt und eine Affäre hat?«

»Du sagst es«, gab Brunetti zurück, obwohl er wusste, wie schwach seine Position war. »Sie wechselt die Stelle, nachdem sie für eine Firma gearbeitet hat, zu der ihr neuer Boss Geschäftsbeziehungen hatte.«

Vianello sah ihn lange an. »Heute muss man sich selbst erfinden, Guido«, sagte er schließlich. »Das erzählst du mir doch ständig. Junge Leute mit Universitätsabschluss, egal in welchem Fach, können von Glück reden, wenn sie Arbeit bekommen, egal was. Wahrscheinlich hat man ihr ein gutes Angebot gemacht, und sie ist ihm auf die neue Stelle gefolgt.« Da Brunetti dazu schwieg, fragte er: »Wie viele von den Kindern deiner Freunde haben Arbeit? Die meisten, die ich kenne, sitzen den ganzen Tag zu Hause am Computer und müssen ihre Eltern um Taschengeld fürs Wochenende bitten.«

Brunetti hob eine Hand. »Das weiß ich selbst. Jeder weiß das. Aber davon rede ich nicht. Es geht hier um eine Frau, die allem Anschein nach einen guten Job hatte…«

»Das wissen wir nicht.«

»Nun, das können wir herausfinden. Und wenn es ein guter Job war, hat sie den aufgegeben, um etwas Neues anzufangen.«

»Besseres Gehalt. Bessere Arbeitszeiten. Näher an zu Hause. Konnte den alten Boss nicht ausstehen. Mehr Urlaub. Eigenes Büro. Firmenwagen.« Vianello hielt inne, falls Brunetti dazu etwas sagen wollte; als nichts kam, fuhr er fort: »Soll ich dir noch mehr Gründe aufzählen, warum sie den Job gewechselt haben könnte?«

»Mir kommt es merkwürdig vor«, beharrte Brunetti, der sich allmählich wie ein aufsässiges Kind vorkam.

Vianello warf beide Hände in die Luft. »Na schön, na schön, dann ist es eben merkwürdig, dass sie einfach so den Job gewechselt hat, aber das ist dann auch schon alles. Wir wissen nicht genug, um festzustellen, was da passiert ist. Wir wissen *gar* nichts. Und das bleibt auch so, solange wir nicht mehr über sie herausfinden.«

Mehr als dieses kleine Zugeständnis hatte Brunetti nicht nötig. Er stand auf. »Dann gehe ich sie bitten, mal nachzusehen.«

Er stand schon in der Tür, als Vianello wie beiläufig bemerkte: »Das wird ihr bestimmt gefallen.« Dann ging auch er in sein Büro zurück.

Zwanzig Minuten später wurde Vianello in der Lektüre des *Gazzettino* unterbrochen, als Brunetti ihn nach oben in sein Büro bestellte. Als sein Assistent eintrat, sagte Brunetti: »Sie hat angebissen.« Er verkniff sich die Bemerkung, dass auch Signorina Elettra Signorina Borellis Jobwechsel verdächtig gefunden habe – na ja, nicht direkt verdächtig, aber doch interessant –, und berichtete lediglich, sie habe gesagt, es könne ein wenig dauern, Zugang zu ihrer Personalakte zu bekommen. Die Lässigkeit, mit der sie das sagte, erinnerte Brunetti daran, dass es schon lange her war, seit er oder Vianello sich gefragt hatte, wie Signorina Elettra das bloß machte: Sie warteten einfach das Ergebnis ab. Dass sie der Frage auswichen, mochte mit der juristischen Bedenklichkeit von Signorina Elettras Recherchemethoden zusammenhängen. Brunetti schüttelte seine Bedenken ab: Nächstens würde er sich noch fragen, wie viele Engel auf einer Nadelspitze tanzen können.

Vianellos Tonfall sprach Bände, als er bemerkte: »Bis jetzt haben wir nicht den geringsten Anhaltspunkt, warum jemand ihn hätte töten wollen.« Wie lange würde es noch dauern, fragte sich Brunetti, bis der Ispettore den Mord einem außer Kontrolle geratenen Raubüberfall zuschrieb?

»Wir wissen, dass er nach Venedig gekommen ist«, sagte Brunetti; viel mehr wussten sie aber auch nicht. Rizzardis Abschlussbericht hatten sie lediglich entnehmen können, dass der Tote, von den Madelung-Symptomen abgesehen, für einen Mann seines Alters bei guter Gesundheit gewesen war. Wenige Stunden vor seinem Tod hatte er eine Mahlzeit zu sich genommen und eine geringe Menge Alkohol getrunken. Bei Eintritt des Todes hatte die Verdauung bereits eingesetzt, schrieb der Pathologe; ob der Mann vorher noch sexuell aktiv gewesen sei, lasse sich nach der langen Zeit, die der Leichnam im Wasser gelegen habe, nicht mehr feststellen. Zum Todeszeitpunkt konnte der Pathologe keine genaueren Angaben machen: etwa zwischen Mitternacht und vier Uhr morgens.

Die Bitte um sachdienliche Hinweise in der heutigen Zeitung mit Navas Foto und Namen hatte nichts gebracht, niemand hatte sich bei der Polizei gemeldet.

Vianello holte tief Luft. »Der vor ihm hieß Meucci, oder?«, fragte er.

Brunetti begriff erst mit Verzögerung, dass Vianello von Navas Vorgänger im Schlachthof sprach. »Ja. Gabriele, glaube ich.« Er schwang zu seinem Computer herum und kam sich dabei vor, als ahmte er Signorina Elettra nach. Gerade noch rechtzeitig hielt er die Bemerkung zurück, es dürfe nicht so schwierig sein, Meucci aufzuspüren; bestimmt gab es ein Verzeichnis der Tierärzte oder irgendeinen Verein, zu dem sie sich zusammengeschlossen hatten.

Am Ende fand er den Arzt in den Gelben Seiten, unter »Tierärzte«. Für Dr. Gabriele Meuccis *ambulatorio* wurde eine Adresse in Castello angegeben. Die Nummer sagte Brunetti nichts, bis er sie in *Calli, Campielli e Canali* am äußersten Ende von Castello, an den Fondamenta San Giuseppe, ausfindig machte.

»Da unten gibt es bestimmt auch Leute, die Tiere haben«, kommentierte Vianello die Lage der Praxis, weit vom Stadtzentrum entfernt, gegenüber S. Elena, das für die beiden ebenso gut Patagonien hätte sein können. »Ganz schön weit weg von Preganziol, würde ich sagen.«

Als Brunetti den Computer ausschaltete, merkte er, dass seine linke Hand zitterte. Er konnte sich das nicht erklären, aber das Zittern hörte auf, nachdem er die Finger ein paarmal zur Faust geballt hatte. Er legte die Hand flach auf den Schreibtisch, drückte ein wenig und hob sie leicht an: Schon war das Zittern wieder da.

»Wir sollten nach Hause gehen, Lorenzo«, sagte er, ohne von der Hand aufzublicken.

»Ja«, pflichtete Vianello ihm bei und stemmte sich hoch. »Das war einfach zu viel heute.«

Brunetti hätte dazu gern noch etwas bemerkt, vielleicht gar einen Scherz über die Erlebnisse des Vormittags gemacht, aber ihm fiel nichts ein. Er hatte oft gehört, Schockierendes wie das, was sie gesehen hatten, hinterlasse dauerhafte Spuren oder kremple einen Menschen von Grund auf um. Doch davon keine Rede. Er hatte Entsetzen und Ekel verspürt, aber er wusste, verändert hatte ihn das nicht. Fragte sich nur, ob das ein gutes Zeichen war oder nicht.

»Wie wär's? Treffen wir uns morgen früh vor seiner Praxis?«, schlug Brunetti vor.

»Um neun?«

»Gut. Hoffentlich ist er morgen da.«

»Und wenn nicht?«

»Setzen wir uns in eine Bar, schauen eine Weile den Booten zu und kommen eben zu spät zur Arbeit.«

»Das lässt sich hören, Commissario«, sagte Vianello.

Als Brunetti aus der Questura ins Freie trat, senkte sich die ganze Last des Tages auf ihn herab. Für einen Augenblick wünschte er, in einer Stadt zu leben, wo man einfach ein Taxi nehmen konnte, ohne sechzig Euro bezahlen zu müssen, egal wie kurz die Strecke war. Zum ersten Mal seit undenklichen Zeiten war ihm der Fußmarsch nach Hause zu weit, also schlenderte er zur Anlegestelle San Zaccaria, um auf die Nummer eins zu warten.

Die linke Hand zur Faust geballt in der Tasche, versuchte

er, bewusst nicht daran zu denken, und widerstand dem Drang, sie herauszunehmen und anzusehen. Da er eine Monatskarte hatte, konnte er sein Portemonnaie steckenlassen.

Das Vaporetto kam, er stieg ein, ging in die Kabine und setzte sich. Kaum legte das Boot ab, konnte er seine Neugier nicht mehr zügeln und nahm die Hand aus der Tasche. Er legte sie mit gespreizten Fingern auf seinen Oberschenkel, sah sie aber nicht an, sondern hielt nach dem Engel über der Kuppel von San Giorgio Ausschau, der im rasch schwindenden Licht noch sichtbar war.

Er spürte kein Zittern an seinem Schenkel, doch bevor er den Blick senkte, hob er vorsichtig die Hand einen Zentimeter an und hielt sie ein paar Sekunden so, während er sich weiter mit dem Engel besprach, der dort seit Jahrhunderten wachte. Schließlich sah er nach seinen Fingern: Sie zitterten nicht. Entspannt ließ er sie sinken.

»So viele Dinge«, murmelte er und wusste selbst nicht recht, was er damit meinte. Die junge Frau neben ihm sah ihn erschrocken an und wandte sich wieder ihrem Kreuzworträtsel zu. Keine Italienerin, dachte er, obwohl er nur kurz hingeschaut hatte. Französin vielleicht. Keine Amerikanerin. Und keine Italienerin. Da fuhr sie auf einem Boot den Canal Grande hinauf und hatte nur Augen für ihr Kreuzworträtsel, das so klein gedruckt war, dass Brunetti die Sprache nicht erkennen konnte. Er sah nach dem Engel, was der dazu meinte, und als der schwieg, wandte Brunetti sich ab und studierte die Gebäude am rechten Ufer.

In seiner Kindheit waren sie in diesem Kanal und in vielen der anderen großen geschwommen. Er erinnerte sich, wie er an den Fondamenta Nuove ins Wasser gesprungen war und wie ein Klassenkamerad einmal von der Giudecca bis Zattere geschwommen war, weil er keine Lust hatte, spätabends auf ein Boot zu warten. Brunettis Vater hatte als Kind an der *riva* von Sacca Fisola noch *seppie* gefangen, aber das war, bevor die petrochemische Industrie nicht nur Marghera auf der anderen Seite der *laguna*, sondern auch die Tintenfische kaputtgemacht hatte.

Er stieg bei San Silvestro aus, ging durch den *sottoportego* und wandte sich nach links; er wollte nur noch nach Hause, ein Glas Wein trinken und dazu eine Kleinigkeit essen. Mandeln vielleicht, irgendetwas Salziges. Einen nicht moussierenden Weißwein: Pinot Grigio. Ja, das wäre etwas.

Kaum hatte er die Wohnungstür aufgeschlossen, hörte er Paola aus der Küche rufen: »Wenn du etwas trinken möchtest – im Wohnzimmer steht schon was zum Knabbern. Den Wein bringe ich gleich.«

Brunetti hängte seine Jacke auf und folgte ihrem Vorschlag wie einem Befehl. Im Wohnzimmer war zu seiner Überraschung das Licht an, und noch größer war seine Überraschung, als er bei einem Blick aus dem Fenster feststellen musste, dass es schon fast vollständig dunkel war. Auf dem Boot, mit seinen Fingern beschäftigt, hatte er den Sonnenuntergang gar nicht bemerkt.

Auf dem Sofatisch standen zwei Weingläser, eine Schale mit schwarzen Oliven, eine mit Mandeln, daneben Grissini und ein Teller mit kleinen Bröckchen Parmesan. »Reggiano«, sagte er. Seine Mutter hatte sich selbst in Zeiten größter Not geweigert, etwas anderes als Parmigiano Reggiano zu nehmen. »Lieber nichts als etwas, das nicht gut ist«, pflegte sie zu sagen, und er sah das genauso.

Paola kam mit einer Flasche Wein. Brunetti sah zu ihr auf. »Besser nichts als etwas, das nicht gut ist«, sagte er.

Lange Erfahrung mit Brunettis rätselhaften Stimmungen entlockte Paola ein Lächeln. »Ich nehme an, du sprichst von dem Wein?«

Er hielt die Gläser, sie schenkte ein, dann nahm sie neben ihm Platz. Pinot Grigio: Er hatte eine Gedankenleserin geheiratet. Er nahm ein paar Mandeln, aß sie eine nach der anderen und genoss den Kontrast zwischen ihrer Bitterkeit, dem Salz und dem Wein.

Ohne Vorwarnung entführte ihn die Erinnerung auf den mit Kies bedeckten Platz vor dem Schlachthof, und plötzlich wehte ihm auch wieder der Geruch in die Nase. Er schloss die Augen, nahm noch einen Schluck Wein und konzentrierte sich bewusst auf dessen Geschmack, den der Mandeln und die beruhigende Nähe seiner Frau. »Erzähl mir, was du deinen Studenten heute beigebracht hast«, sagte er, streifte die Schuhe ab und lehnte sich zurück.

Sie nahm einen großen Schluck, knabberte an einem Grissino und aß ein Käsestückchen. »Ich bin mir nicht sicher, ob ich ihnen was beigebracht habe«, fing sie an, »aber ich hatte sie gebeten, *Die Schätze von Poynton* zu lesen.«

»Das über die Frau mit der vielen Habe?«, sprach er nun nicht mehr in Rätseln, sondern wie vom Katheder herab.

»Ja, mein Lieber«, sagte sie und schenkte ihnen beiden Wein nach.

»Und? Wie fanden sie es?«, fragte er, plötzlich neugierig. Er hatte das Buch gelesen – freilich eine Übersetzung, ein übersetzter James war ihm lieber –, und es hatte ihm gefallen.

»Sie konnten offenkundig nicht begreifen, dass sie ihre Besitztümer liebt, weil sie schön sind, und nicht, weil sie wertvoll sind. Dass Wert nicht unbedingt etwas mit Geld zu tun haben muss.« Sie trank ein Schlückchen. »Meinen Studenten fällt es schwer, Verhaltensweisen nachzuvollziehen, die nicht von Profitstreben motiviert sind.«

»Da sind sie nicht die Einzigen«, sagte Brunetti und nahm sich eine Olive. Er aß sie und spuckte den Kern in die linke Hand, die kein bisschen zitterte. Er legte den Kern auf eine kleine Untertasse und nahm noch eine.

»Und sie hatten Sympathie für die falschen… für Gestalten, die mir unsympathisch sind«, sagte sie.

»Kommt da nicht eine sehr unangenehme Frau drin vor?«, fragte er.

»Zwei«, antwortete sie und sagte, in zehn Minuten sei das Essen fertig.

23

Am nächsten Morgen verließ Brunetti bei Nieselregen das Haus. Als er am Rialto ins Vaporetto stieg, stand das Wasser ziemlich hoch, aber auf seinem *telefonino* war keine Warnung vor *acqua alta* eingegangen. Höhere Wasserstände zu ungewöhnlichen Zeiten hatten in den letzten zwei Jahren zugenommen; die meisten Venezianer – und alle Fischer – hielten dies für Auswirkungen des MOSE-Projekts mit seinen gewaltigen Baumaßnahmen am Eingang der *laguna*, was jedoch von amtlicher Seite hartnäckig bestritten wurde.

Foa, der Bootsführer der Questura, konnte bei dem Thema außer sich geraten. Er hatte die Strömungsverhältnisse zusammen mit dem ABC gelernt und konnte die Namen aller Winde auf der Adria aufsagen wie ein Priester die Namen der Heiligen. Von Anfang an skeptisch, hatte Foa das stählerne Monster wachsen sehen und immer wieder erleben müssen, wie jeglicher Protest dagegen von der Flut entzückender europäischer Fördermittel zur Rettung der Perle der Adria hinweggeschwemmt wurde. Seine Fischerfreunde erzählten ihm von mächtigen neuen Strudeln, die auf dem Meer und in der *laguna* entstanden waren, und von den Folgen der pharaonischen Ausbaggerungen der letzten Jahre. Niemand, behauptete Foa, habe sich die Mühe gemacht, die Fischer um Rat zu fragen. Stattdessen hätten Experten – Brunetti erinnerte sich, wie Foa bei dem Wort ausgespuckt hatte – die Entscheidungen getroffen und die Bauaufträge natürlich anderen Experten zugeschustert.

Seit zehn Jahren stritten sich Gegner und Befürworter, und erst vor kurzem hatte Brunetti gelesen, die Fertigstellung des Projekts werde sich durch weitere Verzögerungen bei der Finanzierung noch einmal um drei Jahre verschieben. Als Italiener hatte er den Verdacht, am Ende sei das Ganze wie üblich nur eins dieser Großprojekte, an denen sich der Klüngel aus Politik und Wirtschaft bereichere; als Venezianer fand er es zum Verzweifeln, dass seine Mitbürger zu so etwas in der Lage waren.

Mit solchen Gedanken beschäftigt, verließ er das Boot und machte sich auf den Weg in die Außenbezirke von Castello. Ab und zu zögerte er kurz, da er seit Jahren nicht mehr in dieser Gegend gewesen war, und überließ es schließlich seinen Füßen, den Weg zu finden. Zu seiner Freude erblickte er wenig später Vianello, der, im Regenmantel ans Geländer gelehnt, am Rio San Giuseppe auf ihn wartete. Der Ispettore wies auf den Hauseingang vor sich und sagte: »Da steht, die Praxis öffnet um neun, aber bis jetzt ist niemand reingegangen.«

An der Tür hing in einer Plastikhülle ein gedrucktes Kärtchen mit dem Namen des Arztes und den Sprechzeiten.

Nach einigen Minuten schlug Brunetti vor: »Sehen wir mal, ob er schon da ist.«

Vianello stieß sich vom Geländer ab und folgte ihm. Brunetti läutete und drückte dann gegen die Tür, die ohne weiteres aufsprang. Sie traten ein und gelangten über zwei Treppenstufen in das Entree, das wiederum in einen offenen Hof führte. Zu ihrer Linken wies ein Schild mit dem Namen des Arztes und einem Pfeil darunter auf die andere Seite.

Der Regen, der draußen nur lästig gewesen war, fiel hier

im Hof sanft und freundlich auf frisches grünes Gras. Sogar das Licht war anders; irgendwie heller. Brunetti knöpfte seinen Regenmantel auf; Vianello tat es ihm nach.

Sollte der Hof einst zu einem Kloster gehört haben, musste es das kleinste Kloster der Stadt gewesen sein. Die Seiten des überdachten Wandelgangs ringsum waren keine fünf Meter lang – für den Rosenkranz viel zu kurz, dachte Brunetti. Kaum hätte man die erste Dekade gebetet, wäre man schon wieder am Ausgangspunkt, aber immerhin in ruhiger, wunderschöner Umgebung, falls man so klug war, ihr Beachtung zu schenken.

Die Akanthusblätter an den Kapitellen waren verwittert, die Rillen an den Schäften von der Zeit abgetragen. Das aber konnte nicht geschehen sein, solange die Säulen in diesem geschützten Innenhof gestanden hatten; wer weiß, woher sie ursprünglich stammten oder wann sie nach Venedig gekommen waren? Plötzlich grinste ein Ziegenbock auf Brunetti herab: Wie war *diese* Säule hierher geraten?

Vianello wartete bereits vor einer grünen Holztür, an der eine Messingtafel mit dem Namen des Arztes prangte, und öffnete sie, als Brunetti bei ihm anlangte. Sie traten in ein Wartezimmer, wie Brunetti schon viele gesehen hatte. Die Tür zum Sprechzimmer war geschlossen. An den Wänden standen orangefarbene Plastikstühle, in einer Ecke ein niedriger Tisch mit zwei Zeitschriftenstapeln. Brunetti sah nach, ob es die üblichen waren: *Gente* und *Chi*. Nein: Anstelle von Starlets und drittklassigen Prominenten erblickte er Katzen und Hunde und ein ganz reizendes Schweinchen mit Nikolausmütze.

Sie nahmen einander gegenüber Platz. Brunetti sah auf die

Uhr. Nach vier Minuten kam eine alte Frau mit einem uralten Hund herein, dem an einigen Stellen so viele Haare ausgefallen waren, dass er einem Stofftier glich, wie man es auf dem Dachboden der Großeltern finden mag. Die Frau ignorierte sie und ließ sich auf den von Vianello am weitesten entfernten Stuhl sinken; der Hund ging jäh aufstöhnend vor ihr zu Boden, dann fielen beide in Trance. Seltsamerweise war nur der Atem der Frau zu hören.

Die Zeit verging lautlos, nur von dem Schnarchen der Frau unterbrochen; schließlich stand Brunetti auf und ging zu der anderen Tür. Er klopfte an, wartete auf Vianello, klopfte noch einmal und drückte die Klinke.

Hinter einem Schreibtisch erblickte Brunetti die obere Hälfte eines der dicksten Männer, die er je gesehen hatte. Er hing schlafend in einem Ledersessel, den Kopf so weit nach links geneigt, wie Hals und Doppelkinn es erlaubten. Sein faltenloses Gesicht ließ keine genauen Rückschlüsse auf sein Alter zu, wohl zwischen vierzig und fünfzig.

Brunetti räusperte sich, aber das machte auf den Schlafenden keinen Eindruck. Im Näherkommen roch er abgestandenen Zigarettenrauch und die Ausdünstungen spätabendlichen oder frühmorgendlichen Trinkens. Die Hände des Mannes lagen verschränkt auf seinem gewaltigen Brustkasten, rechter Daumen und Zeige- und Mittelfinger bis zum ersten Knöchel gelb von Nikotin. Das Zimmer selbst roch merkwürdigerweise nicht nach Rauch: Der Geruch kam von der Kleidung des Mannes, von Haut und Haaren vermutlich auch.

»Dottore«, sagte Brunetti mit gedämpfter Stimme, um ihn nicht zu erschrecken. Der Mann schnarchte leise weiter.

»Dottore«, wiederholte Brunetti etwas lauter.

Bewegte der Mann die Augen? Sie lagen tief in den Höhlen, als hätten sie sich vor dem ringsum wuchernden Fett zurückgezogen. Die Nase war seltsam schmal und versank in den dicken Wangenpolstern, die ihm zusammen mit den wulstigen Lippen fast die Luft zum Atmen abschnitten. Der Mund war ein perfekter Amorbogen, freilich ein sehr dicker, unhandlicher.

Schweiß bedeckte als dünner Film das Gesicht und klebte das schüttere Haar so glatt an den Schädel, dass Brunetti an die ölige Pomade denken musste, die sein Vater vor Jahrzehnten immer benutzt hatte. »Dottore«, sagte er zum dritten Mal, diesmal in normaler Lautstärke und vielleicht schon ein wenig gereizt.

Die Augen blitzten auf; klein, dunkel, neugierig, und dann plötzlich weit vor Angst. Ehe Brunetti noch etwas sagen konnte, schob sich der Mann vom Schreibtisch weg und kam auf die Beine. Er sprang zwar nicht auf, bewegte sich aber doch so schnell, wie sein massiger Leib es nur gestattete. Er drückte sich an die Wand hinter ihm und schielte nach der Tür, dann zuckte sein Blick hin und her zwischen Brunetti und Vianello, der ihm den Weg versperrte.

»Was wollen Sie?«, quiekte er, was so gar nicht zu seiner mächtigen Gestalt passen mochte; aber es konnte auch nur Panik sein.

»Wir möchten Sie sprechen, Dottore«, erklärte Brunetti sachlich und unterließ es bewusst, sich und Vianello vorzustellen oder den Zweck ihres Besuchs zu erklären. Wie er mit einem Seitenblick feststellte, war es dem Ispettore irgendwie gelungen, sich in einen finsteren Schläger zu verwandeln.

Vianello wirkte kompakter und stand leicht nach vorn geneigt, als warte er nur auf den Befehl, sich auf den Mann zu stürzen. Seine Hände, zu Fäusten geballt, schienen nach imaginären Waffen greifen zu wollen. Sein sonst so freundliches Gesicht hatte einen lauernden Ausdruck angenommen, die Lippen leicht geöffnet, die Augen auf der Suche nach den Schwachstellen seines Gegners.

Der Arzt hob die Hände vor die Brust, Handflächen nach außen, und tätschelte die Luft, wie um zu prüfen, ob die stark genug sei, diese Männer von ihm fernzuhalten. Auf einmal lächelte er. »Das muss ein Irrtum sein, Signori. Ich habe alles getan, was Sie verlangt haben. Das wissen Sie doch.«

Plötzlich brach jenseits der Tür die Hölle los. Erst ein Poltern, ein Gebrüll, dann das gellende Kreischen einer Frau. Ein Stuhl fiel um oder wurde umgeworfen, eine andere Frau stieß einen wüsten Fluch aus, dann ging alles in hysterischem Bellen und Knurren unter. Es folgte hektisches Kläffen, das abrupt vom Keifen zweier schriller Stimmen abgelöst wurde.

Brunetti zog die Tür auf. Die alte Frau hatte sich hinter einem umgestürzten Stuhl verbarrikadiert, hielt ihren zitternden Hund in den Armen und schimpfte wie ein Rohrspatz auf eine Frau, die sich in die hinterste Ecke des Wartezimmers verzogen hatte. Letztere hatte ein kantiges Gesicht und war dünn wie eine Bohnenstange, vor ihr standen zwei wild bellende Hunde mit ungewöhnlich großen Köpfen. Sie bellten so hysterisch, wie die beiden Frauen zeterten, nur mit dem Unterschied, dass ihre Stimmen tiefer waren und ihnen der Geifer von den Lefzen hing. Zum ersten Mal in seiner Karriere hätte Brunetti am liebsten seine Pistole gezogen und einen Schuss in die Luft abgegeben, um mit dem ohrenbetäubenden Lärm alle zum Verstummen zu bringen; aber er hatte seine Pistole gar nicht dabei.

Stattdessen schritt er auf die zwei Hunde zu; im Vorbeigehen nahm er eine Zeitschrift vom Tisch, rollte sie zusammen und gab damit einem der großen Hunde einen leichten Klaps auf die Nase. Das Tier jaulte unverhältnismäßig laut auf und zog sich ebenso überraschend wie kläglich hinter sein Frauchen zurück. Sein Kumpan sah zu Brunetti auf und wollte die Zähne fletschen, aber eine drohende Bewegung mit der zusammengerollten Zeitschrift ließ ihn ebenfalls in Deckung gehen.

Mit einem Mal schimpfte die Frau mit den beiden Hunden nicht mehr auf die andere ein, sondern machte Brunetti zum Ziel ihres Gezeters, das in der wichtigtuerischen Ankündigung endete, sie werde die Polizei rufen und ihn festnehmen lassen. Nachdem sie so die Oberhand gewonnen zu haben glaubte, verstummte sie endlich. Sogar die Hunde entspannten sich, knurrten zwar noch ein bisschen, blieben aber hinter den Beinen ihres Frauchens in Deckung.

Vianello, immer noch in bedrohlicher Haltung, kam nun ebenfalls und hielt der Frau seinen Dienstausweis hin. »*Ich* bin die Polizei, Signora, und laut Gesetz vom 3. März 2009 sind Sie verpflichtet, diesen Hunden in der Öffentlichkeit Maulkörbe anzulegen.« Er blickte sich um. »Das gilt auch für dieses Wartezimmer.«

Die alte Frau mit dem Hund in den Armen hob an: »Signore«, aber Vianello brachte sie mit einem Blick zum Schweigen.

»Nun?«, fragte er barsch. »Wissen Sie, wie hoch das Bußgeld ist?«

Brunetti war sicher, dass Vianello es nicht wusste und die Frau wohl schon gar nicht.

Einer der großen Hunde begann zu winseln; die Frau riss heftig an der Leine, und sofort brach er ab. »Ich weiß. Aber ich dachte, hier drin …« Sie machte eine vage Bewegung mit der freien Hand und verstummte. Dann bückte sie sich und tätschelte beiden Hunden den Kopf, worauf diese mit dem Schwanz wedelnd auf die Wand hinter sich einpeitschten.

Offenbar besänftigt von der fürsorglichen Geste der Frau und der gutmütigen Reaktion ihrer Hunde, bemerkte Vianello: »Für diesmal will ich Gnade vor Recht ergehen lassen, aber passen Sie in Zukunft besser auf.«

»Danke, Signore«, sagte sie. Die Hunde kamen hinter ihr hervor und wollten zu Vianello, aber sie hielt sie zurück.

»Und die Beleidigungen! Was ist damit?«, fragte die alte Frau.

»Bleiben Sie doch einfach ruhig sitzen, meine Damen, bis wir mit dem Arzt gesprochen haben«, schlug Brunetti vor und ging ins Sprechzimmer zurück.

Der Vorteil war verspielt: Das erkannte Brunetti sofort, als er den dicken Mann wiedersah. Der stand rauchend am offenen Fenster und sah den eintretenden Polizisten mit einer Miene entgegen, aus der nicht mehr Angst, sondern heftiger Widerwille sprach. Und der rührte, vermutete Brunetti, nicht etwa daher, dass er sich vorhin seine Angst hatte anmerken lassen, sondern vielmehr daher, dass er nun wusste, wer sie waren.

Er sog schweigend an seiner Zigarette, bis nur ein Stummel übrig war; um sich nicht zu verbrennen, fasste er ihn mit den Fingerspitzen, nahm einen letzten Zug und warf ihn hinaus. Dann schloß er das Fenster, blieb aber davor stehen.

»Was wollen Sie?«, fragte er mit seiner hohen Stimme.

»Wir möchten Sie wegen Dr. Andrea Nava sprechen, Ihren Nachfolger«, sagte Brunetti.

»Da kann ich Ihnen nicht helfen, Signori«, sagte Meucci achselzuckend.

»Wieso das, Dottore?«, fragte Brunetti.

Meucci schien sich nur mühsam ein Lächeln zu verkneifen. »Weil ich ihn nie gesehen habe.«

Brunetti ließ sich seine Überraschung nicht anmerken. »Sie mussten ihm nichts erklären?«, fragte er. »Zu den Leuten im *macello*, zu den Arbeitsabläufen, wo, mit wem, womit und wann dort gearbeitet wird?«

»Nein. Das haben der Direktor und seine Leute getan, nehme ich an.« Meucci griff in die linke Tasche seiner Jacke und zog eine zerknautschte Packung Gitanes und ein Plastikfeuerzeug hervor. Er steckte sich eine Zigarette an, nahm einen tiefen Zug und öffnete das Fenster. Kühle Luft wehte herein und verteilte den Rauch im Raum.

»Mussten Sie ihm schriftliche Anweisungen hinterlassen?«, fragte Brunetti.

»Ich war nicht für ihn zuständig«, sagte Meucci. Einen Augenblick lang dachte Brunetti, wenn der Mann wüsste, dass Nava tot war, könne er nicht so gleichgültig von ihm reden. Dann aber ging ihm auf, dass Meucci es wissen musste – denn wer in Venedig wusste es nicht? Zumal wenn es sich um den eigenen Nachfolger handelte?

»Verstehe«, sagte Brunetti. »Könnten Sie mir erklären, was genau Sie dort zu tun hatten?«

»Wozu wollen Sie das wissen?«, fragte Meucci hörbar gereizt.

»Damit ich mir von Dottor Navas Arbeit ein Bild machen kann«, antwortete Brunetti verbindlich.

»Hat man Ihnen das da draußen nicht erzählt?«

»Wo da draußen?«, fragte Brunetti leichthin und sah zu Vianello, als solle der sich Meuccis Frage merken.

Meucci versuchte seine Überraschung zu kaschieren, indem er sich abwandte und die erst halb gerauchte Zigarette aus dem Fenster warf. »Im Schlachthof«, sagte er gepresst, als er sich wieder zu Brunetti umdrehte.

»Sie meinen, als wir dort waren?«, fragte Brunetti im Plauderton.

»Sie waren da?«, stellte sich Meucci noch schnell dumm.

»Das wissen Sie ja offenbar schon, Dottore«, sagte Brunetti lächelnd und zückte sein Notizbuch. Er schlug es auf, schrieb etwas hinein und sah den Arzt an, der sich bereits die nächste Zigarette angezündet hatte.

»Was können Sie mir über Dottor Nava erzählen?«

»Ich sage doch, ich habe ihn nie kennengelernt«, antwortete Meucci, der seinen Zorn kaum noch zurückhalten konnte.

»Danach habe ich nicht gefragt, Dottore«, sagte Brunetti und notierte lächelnd etwas.

Das schien zu helfen, denn jetzt erklärte Meucci: »Nachdem ich das Schlachthaus verlassen hatte, hatte ich nichts mehr damit zu tun.«

»Auch nicht mit den Mitarbeitern dort?«, fragte Brunetti mit einem Anflug von Neugier.

Meucci zögerte kaum merklich. »Nein.«

Wieder notierte Brunetti etwas.

Diesmal schlug Meucci das Fenster zu, nachdem er die Zigarette fortgeschleudert hatte. Dann fragte er: »Dürfen Sie mir hier eigentlich diese Fragen stellen?«

Brunetti zog die Augenbrauen hoch. »Ob ich das darf, Dottore?«

»Ob Sie eine richterliche Anordnung haben.«

»Aber nein, Dottore, die habe ich nicht«, sagte Brunetti verblüfft, fügte dann aber lächelnd hinzu: »Wozu auch, wenn ich Sie nach einem Kollegen frage? Ich dachte, Sie könnten mir etwas über ihn erzählen. Aber nachdem Sie erklärt haben, dass Sie keinerlei Kontakt mit ihm hatten, werde ich Sie jetzt Ihren Patienten überlassen.« Da er die ganze Zeit gestanden hatte, fiel sein Abgang eher schwach aus: Er konnte nur die Kappe auf seinen Füller setzen und Notizbuch und Füller wieder einstecken. Dann dankte er dem Arzt und ging.

Als die zwei Männer ins Wartezimmer kamen, richteten sich die beiden großen Hunde auf; der dritte schlief weiter. Brunetti nahm das Notizbuch aus der Tasche und hielt es in der Luft wie ein Schutzschild, während sie an den Hunden vorbeigingen, aber die wedelten bloß mit dem Schwanz. Die beiden Frauen schenkten ihnen keine Beachtung.

24

Vielleicht ist er ein so schlechter Lügner, weil Tiere den Unterschied nicht merken«, meinte Vianello, als sie den Rückweg zur Questura antraten. Er glaubte das noch erklären zu müssen: »Ob man sie anlügt oder nicht, meine ich.«

Nach einer Weile sagte Brunetti: »Chiara behauptet, sie hätten besondere Sensoren, um unsere Stimmungen wahrzunehmen. Hunde können angeblich sogar Karzinome riechen.«

»Klingt mir unwahrscheinlich.«

»Je länger ich lebe, desto mehr Dinge kommen mir unwahrscheinlich vor«, bemerkte Brunetti.

»Was hältst du von ihm?«, fragte der Ispettore und wies vage hinter sich in Richtung von Meuccis Praxis.

»Er hat zweifellos gelogen, aber ich bin mir nicht sicher, wobei er gelogen hat.«

»Er lügt überhaupt ziemlich viel«, sagte Vianello.

Brunetti blieb abrupt stehen. »Du hast mir nicht gesagt, dass du ihn kennst.«

Vianello schien überrascht, dass Brunetti so ernst geworden war. »Nein«, sagte er und ging weiter. »Ich meine nur, dass ich Leute wie ihn kenne. Zum Beispiel belügt er sich selbst, was das Rauchen angeht; wahrscheinlich sagt er sich, er rauche eigentlich gar nicht so viel.«

»Und die Flecken an seinen Fingern?«

»Gitanes«, sagte Vianello. »Von denen reichen schon wenige, um die Finger zu verfärben.«

»Genau«, stimmte Brunetti zu. »Wo lügt er noch?«

»Wahrscheinlich redet er sich auch ein, er esse nicht viel; dass sein Übergewicht von einer Hormonstörung komme, von der Schilddrüse oder von der Fehlfunktion irgendeiner Drüse, die wir mit den Tieren gemeinsam haben und die er deswegen kennt.«

»Könnte ja auch alles sein, oder?«, meinte Brunetti, obwohl er das nicht so sah.

»Möglich ist alles«, bestätigte Vianello mit starker Betonung auf dem ersten Wort. »Aber viel wahrscheinlicher ist doch, dass es am Essen liegt, wenn jemand so fett ist.«

»Und hat er auch bei Nava gelogen?«

»Dass er ihn nicht gekannt habe?«

»Ja.«

Vianello blieb am Fuß einer Brücke stehen. »Ich denke schon. Ja.« Brunetti ermunterte ihn mit einer Geste, weiterzureden. »Dass er ihn nicht gekannt haben will, ist das eine. Aber ich hatte den Eindruck, dass er auch gelogen hat, als es um den Schlachthof ging. Dass er sich unbedingt von all dem distanzieren wollte.«

Brunetti nickte. Vianello hatte genau das ausformuliert, was er selbst sich gedacht hatte.

»Und du?«, fragte Vianello.

»Kaum vorstellbar, dass die zwei sich nie getroffen haben«, sagte Brunetti. »Beide sind Tierärzte, dürften also dieselben Fortbildungen besucht haben. Wenn Nava für eine Arbeit wie die im Schlachthof qualifiziert war, ist eine gemeinsame Vorgeschichte wahrscheinlich.« Während Vianello schon die Brücke hinaufging, meinte Brunetti noch: »Und Nava muss Fragen zu dem Job gehabt haben.«

Als er den Ispettore eingeholt hatte, sagte er: »Fest steht auch, er wusste bereits, dass wir mit den Leuten im *macello* gesprochen haben. Warum hat er sich unwissend gestellt?«

»Für wie blöd hält der uns?«, schimpfte Vianello.

»Für ziemlich blöd«, meinte Brunetti spontan. Unterschätzt zu werden, hatte er gelernt, war zwar wenig schmeichelhaft, aber immer von Vorteil. Und wenn der andere selbst nicht allzu helle war – und das schien bei Meucci der Fall zu sein –, wurde der Vorteil noch größer.

Er nahm sein Handy und rief Signorina Elettra an. Als sie abnahm, sagte er: »Ob Ihr Freund Giorgio sich wohl für einen Tierarzt namens Gabriele Meucci interessieren könnte?«

Giorgio. Giorgio: der Mann von der Telecom, aber keiner von denen, die einem zu Hause das Telefon installierten. Giorgio, der keinen Nachnamen hatte, keine Vorgeschichte, keine Eigenschaften außer dem sklavischen Bedürfnis, Signorina Elettra allzeit zu Willen zu sein, und der Fähigkeit, jedes beliebige Telefonat zurückverfolgen zu können – unabhängig davon, wer von wo wohin telefoniert hatte. Zündete man für Giorgio eine Kerze an? Schickte man ihm zu Weihnachten eine Kiste Champagner? Brunetti wollte das gar nicht so genau wissen, ihm war nur wichtig, dass er weiter an die Existenz dieses Giorgio glauben konnte, denn jeglicher Zweifel an Giorgios Existenz eröffnete die Möglichkeit, dass das seit über einem Jahrzehnt praktizierte Eindringen in die Telefondaten von Bürgern und staatlichen Einrichtungen nicht auf Giorgios Konto ging, sondern seinen nachweisbaren – und himmelschreiend kriminellen – Ursprung in E-Mails hatte, die von einem Computer im Büro des Vice-Questore der Stadt Venedig abgeschickt worden waren.

»Ich wollte ihn sowieso anrufen«, erwiderte Signorina Elettra leichthin. »Da könnte ich ihn fragen.«

»Zu liebenswürdig«, sagte Brunetti und klappte sein Handy zu.

Als er sich wieder Vianello zuwandte, bemerkte der Commissario dessen nachdenkliche Miene. »Was hast du?«, fragte Brunetti.

»Das erinnert an das psychologische Profil eines Serienmörders.«

Da er nicht zugeben wollte, dass er nicht mitkam, fragte Brunetti nur: »Was genau meinst du?«

»Die Psychologen sagen, diese Täter quälen und töten erst Tiere, dann legen sie Brände und quälen Menschen, und plötzlich haben sie dreißig Menschen getötet und im Garten vergraben und empfinden nicht die Spur von Reue oder Bedauern.«

»Worauf willst du hinaus?«, fragte Brunetti.

»Uns ergeht es nicht viel anders. Am Anfang, als sie eigentlich für Patta arbeiten sollte, haben wir sie nach einer Telefonnummer suchen lassen. Einmal, zweimal. Als Nächstes wollten wir Informationen über den Inhaber dieser Nummer, und dann wollten wir wissen, ob der Betreffende eine andere Nummer angerufen hatte. Mittlerweile lassen wir sie die Daten der Telecom plündern und Bankkonten und Steuerunterlagen ausspionieren.« Der Ispettore stopfte beide Fäuste in seine Jackentaschen. »Ich versuche mir vorzustellen, was passieren würde, wenn…« Hier brach er lieber ab.

»Und?«, fragte Brunetti, der noch immer auf den Vergleich mit den Serienmördern wartete, die schließlich nicht von Gewissensbissen gequält wurden.

»Und wir haben noch nicht einmal Skrupel dabei«, sagte Vianello. »Das ist das Erschreckende.«

Brunetti ließ eine volle Minute verstreichen, bis sich die Wogen nach Vianellos letzter Bemerkung geglättet hatten und es ganz still um sie her war. »Ich denke«, sagte er, »wir sollten erst mal einen Kaffee trinken gehen, bevor wir uns wieder an die Arbeit machen.«

Vor der Questura sahen sie Foa, der auf dem Bug der Polizeibarkasse kniete und mit einem Ledertuch die Windschutzscheibe polierte. Vianello rief ihm einen freundlichen Gruß zu, und Foa sagte, an Brunetti gewandt: »Ich habe in der Gezeitentabelle nachgesehen, Signore.«

Brunetti verkniff sich die Bemerkung, das sei aber auch allmählich Zeit gewesen. »Und was haben Sie herausgefunden?«

Mit der Leichtigkeit eines jungen Mannes, der praktisch sein ganzes Leben auf Booten verbracht hat, stand Foa auf und schwang sich mit einem Satz über die Windschutzscheibe aufs Deck. »In dieser Nacht hatten wir Nipptide, also einen geringen Gezeitenunterschied, Commissario«, sagte er und zog ein Blatt Papier aus der Tasche.

Brunetti erkannte eine Karte der Gegend um das Giustinian-Krankenhaus. Foa hielt sie ihnen hin. »Gezeitenwechsel war um drei Uhr siebenundzwanzig, und gefunden hat man ihn um sechs. Wenn also Dottor Rizzardis Annahme stimmt und er etwa sechs Stunden im Wasser gelegen hat, dürfte er nicht weit von der Stelle, wo man ihn reingeworfen hat, wieder gelandet sein. Es sei denn, er blieb irgendwo hängen.« Er kam möglichen Einwänden zuvor: »Vorausgesetzt, er ist denselben Weg zurückgetrieben, den er gekommen ist, wovon ich ausgehe.«

»Und während des Stauwassers?«, fragte Brunetti.

»Das dauert bei Nipptide am längsten, Signore, das Wasser muss relativ lange unbewegt gewesen sein«, antwortete Foa. Der Bootsführer tippte auf die Karte. »Hier hat man ihn gefunden.« Dann bewegte er den Finger den Rio del Malpaga hinauf und hinunter. »Ich vermute, dass man ihn in der Nähe dieser Stelle reingeworfen hat.« Foa hob die Achseln. »Es sei denn, er ist irgendwo hängengeblieben, wie gesagt: an einer Brücke, einem Tau, einem Pfahl. Aber sonst würde ich sagen, er ist keine hundert Meter vom Fundort ins Wasser gekommen.«

Vianello und Brunetti tauschten über den gebückten Kopf des Bootsführers einen Blick aus. Hundert Meter, dachte Brunetti. Wie viele Wassertüren mochte es auf dieser Strecke geben? Wie viele *calli* endeten als Sackgasse an diesem Rio? Wie viele dunkle Winkel gab es dort, wo ein Boot anhalten und sich seiner Fracht entledigen konnte?

»Sie haben doch eine Freundin, Foa, oder?«

»Eine Verlobte, Signore«, antwortete Foa prompt.

Brunetti hörte Vianello förmlich mit den Zähnen knirschen, als der sich die Bemerkung verkniff, das eine schließe das andere nicht aus. »Gut. Und Sie haben ein eigenes Boot?«

»Ja, Signore, ein *sandolo*.«

»Mit Motor?«

»Ja, Signore«, stammelte Foa zunehmend verwirrt.

»Gut. Dann möchte ich, dass Sie beide den Rio del Malpaga abfahren und Fotos von allen Wassertüren dort machen.« Er zeigte die Stelle auf der Karte. »Und dann steigen Sie aus und gehen zu Fuß – auf beiden Seiten des Rio – an den Häusern entlang, notieren die Nummern der Häuser mit Wassertüren und geben die Liste Signorina Elettra.«

»Soll ich auch gleich die Namen von den Klingelschildern abschreiben, Signore?«

Brunetti registrierte Foas Eifer mit Wohlgefallen, fand aber, so eine Aktion wäre zu auffällig. »Nein. Nur die Nummern der Häuser mit Wassertüren. In Ordnung?«

»Wann, Signore?«

»So bald wie möglich«, sagte Brunetti, sah sich um und fügte hinzu: »Geht es noch heute Nachmittag?«

Foa konnte seine Freude darüber, beinahe wie ein Polizist eingesetzt zu werden, kaum verhehlen. »Ich ruf sie gleich an und sag ihr, sie soll sich freinehmen.«

»Sie bekommen ebenfalls frei, Foa. Sagen Sie Battisti, Sie haben einen Sonderauftrag.«

»Jawohl, Signore«, sagte der Bootsführer und salutierte zackig.

Brunetti und Vianello wandten sich ab und gingen in die Questura. An der Treppe blieb Vianello stehen wie ein Pferd vor einem Hindernis. Er konnte seine Gefühle nicht mehr für sich behalten. »Ich muss ständig an gestern denken«, sagte er mit verlegenem Lächeln. »Dabei haben wir schon Schlimmeres gesehen. Wo es um Menschen ging.« Er schüttelte den Kopf. »Ich verstehe das nicht. Aber irgendwie möchte ich heute nicht mehr da rein.«

Vianellos Eingeständnis ging Brunetti nahe. Am liebsten hätte er seinem Freund einen Arm um die Schulter gelegt, tätschelte ihm aber nur den Oberarm. »Du hast recht.« Auch er hatte den Schock des gestrigen Besuchs im Schlachthof noch nicht verdaut. Es hatte ihn viel Kraft gekostet, seinen Abscheu vor Meucci nicht allzu deutlich zu zeigen, und jetzt sehnte er sich nur noch in seine Wohnung und nach der tröstlichen Gesellschaft der Menschen, die er liebte.

Er wiederholte: »Du hast recht«, und fuhr dann fort: »Morgen besprechen wir alles und fangen noch einmal von vorne an.« Als Rechtfertigung für einen so frühen Feierabend mochte das kaum reichen, aber das war Brunetti egal, so sehr hatte ihn Vianellos drängendes Bedürfnis, nach Hause zu gehen, angesteckt. Er konnte sich sagen, er bilde sich den anhaltenden Geruch nur ein, aber ganz überzeugt war er nicht. Er konnte sich sagen, was er in Preganziol gesehen habe, sei völlig normal, aber das änderte nichts.

Eine Stunde später stand Brunetti nach der zweiten Dusche dieses Tages mit geröteter Haut und einem Handtuch um die Hüften vor einem Spiegel, der ihn nicht zeigte, oder falls doch, so nur als nebliges Abbild, das auf der beschlagenen Fläche nur verschwommen sichtbar war. Gelegentlich fanden ein paar Tröpfchen zusammen, und wenn sie abwärts rannen, taten sich dünne rosa Streifen auf. Er fuhr mit der Hand über den Spiegel, aber der Dampf deckte die blankgewischte Stelle sofort wieder zu.

Hinter ihm klopfte jemand an. »Alles in Ordnung?«, hörte er Paola fragen.

»Ja«, rief er und öffnete die Tür, worauf ein Schwall beißend kalter Luft ins Bad strömte. »*Oddio!*«, sagte er und nahm hastig seinen Flanellbademantel von der Türrückseite. Erst nachdem er sich gut eingepackt hatte, ließ er das Handtuch auf den Boden fallen. Als er sich danach bückte, sagte

Paola im Flur: »Ich wollte nur nachsehen, ob deine Haut sich schon abschält.«

Vielleicht bekam sie den Blick mit, den er ihr zuwarf, jedenfalls trat sie näher und sagte: »Das sollte ein Scherz sein, Guido.« Sie nahm ihm das Handtuch ab und breitete es auf der Heizung aus. »Wenn du eine halbe Stunde unter der Dusche bleibst, weiß ich schon, dass etwas nicht stimmt.« Behutsam schob sie die nassen Haare aus seiner Stirn und strich ihm mit der Hand über Kopf und Schulter. »Hier«, sagte sie und nahm ein kleineres Handtuch aus dem Wäscheschrank, »bück dich mal.«

Er gehorchte. Sie faltete das Handtuch auseinander und hängte es ihm über den Kopf. Er legte seine Hände auf ihre und begann zu rubbeln. Das Gesicht verborgen, sagte er: »Könntest du bitte die Sachen, die ich gestern anhatte, in eine Plastiktüte stecken? Auch das Hemd.«

»Schon geschehen«, sagte sie liebenswürdig.

Kurz war er versucht, die Szene ganz auszureizen und ihr zu sagen, sie solle die Sachen der Caritas spenden, dann aber fiel ihm ein, wie sehr er an der Jacke hing. Er zog das Handtuch vom Gesicht. »Das müsste alles mal in die Reinigung«, sagte er.

Brunetti hatte vor ihrem Ausflug erzählt, wohin er und Vianello gehen mussten, aber Paola hatte noch nicht nachgefragt, wie es gewesen war, und vermied die Frage auch jetzt. »Möchtest du den Pullover anziehen, den du letztes Jahr in Ferrara gekauft hast?«

»Den orangefarbenen?«

»Ja. Der ist warm. Ich dachte, den hättest du jetzt vielleicht gern.«

»Nachdem ich kochend heiß geduscht habe?«, fragte er. »Und meine Poren weit geöffnet sind?«

»Und dein ganzer Organismus also ungeschützt dem Angriff der Bazillen ausgesetzt ist«, erklärte sie im gleichen Tonfall wie seine Mutter, die ihm jahrzehntelang gepredigt hatte, wie gefährlich es sei, den Körper zu hohen Temperaturen auszusetzen, insbesondere heißem Wasser.

»Zumindest den Attacken derer, die nicht vor offenen Eisenbahnfenstern oder sonst wo im Luftzug lauern«, ergänzte er und lächelte bei der Erinnerung, wie beharrlich seine Mutter diese Glaubenssätze verkündet und wie gutmütig sie immer seine Scherze und Paolas unverhohlene Skepsis hingenommen hatte.

Paola ging in den Flur. »Wenn du angezogen bist, komm und erzähl mir davon«, sagte sie.

25

Am nächsten Morgen wurde Brunetti von einem Duft geweckt, genau genommen von zwei Düften. Als Erstes kam ein milder Hauch von Frühling durch das in dieser Nacht erstmals offen gelassene Fenster herein; und dann verbreitete sich der Geruch von Kaffee, den Paola ihm ans Bett brachte. Sie war bereits fertig angezogen, aber ihre Haare waren noch nicht ganz trocken.

Paola blieb neben ihm stehen, bis er sich aufgesetzt hatte, und reichte ihm die Tasse. »Ich finde, nach den letzten beiden Tagen sollte dir jemand mal was Gutes tun«, sagte sie.

»Danke.« Mehr fiel ihm nicht ein, schlaftrunken, wie er war. Er nahm einen Schluck, das bittersüße Gemisch tat ihm gut. »Du hast mir das Leben gerettet.«

»Ich muss los«, sagte sie, ungerührt von seinem Kompliment, falls es eins gewesen sein sollte. »Um zehn habe ich ein Seminar, danach Konferenz mit der Berufungskommission.«

»Musst du da hin?«, fragte er, besorgt, wie sich das aufs Mittagessen auswirken würde.

»Wie leicht du zu durchschauen bist, Guido«, sagte sie lachend.

Er betrachtete die Flüssigkeit in seiner Tasse und sah, dass Paola eigens die Milch für ihn aufgeschäumt hatte.

»Ich möchte an dieser Konferenz unbedingt teilnehmen, du wirst dich allein ums Essen kümmern müssen.«

Verblüfft platzte er heraus: »Du möchtest *unbedingt* an einer Konferenz deiner Fakultät teilnehmen?«

Sie sah auf die Uhr und setzte sich dann auf die Bettkante. »Erinnerst du dich noch an meine Frage, wie man sich verhalten soll, wenn man weiß, dass irgendwo etwas Illegales vor sich geht?«

»Ja.«

»Deswegen muss ich da hin.«

Er trank den Kaffee aus und stellte die leere Tasse auf den Nachttisch. »Erzähl«, sagte er, plötzlich hellwach.

»Ich muss da hin, damit ich gegen jemanden, der für eine Professur vorgesehen ist, mit Nein stimmen kann.«

Daraus wurde Brunetti nicht schlau. »Ich verstehe nicht, was an deinem Votum kriminell sein soll.«

»Nicht an meinem Votum. Sondern an der Person, über die wir abstimmen.«

»Und?«

»Allerdings nicht in diesem Land. Man hat ihn in Frankreich und Deutschland erwischt; da hat er Bücher – und Landkarten – aus Universitätsbibliotheken gestohlen. Aber dank seiner guten Verbindungen hat man auf eine Anklage verzichtet. Nur seinen Lehrstuhl in Berlin hat man ihm entzogen.«

»Und jetzt hat er sich hier beworben?«

»Er unterrichtet schon, aber nur als Assistent, und sein Vertrag läuft dieses Jahr aus. Er hat sich für eine feste Stelle beworben, und heute entscheidet die Berufungskommission darüber, ob wir ihn nehmen, das heißt seinen Zeitvertrag verlängern.«

»Ich nehme an, er unterrichtet Literaturwissenschaft?«

»Ja, sein Fachgebiet nennt sich ›semiotische Ethik‹.«

»Und Diebstahl gehört auch zum Lehrstoff?«

»Anzunehmen.«

»Und du wirst gegen ihn stimmen?«

»Ja. Und ich habe zwei Ausschussmitglieder auf meiner Seite. Das sollte genügen.«

»Du sagst, er hat gute Verbindungen«, meinte Brunetti. »Macht dir das nicht Angst?«

Ihr Grinsen verhieß nichts Gutes. »Von wegen. Mein Vater hat viel bessere Beziehungen als dieser Mann und seine Gönner; der kann mir gar nichts.«

»Und die anderen, die mit dir stimmen?« Ihn beunruhigte, dass ihr Kreuzzug womöglich andere in Gefahr bringen könnte.

»Eine von denen ist die Geliebte seines Vaters, der ihn nicht ausstehen kann. Das heißt, er ist machtlos gegen sie.«

»Und der andere?«

»Vier seiner Vorfahren waren Dogen, er besitzt zwei *palazzi* am Canal Grande und eine Supermarktkette.«

Brunetti wusste sofort, von wem sie sprach. »Aber du sagst doch immer, der sei ein Idiot.«

»Ich sage, er ist ein miserabler Lehrer. Das ist nicht dasselbe.«

»Bist du sicher, dass er in deinem Sinn stimmen wird?«

»Ich habe ihm von den Buchdiebstählen erzählt. Ich glaube nicht, dass er sich von dem Schock schon erholt hat.«

»Stiehlt er immer noch Bücher?«

»Eine Zeitlang hat er's noch getan, aber ich habe ihm das Handwerk gelegt.«

»Wie?«

»Die Bibliothek hat ihre Regeln verschärft. Jeder unterhalb vom ordentlichen Professor braucht künftig einen Ausweis, um ins Magazin zu gelangen. Er hat keinen festen Vertrag, also hat er keinen Ausweis und wird auch keinen bekommen. Wenn er ein Buch benutzen will, muss er am Hauptschalter nachfragen, und wenn er es zurückgibt, muss er warten, bis man den Zustand des Buchs überprüft hat.«

»Den Zustand?«

»In der Münchner Bibliothek hat er einzelne Seiten herausgeschnitten.«

»Und dieser Mann lehrt an der Universität? Ethik?«

»Nicht mehr lange, mein Lieber«, sagte sie und stand auf.

Um elf kam Brunetti in die Questura geschlendert – anders kann man das nicht sagen – und ging direkt in Signorina Elettras Büro. »Ah, Commissario«, sagte sie, »ich habe Sie heute Morgen schon zweimal angerufen.«

»Von amtlichen Geschäften aufgehalten«, antwortete er lächelnd.

»Ich habe da was für Sie, Signore«, sagte sie und schob ihm über den Schreibtisch ein paar Ausdrucke hin. Bevor er die nehmen konnte, meinte sie: »Aber zuerst sollten Sie sich das hier ansehen«, und hantierte an ihrer Tastatur.

Er kam um den Schreibtisch herum und erblickte auf dem Bildschirm das Porträt einer Frau: dunkler, sinnlicher Typ; ihr Haar so lang, dass es ihr über die Schultern fiel und über den unteren Bildrand hinausreichte. Ihr leises Schmollen war von der Art, die, jedenfalls angesichts einer so hübschen Frau wie dieser, bei Männern den Wunsch auslöst, sie aufzuheitern. Bei einer weniger attraktiven Frau war es hingegen ein Warnzeichen. Brunetti erkannte Giulia Borelli sofort: längeres Haar, jünger, aber unverwechselbar.

Er stöhnte leise auf und hörte Signorina Elettra sagen: »Das Foto ist schon ein paar Jahre alt.«

»Was haben Sie herausgefunden?«

»Wie Sie sagten, Signore, war sie bei Tekknomed angestellt, in der Buchhaltung, ehe sie Dottor Papettis Assistentin wurde. Das Foto stammt aus ihrem Firmenausweis. Papetti werde ich mir heute Nachmittag vornehmen.« Brunetti glaubte ihr aufs Wort.

Sie holte eine andere Datei auf den Bildschirm. Soweit er erkennen konnte, handelte es sich um eine Reihe Tekknomed-interner Dokumente, als Erstes eine Mail vom Leiter der Buchhaltung, in der von »gewissen Unregelmäßigkeiten« in den von Signorina Giulia Borelli geführten Konten die Rede war. Dann eine Korrespondenz zwischen dem Abteilungsleiter und dem Direktor des Unternehmens, die mit der Weisung endete, Signorina Borelli sei unverzüglich all ihrer Pflichten zu entbinden und dürfe ab sofort nicht mehr an ihren Computer. Als Letztes ein Brief an sie von der Personalabteilung: Ihr Vertrag sei mit sofortiger Wirkung gekündigt.

»Gerichtlich ist man nicht gegen sie vorgegangen«, sagte Signorina Elettra. »Daher weiß ich nicht, was sie sich hat zuschulden kommen lassen.« Sie holte eine Tabelle auf den Bildschirm. »Wie Sie sehen«, sagte sie, »beträgt der Jahresumsatz der Firma siebzehn Millionen.«

»Da eröffnen sich viele Möglichkeiten«, bemerkte Brunetti. »Sonst noch etwas?«

Sie wies auf die Papiere. »Laut ihrem Arbeitsvertrag beim *macello* hat sie einen Firmenwagen, sechs Wochen Urlaub, ein Gehalt von vierzigtausend Euro und ein sehr großzügiges Spesenkonto.«

»Als Assistentin?«, staunte er. »Was mag dann erst Papetti verdienen?«

Sie hob die Hand. »Dazu komme ich erst heute Nachmittag, Commissario.«

»Gut«, sagte Brunetti und fasste einen Entschluss. »Vianello und ich werden noch einmal mit der Witwe sprechen. Können Sie uns einen Wagen zum Piazzale Roma bestellen, in einer halben Stunde?«

»Natürlich, Signore. Soll ich ihr Bescheid sagen, dass Sie kommen?«

»Ja, ich denke, wir sollten nicht unangemeldet bei ihr auftauchen«, sagte er und ging Vianello holen.

Die Frau, die ihnen die Tür öffnete, hätte die ältere Schwester der Frau sein können, mit der sie zuvor gesprochen hatten. Ihre Mundwinkel hingen herab, ihre Augen hatten dunkle Ringe, und sie bewegte sich so unsicher wie eine Greisin oder jemand, der Beruhigungsmittel genommen hat. Signora Doni grüßte die beiden Männer mit einem Nicken. Erst mit Verzögerung reichte sie ihnen die Hand. Und danach brauchte sie lange, um sie ins Haus zu bitten. Brunetti fiel auf, wie verstaubt ihre Brillengläser waren.

Sie folgten ihr ins Wohnzimmer. Der Couchtisch war mit Zeitungen bedeckt, von denen ihnen Schlagzeilen über den Mord an ihrem Mann ins Auge sprangen. Auf den Zeitungen standen Kaffeetassen, manche leer, manche halbvoll. Auf der Sofalehne lag ein Küchentuch, daneben ein Teller mit einem vertrockneten Sandwich.

Sie nahm auf dem Sofa Platz und griff zerstreut nach dem Geschirrtuch, das sie auf ihrem Schoß ausbreitete und akkurat zu falten begann. Die Männer setzten sich ihr gegenüber, ohne dass sie ihnen Beachtung schenkte.

Schließlich sagte sie: »Kommen Sie wegen der Beerdigung?«

»Nein, Signora«, antwortete Brunetti.

Mehr fiel ihr anscheinend nicht ein.

»Wie geht es Ihrem Sohn, Signora?«, fragte Brunetti schließlich.

Jetzt blickte sie auf und verzog die Lippen zu etwas, das sie für ein Lächeln halten mochte. »Ich habe ihn zu meiner Schwester gebracht, zu seinen Cousins.«

»Wie hat er die schlimme Nachricht aufgenommen?«, fragte Brunetti und verdrängte den Gedanken, dass irgendjemand eines Tages Paola dieselbe Frage stellen könnte. Die erwähnte Schwester hatte übrigens Signora Donis Alibi für die Mordnacht bestätigt.

Sie fuchtelte mit dem Geschirrtuch herum, ließ es in den Schoß sinken und begann es von neuem zu falten. »Ich weiß es nicht«, sagte sie schließlich. »Ich habe ihm erzählt, sein Vater sei zu Jesus gegangen. Ich selbst glaube nicht daran, aber etwas anderes ist mir einfach nicht eingefallen.« Sie strich die Kanten glatt. »Ich denke, das hilft ihm. Auch wenn ich nicht weiß, was in ihm vorgeht.« Sie wandte sich abrupt ab und legte das Tuch auf die Armlehne.

»Aber Sie sind doch nicht etwa wegen Teodoro gekommen?«, fragte sie hörbar verwirrt.

»Unter anderem, Signora. Er ist ein netter Junge, und ich habe in den letzten Tagen viel an ihn gedacht.« Wenigstens das, gelobt sei der Herr, war die Wahrheit. »Vor allem aber haben wir noch einige Fragen zu Ihrem Mann, etwa zu seinem Verhalten in den vergangenen Monaten«, sagte er, froh, dass es ihm gelungen war, nicht »in den Monaten vor seinem Tod« zu sagen, was letztlich auf dasselbe hinauslief.

Auch die folgende Pause war länger, als man zwischen Frage und Antwort erwarten konnte. »Wie meinen Sie das?«

»Als wir kürzlich miteinander sprachen, sagten Sie, etwas habe ihm Sorgen gemacht oder ihn beunruhigt. Ich möchte wissen, ob er Ihnen etwas über den Grund für … für seine Unruhe gesagt hat.«

Diesmal widerstand sie der Lockung des Küchentuchs. Stattdessen griff sie an ihr Uhrarmband, hakte es auf und gleich wieder zu. »Ja, ich würde sagen, er war beunruhigt, aber ich habe ihm zu verstehen gegeben, dass ich nichts davon hören will – es war das letzte Mal, dass wir miteinander geredet haben. Ich glaube, ich habe ihm gesagt, er soll verschwinden und sich bei ihr ausweinen, und darauf hat er gesagt, dass sie ihn verfolge.«

Das war eine ausführlichere Fassung dessen, was sie ihm beim ersten Gespräch erzählt hatte. Brunetti warf Vianello, der scheinbar teilnahmslos zuhörte, einen Blick zu. Signora Doni fixierte Brunetti. »Na, dem war ja auch so, oder? Vermutlich hat er gedacht, ich würde ihm die Chance geben, zwischen uns zu wählen: sie oder ich. Aber nichts da: Ich habe ihm gesagt, er soll verschwinden.« Und nach einer Pause: »Dieses eine und das letzte Mal.«

»Hat er beim letzten Mal etwas von seiner Arbeit erwähnt, Signora?«

Sie hob zu einer Antwort an, verfiel aber wieder in Lethargie und starrte ihre Uhr an. Womöglich versuchte sie sich zu erinnern, wie man die Zeit abliest; es konnte aber auch sein, dass sie sich eine Antwort zurechtlegte. Brunetti sah keinen Grund, sie zur Eile anzutreiben.

»Er meinte, der Preis für diesen Job sei zu hoch. Er sagte, das mache alles kaputt. Ich nehme an, damit meinte er, dass er sie dort kennengelernt hatte. Jedenfalls habe ich das gedacht, als er das sagte.«

»Könnte er etwas anderes gemeint haben, Signora?«, meldete sich Vianello zu Wort.

Offenbar erinnerte sie sich an den guten Polizisten, denn diesmal brachte sie fast ein richtiges Lächeln zustande. Nach einigem Nachdenken sagte sie: »Möglich.«

»Haben Sie eine Vorstellung, was das gewesen sein könnte?«, fragte Vianello.

»Einmal«, fing sie an und richtete den Blick in die Ferne, »hat er gesagt, es sei schrecklich, was sie da machen.«

Brunetti brauchte sich nur an das wenige zu erinnern, das er selbst gesehen hatte, um das voll und ganz zu bestätigen. »Was sie da mit den Tieren machen?«, fragte er.

Sie neigte den Kopf und sah ihn an. »Das ist es ja gerade. Wenn ich jetzt darüber nachdenke, kommt es mir vor, als habe er vielleicht etwas anderes gemeint, nicht, was da den Tieren angetan wird.« Sie beugte sich zur Seite und streichelte das Küchentuch wie ein Haustier. »Als er dort angefangen hat, haben wir darüber geredet. Ich musste ihn fragen, weil er doch Tiere so liebt ... so geliebt hat. Und ich weiß noch, wie er mir erzählt hat, dass es viel weniger schrecklich sei, als er befürchtet habe.« Sie schüttelte den Kopf. »Ich konnte das erst nicht glauben, aber er sagte, er habe an diesem Morgen eine ganze Stunde dort verbracht, um zu sehen, wie das läuft. Und es sei nicht so schlimm, wie er befürchtet habe.«

Sie stöhnte laut auf. »Vielleicht hat er gelogen, um mich zu schonen. Ich weiß es nicht«, meinte sie zögernd.

Brunetti wusste es auch nicht. Er hatte keine Ahnung, was die Schlachter dem kontrollierenden Tierarzt am ersten Tag vorgespielt haben mochten und ob der Kontrolleur auch bei der Tötung der Tiere anwesend sein musste oder nur deren Fleisch zu kontrollieren hatte. Er erinnerte sich an das hektische Chaos, das Kreischen und Strampeln. »Fällt Ihnen sonst noch etwas ein, was er gesagt hat?«, fragte Brunetti.

Sie reagierte noch zögerlicher als bisher. Wieder berührte sie gedankenverloren ihre Uhr, und er dachte schon, sie wolle sie aufziehen, aber dann sagte sie: »Nicht zu mir.«

Brunetti hakte nicht nach, sondern nickte Vianello zu.

»Aber zu Ihrem Sohn, Signora?«, fragte der Ispettore.

»Ja. Zu Teo.«

»Könnten Sie uns sagen, was das war?«

»Einmal, nachdem er Teo nach Hause gebracht hatte, hat er ihm eine Gutenachtgeschichte erzählt. Das war vor ungefähr drei Wochen.« Sie ließ die Worte verklingen. »Das hat er immer getan, wenn sie wieder zu Hause waren.« Das Wort »zu Hause« erschütterte sie, sie hustete kurz und fuhr fort: »Es waren immer Geschichten oder Bücher, in denen Tiere vorkamen. Diese jetzt handelte von einem Hund, der nicht sehr mutig war – die muss er sich ausgedacht haben, denn so ein Buch haben wir nicht. Der Hund hat ständig Angst: vor Katzen, vor anderen Hunden. In der Geschichte wird er von Räubern entführt, die ihn für ihre Zwecke dressieren wollen. Sie richten ihn ab, sich mit Leuten anzufreunden, die im Wald spazieren gehen. Wenn die Leute diesen großen freundlichen Hund neben sich herlaufen sehen, fühlen sie sich sicher und wandern immer tiefer in den Wald hinein. Die Räuber schärfen ihm ein, dass er an einer bestimmten Stelle plötzlich davonrennen soll; dort können sie die Leute dann überfallen und ausrauben.

Aber auch wenn er ein Feigling ist, ist er doch ein Hund und kann nicht zulassen, dass seinen Begleitern etwas zustößt. Als die Räuber ihn schließlich auf einen Raubzug mitnehmen, benimmt der Hund sich, obwohl sie ihn abzurichten versucht hatten, wie ein richtiger Hund: Er wendet sich gegen die Räuber und bellt und knurrt sie an – einen beißt er sogar, aber nicht sehr fest –, bis die Polizei kommt und sie verhaftet. Und der Mann, den sie ausrauben wollten, bringt den Hund zu seinen früheren Besitzern zurück und erzählt ihnen, was für ein guter Hund er ist. Sie nehmen ihn wieder bei sich auf und haben ihn lieb, auch wenn er immer noch kein wirklich sehr mutiger Hund ist.«

»Wieso fällt Ihnen diese Geschichte jetzt ein?«, fragte Vianello freundlich, als er begriff, dass sie fertig war.

»Weil Andrea danach zu Teo gesagt hat, er solle sich die Geschichte gut merken und niemals zulassen, dass jemand anderen Leuten Schlechtes zufügt, denn dies sei das Schlimmste überhaupt.« Sie holte tief Luft. »Aber als ich dann ins Zimmer kam, hat er nichts mehr gesagt.«

Sie versuchte über sich selbst zu lachen, musste aber wieder husten. »Ich erwähne das, weil er so ernst schien, als er die Geschichte erzählte. Teo sollte sich das merken: Man darf nicht zulassen, dass Menschen Schlechtes zugefügt wird, auch wenn die Räuber einem drohen.«

Nun erlag sie der Versuchung und griff nach dem Geschirrtuch. Aber sie faltete es nicht mehr, sondern verdrillte es mit aller Kraft.

Brunetti hätte sich gern noch nach Signora Borelli erkundigt, wusste aber, dass er nicht weit kommen würde. Er stand auf und bedankte sich. Als Signora Doni anbot, die beiden zur Tür zu bringen, lehnte er ab. Sie gingen und ließen sie mit ihren Erinnerungen allein.

26

Was hältst du von ihr?«, fragte Brunetti, während sie auf das am Bordstein wartende Zivilfahrzeug zugingen.

»Ich denke, sie wird sich das nie verzeihen, oder falls doch, wird sie noch lange dazu brauchen.«

»Was verzeihen?«

»Dass sie ihm nicht zugehört hat.«

»Nicht, dass sie ihn rausgeschmissen hat?«

Vianello zuckte die Achseln. »Das hat er verdient, für eine Frau wie die. Aber ihn nicht anzuhören, als er sie darum gebeten hat: Das wird sie quälen.«

»Mir scheint, es quält sie jetzt schon«, meinte Brunetti.

»Ja. Und was sie sonst noch gesagt hat?«

Die beiden stiegen hinten ein, und Brunetti bat den Fahrer, sie zum Piazzale Roma zurückzubringen. Während sich das Auto in Gang setzte, fragte er: »Du meinst seine Behauptung, der neue Job habe alles kaputtgemacht?«

»Ja«, sagte Vianello. »Ich denke, die Borelli spielt eine entscheidende Rolle.«

»Möglich«, sagte Brunetti, dem das Gespräch mit Navas Witwe nachging.

»Was denn noch?«

»Vieles kann einen im Job kaputtmachen. Man hasst seinen Chef oder die Kollegen. Oder sie hassen einen. Oder man hasst die Arbeit«, meinte Brunetti. »Aber das alles ergibt keinen Sinn, wenn man die Geschichte dazunimmt, die er seinem Sohn erzählt hat.«

»Und wenn es einfach nur ein Märchen war?«

»Würdest du deinen Kindern so ein Märchen erzählen?«, fragte Brunetti.

Vianello dachte erst nach, bevor er antwortete: »Wahrscheinlich nicht. Ich hab's nicht so mit Geschichten, aus denen man was lernen soll.«

»Die meisten Kinder auch nicht«, fügte Brunetti hinzu.

Vianello kicherte. »Meine hören am liebsten die, wo am Ende die braven Mädchen vom Löwen gefressen werden und die bösen Kinder den ganzen Schokoladenkuchen allein aufessen dürfen.«

»Das war bei meinen auch so«, sagte Brunetti. Dann kam er auf das ursprüngliche Thema zurück: »Also, warum hat er ihm so eine Geschichte erzählt?«

»Vielleicht weil er wusste, dass seine Frau zuhörte?«

»Möglich«, sagte Brunetti.

»Und das heißt?«

»Das heißt, dass er ihr damit etwas sagen wollte.«

»Ohne es ihr direkt zu sagen.«

Brunetti seufzte. »Wie oft haben wir alle das nicht schon getan?«

»Und was wollte er ihr sagen?«

»Dass man von ihm verlangt, Menschen etwas Schlechtes anzutun, und dass er das für unrecht hält und es eigentlich nicht tun will.«

»Menschen, nicht Tieren?«, fragte Vianello.

»So hat er es selbst gesagt. Hätte er über Tiere reden wollen, hätte er ein Märchen von einem Tier erzählt, das anderen Tieren Schaden zufügen soll. Kinder nehmen alles wörtlich.«

»Meinst du, die nehmen sich das zu Herzen, wenn man ihnen sagt, sie sollen anderen keinen Schaden zufügen?«, fragte Vianello nicht sonderlich überzeugt.

»Nur wenn sie der Person vertrauen, die ihnen das sagt«, erwiderte Brunetti.

»Aber wie kann ein Tierarzt Menschen schaden – es sei denn, er schadet ihren Tieren?«

»Es war die Arbeit im *macello*, die ihm zu schaffen gemacht hat«, beharrte Brunetti.

»Du hast die Schlachter gesehen. Denen kann keiner etwas anhaben.«

Dabei beließen sie es vorerst. Als sie die Hochstraße von Mestre zur Brücke hinunterfuhren, erschienen rechts vor ihnen die gigantischen Fabriken, aus deren Schloten weiß der Himmel was für Abgase quollen, die alle Menschen hier in sich aufnehmen mussten.

Plötzlich hatte Brunetti eine Idee. »Das Fleisch. Zum menschlichen Verzehr bestimmt.«

»Was?«, fragte Vianello, der in den Anblick des gigantischen Digitalthermometers am *Gazzettino*-Gebäude versunken gewesen war.

»Zum menschlichen Verzehr bestimmt«, wiederholte Brunetti. »Seine Aufgaben im *macello* waren: die Tiere inspizieren, die dort angeliefert werden, und das Fleisch kontrollieren, das aus ihnen gemacht wird. Er hatte zu entscheiden, was als Nahrungsmittel verkauft werden konnte – was für den menschlichen Verzehr geeignet war.« Er dachte an die Geschichte, die Nava seinem Sohn erzählt hatte. »Seine Aufgabe war, dafür zu sorgen, dass Menschen nichts Schlechtes zugefügt wird.«

Und da Vianello schwieg, erklärte Brunetti noch: »Dass sie kein schlechtes Fleisch zu essen bekommen.« Als Vianello auch hierzu nichts bemerkte, fragte Brunetti: »Wie viel wiegt eine Kuh?«

Vianello sagte immer noch nichts.

Jetzt meldete sich der Fahrer: »Mein Schwager ist Bauer, Commissario. Eine gute Kuh wiegt bis zu siebenhundert Kilo.«

»Wie viel davon lässt sich als Fleisch verkaufen?«

»Genau weiß ich das nicht, Commissario, aber schätzungsweise die Hälfte.«

»Überleg mal, Lorenzo«, sagte Brunetti. »Wenn er bestimmte Tiere nicht angenommen oder zurückgewiesen hat, hat das für den Bauern einen gewaltigen Verlust bedeutet.«

Da Vianello weiterhin schwieg, fragte Brunetti den Fahrer: »Wie viel bekommt der Bauer für ein Kilo?«

»Das kann ich nicht genau sagen, Commissario. Mein Schwager rechnet für eine Kuh mit fünfzehnhundert Euro. Vielleicht etwas mehr, aber davon geht er immer aus.«

Vianello schien sich immer noch nicht für Brunettis Idee begeistern zu können, weshalb Brunetti leicht verärgert sagte: »Immerhin ist das der erste Hinweis auf ein Motiv für den Mord.«

Erst als sie über den Damm fuhren und die Stadt in Sicht kam, gestattete Vianello sich die Bemerkung: »Auch wenn Patta nicht dafür ist: Da ist mir ein Raubüberfall noch lieber.«

Brunetti wandte seine Aufmerksamkeit wieder dem Wasser auf der rechten Seite zu.

Vor der Questura angekommen, begaben sich Brunetti und Vianello unverzüglich zu Signorina Elettra, die bei ihrem Eintreten erfreut aufblickte.

»Sie kommen wegen Papetti?«, fragte sie in einem Ton, der darauf schließen ließ, dass die beiden, wenn es so war, bei ihr an der richtigen Adresse gelandet waren.

»Ja«, sagte Brunetti. »Berichten Sie.«

»Dottor Papetti ist mit der Tochter von Maurizio De Rivera verheiratet«, sagte sie, was Vianello mit einem leisen Pfiff, Brunetti mit einem geflüsterten »Ach« quittierte.

»Ihrer Reaktion entnehme ich, dass Sie wissen, wie viel Macht und Einfluss ihr Vater besitzt«, sagte sie.

Wer in Norditalien weiß das nicht?, dachte Brunetti. De Rivera war für das Bauwesen, was Thyssen für die Stahlindustrie war: Der Familienname war gleichbedeutend mit dem Produkt. Die Tochter – sein einziges Kind, falls sich nicht ein zweites in die Familie eingeschlichen hatte, während die Klatschkolumnisten im Tiefschlaf lagen – hatte, wie alle Welt wusste, einen Gutteil ihrer Jugend unter dem Einfluss ebenso illegaler wie schädlicher Substanzen verbracht.

»Wann war das mit dem Feuer?«, fragte Vianello.

»Vor zehn, elf Jahren«, antwortete Brunetti. Den Namen der Tochter hatte er vergessen, aber er wusste noch, dass damals in ihrer Wohnung in Rom ein Feuer ausgebrochen war und ihre Rettung drei Feuerwehrleute das Leben gekostet hatte. Die Medien zerrissen sich monatelang das Maul, dann wurde es still um sie, bis sie etwa ein Jahr später als freiwillige Mitarbeiterin einer Suppenküche oder Obdachlosenunterkunft wieder von sich reden machte – vielleicht weil ihre Rettung auf Kosten dreier Menschenleben sie geläutert hatte. Danach verschwand sie abermals aus den Zeitungen und damit aus dem Bewusstsein der Öffentlichkeit.

Ihr Vater war von all dem unberührt geblieben, ebenso sein Ruf. Immer wieder gab es Spekulationen im Zusammenhang mit Bauaufträgen für städtische und kommunale Großprojekte, insbesondere im Süden, wo sein Unternehmen auffällig oft die einzige Offerte machte.

Es waren auch andere Gerüchte über ihn in Umlauf, aber das waren wirklich nur Gerüchte.

Signorina Elettra hatte gewartet, bis sie diese Information verdaut hatten, dann fuhr sie fort: »Ich habe auch einen betriebsinternen Vermerk gefunden, wonach Papetti verlangt hat, Borelli zu besagtem Gehalt einzustellen.« Auf diese Entdeckung schien sie besonders stolz zu sein.

»Wenn ich mit meinen Vermutungen richtig liege und wenn ich an die Gerüchte über seinen Schwiegervater denke, dann ist Signor Papetti ein sehr mutiger Mann«, sagte Vianello.

»Oder ein sehr dummer«, hielt Brunetti dagegen.

»Oder beides«, meinte Signorina Elettra.

»De Rivera ist niemals für etwas verurteilt worden«, erklärte Vianello sachlich.

»Das gilt auch für viele unserer Politiker und Kabinettsminister«, sagte Signorina Elettra.

Brunetti hätte am liebsten bemerkt, auch sie drei seien noch nie für etwas verurteilt worden; was bedeutete das schon? Stattdessen sagte er: »Können wir uns darauf einigen, dass Papettis Verhältnis zu Signorina Borelli nicht gerade zu den Dingen gehört, die sein Schwiegervater wissen sollte?« Vianello nickte. Signorina Elettra schmunzelte.

»Was haben Sie sonst noch?«, fragte Brunetti.

»Die leben recht gut, er und seine Frau und die Kinder.«

»Wie heißt sie noch gleich? Ich hab's vergessen«, unterbrach Vianello.

»Natascha«, kam es von Signorina Elettra kühl.

»Ach ja«, sagte der Ispettore. »Ich wusste doch, es war so was Künstliches.«

Ohne darauf einzugehen, fuhr sie fort: »Er besitzt fast zwei Millionen Euro in verschiedenen Anlagen; das Haus ist mindestens ebenso viel wert; er und seine Frau fahren beide einen Mercedes-Geländewagen, und sie machen häufig Urlaub.«

»Könnte De Riveras Geld sein«, meinte Brunetti.

Als ermahne sie einen übereifrigen Schüler, erklärte Signorina Elettra spröde: »Die Konten lauten alle auf Papettis Namen. Und sie befinden sich alle im Ausland.«

»Ich nehme alles zurück«, sagte Brunetti. »Und was haben Sie zu Signorina Borelli?«

»Sie hat bei Tekknomed weniger als fünfundzwanzigtausend Euro im Jahr verdient, aber in den Jahren, die sie dort gearbeitet hat, ist es ihr irgendwie gelungen, zwei Wohnungen in Venedig und eine in Mestre zu kaufen. Sie lebt in der in Mestre und vermietet die in Venedig an Touristen.«

»Und Tekknomed hat es vorgezogen, sie nach ihrem Ausscheiden nicht vor Gericht zu bringen«, meinte Brunetti nachdenklich. »Sie muss äußerst gut über die Firmenkonten Bescheid gewusst haben.« Ihm fiel noch etwas ein. »Und ihre eigenen Bankkonten?«

»Ich ermittle noch, Signore«, antwortete Signorina Elettra schlicht.

»Gibt es Hinweise darauf, dass ihre Beziehung zu Papetti sexueller Natur ist?«

Sie gestattete sich einen kühlen Seitenblick. »Solche Dinge stehen nicht in den Unterlagen, Signore.«

»Natürlich nicht«, räumte Brunetti ein. »Also setzen Sie Ihre Ermittlungen fort.« Dann zu Vianello: »Ich möchte mit Papetti reden.«

»Du hast den Mumm, noch mal aufs Festland zu fahren?«, fragte Vianello lächelnd.

»Ich will mit ihm reden, bevor noch mehr Zeit verstreicht.«

»Wenn du gehst, dann besser allein«, sagte Vianello. »Das wirkt nicht so bedrohlich.« Er tat einen Schritt auf Signorina Elettra zu und fragte: »Meinen Sie, wir könnten einen Blick in die Unterlagen des *macello* in Preganziol werfen, während der Commissario außer Haus ist?«

Sie reagierte mit mustergültiger Bescheidenheit. »Ich kann's versuchen.«

Brunetti ließ die beiden allein, ging nach unten und nahm das Boot.

27

Brunetti staunte wieder einmal, wie Menschen so leben konnten: mit dem Auto fahren, hinter langen Schlangen anderer Autos im Stau stehen, ewig den Launen des Verkehrs ausgesetzt. Und die Luft und der Lärm und die überwältigende Hässlichkeit der Gegend, durch die er fuhr. Kein Wunder, dass Autofahrer oft aggressiv waren.

Signorina Elettra hatte ihn telefonisch bei Dottor Papetti angemeldet: Commissario Brunetti habe ohnehin auf dem Festland zu tun und bitte um eine Unterredung wegen Dottor Nava. Zum Glück hatte Dottor Papetti an diesem Nachmittag keine anderen Termine und war in seinem Büro. Sie erklärte, der Weg zum Schlachthof sei Dottor Brunetti bekannt.

Obwohl der Fahrer dieselbe Strecke wie beim ersten Mal fuhr, erkannte Brunetti kaum etwas wieder: Er hatte einfach nie gelernt, sich Straßen zu merken. Eine der Villen glaubte er schon mal gesehen zu haben, aber von weitem sahen sie sowieso fast alle gleich aus. Die Zufahrt zum Schlachthof und das Tor hatten sich ihm allerdings eingeprägt. Ebenso der Geruch, der ihm, wenn auch nicht mehr so durchdringend, entgegenwehte.

Am Eingang kam ihm Dottor Papetti entgegen, ein großer Mann mit Stirnglatze, die seinen schmalen Kopf noch schmaler erscheinen ließ. Seine runden, dunklen Augen hätten besser in ein breiteres Gesicht gepasst. Die dünnen Lippen waren zu einem nichtssagenden Lächeln erstarrt. Die

Schultern seines Anzugs waren gepolstert, was zwar völlig aus der Mode war, aber immerhin seine dürre Gestalt kaschierte. Brunetti bemerkte, dass er handgefertigte Schuhe trug, vermutlich wegen seiner ungewöhnlich schmalen Füße.

Er überraschte Brunetti mit einem kräftigen Händedruck, schlug vor, sie sollten in sein Büro gehen, und stakte wie ein Reiher durchs Wasser neben ihm her, wobei der Kopf auf seinem übermäßig langen Hals bei jedem Schritt nach vorn ruckte. Beide schwiegen. Ab und zu drangen Geräusche aus dem hinteren Teil des Gebäudes.

Papetti ließ ihm den Vortritt in sein Büro: »Commissario, bitte nehmen Sie Platz, und sagen Sie mir, womit ich Ihnen dienen kann. Leider war ich ja bei Ihrem ersten Besuch verhindert.«

Brunetti überquerte die Schwelle mit den Worten: »Freut mich sehr, dass Sie jetzt Zeit für mich gefunden haben, Dottor Papetti.« Als sie beide saßen, gab er noch einmal seiner Dankbarkeit Ausdruck: »Ein Mann in Ihrer Position hat sicher zahlreiche Verpflichtungen.« Papettis bescheidenes Lächeln erinnerte Brunetti an einen kafkaesken Satz, den er einmal gelesen hatte: Da ging es um einen Mann, der andere hatte lachen sehen und nun zu wissen glaubte, wie man das machte.

»Zum Glück«, fing Papetti an, »das heißt zum Glück für Sie, wurden zwei Termine für heute Nachmittag abgesagt, so dass sich eine größere Lücke ergeben hat.« Er setzte ein anderes Lächeln auf. »Oft passiert das nicht.«

Seine Worte ließen Brunetti aufmerken, und plötzlich wusste er warum: Genau solche Sprüche hatte auch Patta immer auf Lager. Nur hatte er es hier mit einem leutseligen oder einem verschlagenen Patta zu tun?

»Wie meine Sekretärin Ihnen sicherlich ausgerichtet hat, möchte ich mit Ihnen über Dottor Nava sprechen«, tat Brunetti ebenfalls überlastet.

Papetti nickte, und Brunetti fuhr fort: »Da er für Sie gearbeitet hat, nehme ich an, Sie können mir Auskunft geben.« Dann vertraulich: »Ich habe mit seiner Witwe gesprochen, aber die konnte mir nicht viel sagen. Ich weiß nicht, ob Ihnen das bekannt ist, aber die beiden haben seit einigen Monaten getrennt gelebt.« Er wartete ab, wie Papetti darauf reagieren würde.

Nach einem kaum merklichen Zögern meinte jener: »Bedaure, das habe ich nicht gewusst.« Er rieb mit den Fingern der Linken den Handrücken der Rechten. »Ich kannte ihn nur von der Arbeit im *macello*, über sein Privatleben haben wir nie gesprochen.«

»Aber dass er verheiratet war, wussten Sie doch, Dottore?«, fragte Brunetti sanft.

»Oh«, sagte Papetti und versuchte sich an einer lässig wegwerfenden Handbewegung. »Gewusst habe ich es wohl oder jedenfalls vermutet; schließlich sind die meisten Männer in seinem Alter verheiratet. Oder vielleicht hat er mal seine Kinder erwähnt. Ich kann mich leider nicht erinnern.« Er setzte eine besorgte Miene auf. »Wollen Sie bitte der Witwe mein Beileid ausrichten, Commissario.«

»Selbstverständlich, selbstverständlich.« Brunetti nickte zum Zeichen, dass er Papettis Anteilnahme zu schätzen wusste.

Er ließ etwas Zeit vergehen und fragte dann: »Können Sie mir sagen, was genau Dottor Nava im *macello* zu tun hatte?«

Papettis Antwort kam so schnell, als habe er sich auf die

Frage vorbereitet. »Er war hier als Kontrolleur angestellt. Die Tiere, die zu uns kommen, müssen inspiziert werden, ob sie zum Schlachten geeignet sind, außerdem sind Fleischproben zu untersuchen. Das waren seine Aufgaben.«

»Natürlich, natürlich«, sagte Brunetti und fuhr mit dem Eifer eines Neulings fort: »In Ihrer Position sind Sie über die Abläufe in einem Schlachthof sicher gut informiert, Dottore. Könnten Sie mir eine ungefähre Vorstellung davon geben? Die Tiere kommen an, werden ausgeladen…« Brunetti setzte ein einfältiges Lächeln auf. »Wir haben uns kein genaues Bild machen können.« Er versuchte, kein allzu verlegenes Gesicht zu machen. »Mein Ispettore, er war dem…«, er zuckte die Schultern, »Sie müssen wissen, dass ich ein Laie bin, Dottore. Ich versuche mir nur vorzustellen, wie es sein könnte. Sie wissen das bestimmt viel besser als ich.« Möglichst unsicher wirkend, fing er noch einmal an. »Also, wo war ich? Ach ja, die Tiere werden ausgeladen und irgendwie hier in dieses Gebäude gebracht. Und dann, vermute ich, war es Dottor Navas Aufgabe, sie zu untersuchen, ob sie gesund sind, und anschließend wurden sie ins Schlachthaus gebracht und getötet.« Dumme Leute wiederholen sich ständig, wusste Brunetti und hoffte, dass auch Papetti das glaubte.

Die Aussicht, den aktuellen Anlass des Besuches meiden zu können, schien Papetti zu entspannen. »Genau so ist es, mehr oder weniger. Ja.«

»Kann es dabei zu Problemen kommen, für Sie oder für den untersuchenden Arzt?«

Papetti schob nachdenklich die Lippen vor. »Nun, was den Schlachthof betrifft, wäre es zum Beispiel ein Problem, wenn sich eine Differenz zwischen unseren Aufzeichnungen über die Anzahl der angelieferten Tiere und den Forderungen der Bauern ergeben würde. Oder wenn es zu Verzögerungen bei der Verarbeitung käme, wodurch die Bauern gezwungen wären, ihre Tiere länger als geplant hier zu lassen, was natürlich Kosten verursacht.« Er schlug die Beine andersherum übereinander und fuhr fort: »Dottor Nava hatte vor allem auf Verstöße gegen EU-Vorschriften zu achten.«

»Könnten Sie mir dafür Beispiele nennen, Signore?«, fragte Brunetti.

»Wenn die Tiere unnötig leiden, oder wenn die Hygienestandards nicht eingehalten werden.«

»Ah, natürlich. Jetzt verstehe ich. Ich danke Ihnen, Dottore.« Brunetti tat, als ob es ihm dämmerte.

Papetti stillte weiter seinen Wissensdurst: »Unser Ziel ist es, mit den Bauern zusammenzuarbeiten und ihnen einen fairen Preis für die Tiere zu zahlen, die sie gemästet haben.«

Brunetti ermahnte sich, seine Rolle nicht zu übertreiben, und verkniff sich daher die Bemerkung, dies sei nur recht und billig. Stattdessen murmelte er: »Aha«, und sagte dann: »Aber wenn ich auf Dottor Nava zurückkommen darf: Haben Sie jemals gehört, dass jemand im *macello* schlecht von ihm gesprochen hat?«

»Nicht dass ich wüsste«, antwortete Papetti wie aus der Pistole geschossen.

»Und Sie waren mit seiner Arbeit zufrieden?«

»Absolut«, sagte Papetti und fuhr sich abermals über den Handrücken. »Aber Sie müssen verstehen, ich habe vornehmlich Verwaltungsaufgaben und nur bedingt Kontakt zu den Leuten, die hier arbeiten.«

»Glauben Sie, man hätte Ihnen erzählt, wenn es bei Dottor Navas Tätigkeit zu Unregelmäßigkeiten gekommen wäre?«, fragte Brunetti.

Nach einigem Nachdenken antwortete Papetti: »Schwer zu sagen, Commissario.« Dann mit bescheidenem Lächeln: »Ich glaube kaum, dass man mir das zugetragen hätte.« Als ob Klatsch und Tratsch so weit nach oben vordringen würden!

Brunetti behielt seinen harmlosen Tonfall bei. »Glauben Sie, man hätte Ihnen von Navas Affäre mit Ihrer Assistentin, Signorina Borelli, erzählt?«

»Woher …?«, fing Papetti an und tat dann etwas, was Brunetti bei einem Erwachsenen noch nie gesehen hatte: Er schlug beide Hände vor den Mund. Rund ist rund. Runder konnten Papettis Augen folglich nicht werden, aber größer. Und das taten sie. Zusätzlich wich alles Blut aus seinem Gesicht.

Er gab sich Mühe. Das musste Brunetti ihm lassen. Papetti gelang es tatsächlich, noch etwas Entrüstung in seine Stimme zu legen: »Wie können Sie es wagen?« Aber es war nur ein kläglicher Versuch: Beide Männer wussten, es war zu spät, er konnte seine Reaktion nicht mehr ungeschehen machen.

»Man hat es Ihnen also erzählt, Dottore«, sagte Brunetti, der sich nun endlich ein wölfisches Grinsen erlauben durfte. »Oder haben Sie es vielleicht von Signorina Borelli selbst erfahren?«

Papetti gab ein Geräusch von sich, das Brunetti fürchten ließ, der Mann ersticke, bis ihm klar wurde, dass der andere mit den Tränen kämpfte. Eine Hand vor den Augen, die andere auf der kahlen Stirn, schien er sich verstecken zu wollen. Erst allmählich ging sein krampfhaftes Schluchzen in ein Schnaufen und Keuchen über, während er weiterhin beide Hände vorm Gesicht behielt.

Endlich ließ Papetti die Hände sinken. Um seine runden Augen hatten sich rote Flecken gebildet, zwei weitere auf den Wangen.

Er sah Brunetti an und sagte mit bebender Stimme: »Sie müssen gehen.«

Brunetti blieb unbeweglich sitzen.

»Sie müssen gehen«, wiederholte Papetti.

Wohl wissend, wer der Schwiegervater dieses Mannes war und wozu ein Vater sich hinreißen lassen konnte, wenn es die eigene Tochter und die Enkel zu schützen galt, stand Brunetti langsam auf. Er nahm eine Karte aus seiner Brieftasche und einen Füller von Papettis Schreibtisch, schrieb seine Handynummer auf die Karte und legte sie ihm hin.

»Das ist meine Nummer, Dottore. Sollten Sie sich entschließen, mir mehr über diese Angelegenheit zu erzählen, können Sie mich jederzeit anrufen.«

Als Brunetti ins Freie kam, lehnte sein Fahrer an der Autotür und blinzelte in die Sonne. Von irgendwoher hatte er sich ein Eis besorgt, das er genüsslich schleckte. Sie fuhren nach Venedig zurück.

28

Nach zwei Festlandbesuchen an einem Tag – unabhängig davon, wie wenig dabei herausgekommen war, und ungeachtet der Tatsache, dass Tausende von Leuten tagtäglich diese Fahrt machten – fand Brunetti, er habe mehr als genug getan und beschloss, nicht mehr in die Questura zurückzukehren. Nachdem der Fahrer ihn am Piazzale Roma abgesetzt hatte, nutzte er die Gelegenheit und brach zu einem Spaziergang auf, der ihn auf Umwegen rechtzeitig zum Abendessen nach Hause führen sollte.

Gemächlich ließ er sich an diesem milden Spätnachmittag Richtung San Polo treiben. Vor Jahrzehnten hatte er diesen Teil der Stadt gut gekannt, damals, als er täglich mit dem Zug zu seinen Vorlesungen nach Padua fuhr und den Weg zum Bahnhof und zurück zu Fuß machte, weil er so die fünfzig Lire für das Boot sparte und sich davon eine Limonade oder einen Kaffee leisten konnte. Mit der Nachsicht des Alters erinnerte er sich an seine Jugendsünden: Wie er Kaffee immer nur in Gesellschaft seiner Schulkameraden getrunken hatte, seiner Vorliebe für Limonade hingegen immer nur still und heimlich gefrönt hatte, wenn niemand ihn damit aufziehen konnte.

Vielleicht sollte er sich jetzt eine genehmigen? Aber er wusste nicht einmal mehr, wie die hießen, und außerdem war er erwachsen und für Kinderkram nicht mehr zu haben. Er ging in eine Bar, bestellte Kaffee und schüttete mit einem nachsichtigen Lächeln ein zweites Tütchen Zucker in die Tasse.

Anschließend schlenderte er zum Campo Santa Margherita, tagsüber noch immer derselbe normale *campo* wie seit eh und je, mit Obst- und Fischständen, einer *gelateria*, einer Apotheke und allen möglichen anderen Läden; seit Jahrhunderten unverändert auch die langgestreckte Form des Platzes, ideales Gelände für Kinder, die Hunden oder anderen Kindern hinterherrannten. Da er außer Dienst war, verdrängte Brunetti den Gedanken an das Chaos, das allabendlich über den *campo* hereinbrach und Bekannte von ihm dazu getrieben hatte, ihre Häuser dort zu verkaufen, weil sie den Lärm nicht mehr ertrugen.

Gäbe es Gobbetti noch, hätte er für seine Familie eine Schokoladenmousse gekauft, aber auch die Besitzer dieser *pasticceria* hatten aufgegeben; die Nachfolger führten zwar ebenfalls Mousse, die kam aber nicht an die alte heran. Für Unvergleichliches gab es keinen Ersatz.

Auf der anderen Seite des Ponte dei Pugni lagen die Boote vertäut, eins für Obst, eins für Gemüse; er versuchte sich zu erinnern, ob die jemals *nicht* dort gewesen waren. Falls sie tatsächlich immer da lagen, waren sie dann – zumindest im philosophischen Sinn – überhaupt noch Boote? In solche Gedanken vertieft, hatte er den Campo San Barnaba halb überquert, als er plötzlich beschloss, nach Hause zu gehen und den Rest des lauen Abends auf seiner Dachterrasse zu genießen. Er kam an der *calle* vorbei, die zum Palazzo seiner Schwiegereltern führte, ging aber nicht auf einen Sprung zu ihnen. Er hatte sich in den Kopf gesetzt, nach Hause zu gehen, und genau das würde er auch tun.

Zu seiner großen Erleichterung waren alle da, als er ankam, und zu seiner noch größeren Erleichterung ließen sie ihn, nach freundlicher Begrüßung und Wangenküssen, alle in Ruhe und wandten sich wieder ihren Beschäftigungen zu. Er goss sich ein Glas Weißwein ein und trug einen Stuhl auf die Terrasse, wo er eine Stunde lang sitzen blieb, dem Schwinden des Tageslichts zusah und an seinem Wein nippte, dankbar, dass die Menschen, die er liebte, ihr eigenes Leben hatten und sich mit Dingen beschäftigten, die so ganz anders waren als die schrecklichen Lügen und Täuschungen, mit denen er tagein, tagaus zu tun hatte.

Am nächsten Morgen ließ Brunetti es ruhig angehen, doch als er auf dem Weg in die Questura zu der Einsicht gelangte, eine weitere Unterredung mit Patta sei unumgänglich, wurde er zunehmend nervös. Ihm blieb nichts anderes übrig, er musste seinen Vorgesetzten informieren, was er erfahren hatte und auf wen diese Tatsachen seinen Verdacht lenkten. Wie jemand, der eine Oper komponiert, hatte er zwar Noten und Arientexte, etliche Sänger und eine Handlungsskizze, aber noch kein vollständiges Libretto.

»Sie ist Maurizio De Riveras Tochter, und Sie glauben, ihr Mann weiß etwas über einen Mord und verheimlicht Ihnen das?«, polterte Patta, nachdem Brunetti ihm von seinem Gespräch mit Papetti berichtet hatte. Hätte Brunetti ihm erzählt, dass die Verflüssigung des Bluts des heiligen Januarius ein Schwindel sei, hätte Patta nicht empörter reagieren können.

»Wissen Sie überhaupt, um wen es sich handelt, Brunetti?« Sein Vorgesetzter war außer sich.

Brunetti ging über die Frage hinweg. »Vielleicht interessiert ihn ja die Wahrheit über den Mann, mit dem seine Tochter verheiratet ist«, beharrte er.

»Die Wahrheit ist das Letzte, was ein Vater über den Mann wissen will, mit dem seine Tochter verheiratet ist.« Und dann schoss Patta noch eine Bemerkung ab: »Das sollten Sie doch am besten wissen.«

Brunetti schaffte es nicht, über diese Bemerkung ungerührt hinwegzugehen, doch immerhin senkte er den Blick schnell wieder, nachdem er seinen Vorgesetzten empört angesehen hatte. Der hatte begriffen, dass er zu weit gegangen war, denn er versuchte auf der Stelle zurückzurudern: »Sie haben doch eine Tochter. Der wünschen Sie doch auch nur den besten Mann.«

Die Beleidigung hatte Brunetti so aus der Fassung gebracht, dass er nicht gleich antworten konnte. Schließlich sagte er: »De Riveras Maßstäbe könnten von denen anderer Leute abweichen, Vice-Questore. Falls seine Tochter oder ihr Mann in irgendeiner Weise in das Geschehen verwickelt sein sollten, scheut er womöglich nicht davor zurück, die Justiz zu behindern, einem Polizisten gegenüber Falschaussagen zu machen, ja wäre vielleicht sogar zu Beihilfe zu einem Mord imstande.« Er fügte noch hinzu: »Immerhin hat er wegen der ersten beiden Punkte schon einmal vor Gericht gestanden.«

»Und wurde freigesprochen.«

Brunetti ließ das unkommentiert. »Nava wurde von hinten erstochen und irgendwie an einen Ort transportiert, wo er in einen Kanal geworfen werden konnte. Das weist auf die Beteiligung von mindestens zwei Leuten hin«, bemerkte er. Inzwischen hatte er sich etwas beruhigt und seine Stimme wieder unter Kontrolle.

»Und warum sollte Papetti etwas damit zu schaffen haben?«, fragte Patta von oben herab.

Brunetti hielt sich zurück und platzte nicht damit heraus, dass es sich einfach richtig *anfühlte*, denn er wusste nur zu gut, was der Vice-Questore davon halten würde. »Das ist nicht zwingend, Dottore. Aber er weiß etwas und enthält uns Informationen vor. Er wusste von der Affäre zwischen Nava und Borelli: Seine Fassungslosigkeit, als ich ihn darauf ansprach, beweist das hinlänglich. Und wenn er sie für den Job als seine Assistentin empfohlen hat, muss sie etwas gegen ihn in der Hand haben«, sagte Brunetti, der an Großzügigkeit aus reiner Nächstenliebe nicht glauben mochte.

Patta spitzte die Lippen, ein Signal, das Brunetti im Lauf der Jahre als Anzeichen dafür zu deuten gelernt hatte, dass sein Vorgesetzter zur Vernunft kam. Der Vice-Questore hob die Rechte und studierte seine Fingernägel. Brunetti wusste nicht, ob er sie tatsächlich inspizierte oder ob dies nur eine Geste war, um Nachdenklichkeit anzudeuten. Endlich ließ Patta die Hand sinken und entspannte sich. »Was haben Sie vor?«

»Ich möchte Signorina Borelli hierher bestellen und ihr ein paar Fragen stellen.«

»Zum Beispiel?«

»Das werde ich erst wissen, wenn ich nähere Informationen habe.«

»Informationen welcher Art?«, fragte Patta.

»Zu einigen Wohnungen, die ihr gehören. Zu Papetti und Nava und wie sie an ihren Job als Papettis Assistentin gekommen ist. Wonach sich ihr Gehalt bemisst. Über den Schlachthof, und wie gut sie Dottor Meucci kennt.« Allmählich schälte sich ein Plan heraus.

»Wer ist das?«, fragte Patta und bewies damit, dass er die Berichte über den Fall nicht gelesen hatte.

»Navas Vorgänger.«

»Was ist diese Borelli eigentlich für eine – steht die auf Tierärzte oder was?«

Pattas gedankenlos hingeworfene, aber höchst interessante Frage nötigte Brunetti beinahe ein Lächeln ab.

»Das weiß ich nicht, Signore. Ich versuche nur, in alle Richtungen zu denken.«

»In alle Richtungen?«, wiederholte Patta begriffsstutzig. »Das heißt?«

»Das heißt, Signore, dass ich noch keine klare Vorstellung davon habe, in welcher Beziehung alle diese Leute zueinander stehen, was dahintersteckt. Es muss da etwas geben, weil ich überall auf Schweigen stoße.« Mehr an sich selbst als an Patta gerichtet fuhr er fort: »Ich muss nur dahinterkommen.«

Patta stieß sich vom Schreibtisch ab. »Also schön, holen Sie die Frau her, und sehen Sie zu, was sie zu sagen hat. Aber vergessen Sie nicht, ich will alles wissen, was Sie über Papetti in Erfahrung bringen, bevor Sie irgendwelche Maßnahmen ergreifen.«

»Selbstverständlich, Vice-Questore«, sagte Brunetti und begab sich ins Vorzimmer, wo er Signorina Elettra hinter ihrem Computerbildschirm aufblicken sah.

»Ich habe mir die Aufzeichnungen der Gesundheitsbehörde in Treviso angesehen, Signore; da werden dieselben Protokolle geführt wie im Schlachthof«, sagte sie. »Aber man bekommt leichter Zugang als im *macello*.« Nachdenklich fügte sie hinzu: »Für den unwahrscheinlichen Fall, dass irgendwelche Spuren meiner Anwesenheit zurückbleiben, ist es sowieso immer besser, sie in einer Regierungsbehörde zu hinterlassen als in einem privaten Unternehmen.«

Vielleicht wartete Signorina Elettra nur darauf, dass Brunetti ihren Gebrauch von »Zugang« oder »sowieso immer« oder auch »für den unwahrscheinlichen Fall« beanstandete; um sie nicht zu kränken, beschränkte er sich auf ein aufmunterndes »Erzählen Sie«.

»Ich bin vier Jahre zurückgegangen, Signore, und um es übersichtlicher zu machen, habe ich ein Diagramm angelegt.«

Sie wies auf den Bildschirm, bewegte die Maus, klickte, klickte noch einmal, und ein Kurvendiagramm erschien, überschrieben mit »Preganziol«. In der Waagerechten waren die Monate aufgeführt, in der Senkrechten Zahlen von 0 bis 100.

Die Kurve begann im Januar vor vier Jahren bei drei, zitterte sich im folgenden Monat auf vier und ging im nächsten wieder auf drei zurück. Dieses Muster setzte sich über zwei Jahre fort. Im dritten Jahr stieg sie mit Schwankungen bis auf fünf, sank dann wieder auf drei und blieb so bis November, wo sie plötzlich auf acht hochschoss und von dort bis Jahresende stetig auf zwölf anstieg. Im Januar sprang die Kurve auf dreizehn, blieb dort einen Monat und kletterte im März auf vierzehn. Hier endete das Diagramm.

»Was immer diese Zahl ausdrückt«, sagte Brunetti, »ungefähr zu der Zeit, als Nava im *macello* angefangen hat, ist sie nach oben geschnellt und …«, er beugte sich vor und tippte ans Ende der Kurve, »… bis zum Monat vor seinem Tod weiter angestiegen.«

Signorina Elettra scrollte die Seite nach unten, so dass Brunetti lesen konnte, was unter der Kurve stand: *Prozentsatz der von der zuständigen Behörde als zum Schlachten ungeeignet erachteten Tiere.*

»Zum Schlachten ungeeignet.« Was vermutlich dasselbe bedeutete wie »zum menschlichen Verzehr ungeeignet«. Das war's also. Der feige Hund hatte den Räubern getrotzt, sie aber nicht in die Wade gebissen; und die Familie, bei der er gelebt hatte, hatte ihn wegen seines fehlenden Mutes nicht wieder bei sich aufnehmen und liebhaben können.

»Er war ein guter Wachhund«, sagte Brunetti zu Signorina Elettras Verwirrung. Er zeigte auf die Kurve, und immerhin verstand sie seine nächste Bemerkung: »Sein Vorgänger hingegen nicht.«

»Es sei denn, es war wie im zweiten Buch Mose«, meinte sie, »und an dem Tag, als er dort zu arbeiten angefangen hat, wurden Plagen über das Land geschickt, und Seuchen kamen über das Vieh.«

»Unwahrscheinlich«, befand Brunetti. »Sonst noch etwas über Signorina Borelli?«

»Außer der Liste ihrer Immobilien habe ich jetzt eine Übersicht über ihre Kapitalanlagen und Bankkonten.«

»Im Plural?«

»Eins hier in der Stadt, eins in Mestre, wohin ihr Gehalt überwiesen wird, und eins bei der Post.« Mit kaum verhohlener Verachtung fügte sie lächelnd hinzu: »Die Leute scheinen sich einzubilden, dass niemand auf die Idee kommt, dort nachzuforschen.«

»Und was noch?« Mit ihrer Art vertraut, wusste er genau, dass sie noch mehr in petto hatte.

»Meucci. Er hat in den letzten zwei Tagen dreimal auf Signorina Borellis Handy angerufen; außerdem hat sich herausgestellt, dass er gar kein Tierarzt ist.«

»Was?«

»Er hat vier Jahre in Padua studiert und die meisten Prüfungen bestanden, ist aber anscheinend zu den letzten vier nicht angetreten; nichts weist darauf hin, dass er den Abschluss gemacht oder die Approbation erhalten hat.«

Brunetti wollte schon fragen, wie es möglich sei, dass die Gesundheitsbehörde der Provinz ihm eine Stelle als Tierarzt in einem Schlachthof gegeben hatte, oder mit welchen Tricks er an eine Privatpraxis gekommen sein könnte, hielt sich aber noch rechtzeitig zurück. Kaum eine Woche verging, ohne dass ein falscher Allgemeinmediziner oder Zahnarzt entlarvt wurde; warum sollte die andere Patientensorte einen Betrug weniger wahrscheinlich machen?

Er entschloss sich auf der Stelle. »Rufen Sie in seiner Praxis an, um herauszufinden, ob er da ist. Fragen Sie, ob Sie Ihre Katze oder was weiß ich wen vorbeibringen können – Hauptsache, Sie finden heraus, ob er da ist. Falls ja, schicken Sie Foa und Pucetti hin, die sollen ihn fragen, ob er hierherkommen und mit mir reden möchte.«

»Mit Vergnügen, Signore«, sagte sie. »Inzwischen können Sie sich ansehen, was wir über Signorina Borelli haben.«

Brunetti nahm die Mappe, um sie in seinem Büro durchsehen zu können, ging dann aber in den Bereitschaftsraum, wo er Foa und Pucetti genauere Instruktionen gab und Pucetti einschärfte, Meucci nur mit »Signore« anzureden, nicht mit »Dottore«. Und wo er schon unten war, nahm er die Akte mit die Bar am Ponte dei Greci und genehmigte sich dort einen Kaffee und zwei *tramezzini*.

Zurück im Büro, rief er Paola an und erkundigte sich, was es zum Abendessen gebe. Um ihr eine Freude zu machen, fragte er, wie sie sich fühle, nachdem sie die Vertragsverlängerung ihres Kollegen erfolgreich hintertrieben hatte.

»Wie Lucrezia Borgia«, sagte sie lachend.

Brunetti musste lange nach einem Aufnahmegerät suchen und fand schließlich eines ganz hinten in der untersten Schublade. Er ließ das Gerät kurz zur Probe laufen und stellte es dann deutlich sichtbar mitten auf den Schreibtisch. Dann schlug er die Akte auf und begann zu lesen, war aber gerade erst bei den Beträgen, die Signorina Borelli für die Wohnung in Mestre und die eine in Venedig bezahlt hatte, als er ein Geräusch an seiner Tür vernahm.

Es war Pucetti, und neben ihm stand Meucci, der etwas von einem Reifen hatte, aus dem die Luft entwichen war. Besonders deutlich war das im Gesicht: Die Augen schienen vergrößert, die Wangen waren eingefallen und hingen schlaff über dem kleinen Mund herab, weniger Fleisch drängte an den Wall seines Kragens.

Auch sein Körper wirkte kleiner, aber das mochte an dem dunklen Wollsakko liegen, das er heute anstelle des wallenden Laborkittels trug.

Pucetti ließ Meucci eintreten und schloss hinter ihm die Tür. Dann verhallten seine Schritte draußen im Gang.

»Treten Sie näher, Signor Meucci«, sagte Brunetti kühl. Er beugte sich vor und stellte das Aufnahmegerät an.

Der Mann kam langsam näher, zaghaft wie ein junges Gnu, das gezwungen ist, sich in hohes Gras hineinzuwagen. Sein Blick huschte auf der Suche nach lauernder Gefahr im Zimmer umher. Vorsichtig ließ er sich auf einen Stuhl sinken. Brunetti glaubte erst, es sei ein Aufstöhnen, doch das Geräusch rührte von dem Stuhl her, zwischen dessen Armlehnen Meucci seine von Fleischmassen prall gefüllte Kleidung quetschte.

Der Mann hielt die Lehnen mit beiden Händen umklammert, so dass die fleckigen Finger nicht zu sehen waren, nur die dicken Handrücken.

»Wie sind Sie an die Stelle im *macello* gekommen, Signor Meucci?«, fragte Brunetti. Keine Begrüßung, keine Höflichkeiten, nur diese schlichte Frage.

Meucci musste sich erst einmal eine Antwort zurechtlegen. »Die Stelle wurde ausgeschrieben, und ich habe mich darum beworben«, sagte er schließlich.

»Wurden Sie aufgefordert, Ihrer Bewerbung weitere Unterlagen beizulegen, Signore?«, fragte Brunetti, wobei er das letzte Wort besonders betonte.

»Ja«, antwortete Meucci – nicht mit einem entrüsteten »Selbstverständlich!«, woraus Brunetti schloss, dass er mit dieser Vernehmung keine Schwierigkeiten haben würde. Meucci fühlte sich bereits als Verlierer, es ging ihm nur noch um Schadensbegrenzung.

»Und dass Sie kein Doktor der Veterinärmedizin waren und folglich keine entsprechende Urkunde vorlegen konnten, hat bei Ihrer Bewerbung kein Hindernis dargestellt?«, fragte Brunetti mit mildem Interesse.

Meuccis rechte Hand kroch in die Innentasche seines Sakkos, um aus der Berührung mit der Zigarettenschachtel darin ein wenig Trost zu schöpfen. Er schüttelte den Kopf.

»Sie müssen sprechen, Signore. Ihre Antwort muss hörbar sein, sonst kann sie nicht protokolliert werden.«

»Nein«, sagte Meucci.

»Wie war das möglich, Signore?«

Brunetti beschlich das merkwürdige Gefühl, sein Gegenüber sei geschrumpft. Meucci saß nicht mehr so hoch, obwohl er seine Haltung kein bisschen verändert hatte. Sein Mund schien kleiner geworden, als er sich zu jener einsilbigen Antwort aufraffte. Das Sakko hing lose von seinen Schultern.

»Wie war das möglich, Signore?«

Meucci umkrallte die Zigarettenschachtel so fest, dass Brunetti es knirschen hörte. »Niemand hat mir irgendwelche Papiere gezeigt. Ich habe nichts unterschrieben, was Ihnen das Recht geben würde, mir diese Fragen zu stellen«, erklärte er in leicht gereiztem Ton.

Brunetti lächelte verständnisvoll. »Selbstverständlich, Signore. So ist es. Sie sind freiwillig hier, um die Polizei bei ihren Ermittlungen zu unterstützen.« Er zog das Aufnahmegerät zu sich heran. »Sie können jederzeit gehen.« Er schaltete das Gerät ab.

Den Blick auf dem Aufnahmegerät, fragte Meucci etwas ruhiger: »Was geschieht, wenn ich das tue?« Das war eine schlichte Bitte um Auskunft, keine Forderung. Der Unterlegene hatte keine Forderungen zu stellen.

»Dann lassen Sie uns keine Wahl, und wir informieren die Polizei in Mestre, die Gesundheitsbehörde und sicherheitshalber die Guardia di Finanza, nur für den Fall, dass Sie versäumt haben, für Ihre ohne Approbation geführte und daher vermutlich illegale Praxis Steuern zu bezahlen.«

Brunetti schob seinen Stuhl zurück und schlug die Beine übereinander. Da ihm nicht nach Theater zumute war, verzichtete er darauf, sich weit zurückzulehnen, die Hände hinterm Kopf zu verschränken und an die Decke zu starren. »Überlegen wir, was meine Kollegen aus all dem schließen könnten. Da hätten wir zunächst Ihre gesetzeswidrige Tätigkeit als Staatsdiener.« Er kam Meuccis Protest zuvor: »Im *macello* sind Sie als Vertreter des Staates tätig, Signore, ob Sie wollen oder nicht.« Das musste Meucci einsehen.

»Was haben wir sonst noch? Amtsanmaßung. Vorspiegelung falscher Tatsachen. Betrügerische Geldeinnahmen.« Brunetti ließ ein drohendes Lächeln aufblitzen. »Und falls Sie jemals einem Ihrer Patienten ein Rezept ausgestellt haben, hätten wir es zusätzlich mit illegaler Beschaffung von Medikamenten zu tun. Und falls Sie jemals einem Tier eine Spritze gegeben haben und dafür bezahlt worden sein sollten, käme auch noch illegaler Verkauf und Verabreichung von Medikamenten hinzu.«

»Aber das sind doch Tiere«, widersprach Meucci.

»Ganz recht, Signor Meucci. Auf die Argumentation Ihres Anwalts beim Prozess kann man gespannt sein.«

»Prozess?«, fragte Meucci.

»Nun, was glauben Sie denn? Natürlich wird man Sie verhaften und Ihre Praxis schließen, und alle Ihre Patienten – ganz zu schweigen von der Geschäftsführung des *macello* – werden Sie auf Rückgabe des Geldes verklagen, das Sie illegal eingenommen haben.«

»Aber die haben es alle *gewusst*«, jammerte Meucci.

»Ihre Patienten?«, heuchelte Brunetti Verblüffung. »Aber warum hätten sie Ihnen dann Ihre Tiere bringen sollen?«

»Nein, nein, die doch nicht. Die Leute im *macello*. Die haben es gewusst. Natürlich haben sie es gewusst. Das ist es ja gerade.«

Brunetti beugte sich vor und hob eine Hand. »Soll ich das Aufnahmegerät wieder anstellen, bevor wir dieses Gespräch fortsetzen, Signor Meucci?«

Meucci nahm die Zigaretten aus der Tasche und umklammerte das Päckchen mit beiden Händen. Er nickte.

Brunetti nahm das als Zustimmung und schaltete das Gerät ein.

»Sie haben mir soeben erzählt, man habe Sie im *macello* in Preganziol eingestellt, obwohl man dort wusste, dass Sie kein Tierarzt sind. Mit anderen Worten, man hat Sie dort ungeachtet der Tatsache, dass Sie keine Approbation besitzen, als Tierarzt beschäftigt. Trifft das zu, Signor Meucci?«

»Ja.«

»Man wusste, dass Sie nicht approbiert sind?«

»Ja doch«, blaffte Meucci. »Wie oft soll ich das noch sagen?«

»So oft, wie Sie wollen, Signor Meucci«, antwortete Brunetti freundlich. »Häufiges Wiederholen erinnert Sie vielleicht daran, dass ein so interessanter Umstand einer Erklärung bedarf.«

Da Meucci schwieg, fragte Brunetti: »Sie sagten, die freie Stelle wurde ausgeschrieben. Können Sie mir sagen, wie Sie von der Ausschreibung erfahren haben?«

Brunetti wusste: In dieser Phase der Vernehmung fing der Befragte in der Regel an, die Risiken kleiner Lügen abzuwägen – ein Detail vergessen, einen Namen weglassen, Daten oder Zahlen verdrehen, ein weniger wichtiges Treffen unter den Tisch kehren.

»Signor Meucci«, sagte Brunetti, »ich möchte Sie darauf hinweisen, wie überaus wichtig es ist, dass Sie uns alles erzählen, woran Sie sich erinnern: Die Namen aller Beteiligten, wo und wann Sie sich mit denselben getroffen haben und was bei diesen Gesprächen gesagt wurde. Wir erwarten, dass Sie sich Mühe geben.«

»Und wenn ich mich nicht erinnern kann?«, fragte Meucci, doch Brunetti hörte Furcht heraus, nicht Sarkasmus.

»Dann werde ich Ihnen so lange Zeit geben, bis Sie sich erinnern, Signor Meucci.«

Meucci nickte wieder, und wieder nahm Brunetti das als Zustimmung.

»Wie haben Sie von dem Job im *macello* erfahren?«

Meucci antwortete, ohne zu zögern. »Der Mann, der die Stelle vor mir hatte, rief mich eines Abends an – wir hatten zusammen studiert – und sagte, er wolle dort kündigen und ob ich an dem Job interessiert sei.«

»Hat dieser Freund gewusst, dass Sie Ihr Studium nicht abgeschlossen haben?«, fragte Brunetti.

Er spürte, dass Meucci zu einer Lüge ansetzte, und hob mahnend den rechten Zeigefinger, wie sein Religionslehrer in der Grundschule.

»Anzunehmen«, sagte Meucci schließlich, und dass er seinen Freund nicht verpfeifen wollte, rechnete Brunetti ihm hoch an.

»Und wie haben Sie seine Stelle übernommen?«

»Er hat mit jemandem dort gesprochen, dann wurde ich zu einem Vorstellungsgespräch im *macello* eingeladen, wo mir erklärt wurde, was ich zu tun hatte.«

»Kam dabei Ihre fehlende Qualifikation zur Sprache?«

»Nein.«

»Mussten Sie einen Lebenslauf vorlegen?«

Meucci zögerte den Bruchteil einer Sekunde. »Ja.«

»Haben Sie darin behauptet, Sie hätten das Studium der Veterinärmedizin abgeschlossen?«

»Ja«, sagte Meucci leise.

»Mussten Sie Zeugnisse vorlegen – Fotokopien der Examensurkunde?«

»Man hat mir gesagt, das sei nicht nötig.«

»Verstehe«, sagte Brunetti. »Wer hat das gesagt?«

Ohne zu überlegen, nahm Meucci eine Zigarette aus der Schachtel und schob sie sich zwischen die Lippen. Und schon hatte er ein Feuerzeug in der Hand und zündete die Zigarette an. Vor Jahren hatte Brunetti einmal in einem Bahnhof beobachtet, wie ein alter Mann aus einem haltenden Zug stieg, hastig eine Zigarette anzündete und drei abgrundtiefe Lungenzüge nahm; als der Schaffner pfiff, drückte er sie aus, steckte sie wieder in die Schachtel und kletterte rauchspeiend in den schon anfahrenden Zug zurück. Jetzt sah Brunetti zu, wie Meucci mit derselben blinden Gier inhalierte. Erst als die Zigarette bis auf einen winzigen Stummel aufgeraucht und sein Jackett von oben bis unten mit Asche bekrümelt war, sah Meucci wieder zu Brunetti hinüber.

Dieser zog die mittlere Schublade auf, nahm eine Dose Fisherman's Friend heraus und leerte sie vor sich auf den Tisch. Dann schob er sie Meucci hin und sah zu, wie dieser die Zigarette darin ausdrückte.

»Wer hat Ihnen gesagt, dass Sie kein abgeschlossenes Studium vorzuweisen brauchen?«

»Signorina Borelli«, antwortete Meucci und zündete sich die nächste Zigarette an.

29

Ist das nicht Papettis Assistentin?«, stellte Brunetti sich dumm.

»Ja«, sagte Meucci.

»Wer hat von Ihrem Universitätsabschluss angefangen?«

»Ich selbst«, sagte Meucci und nahm die Zigarette aus dem Mund. »Wahrscheinlich war ich nervös, dass sie dahinterkommen würde, obwohl Rub…«, er brach mitten im Namen seines Vorgängers ab, als sei ihm in seiner momentanen Verwirrung nicht klar, dass der Name den Behörden zugänglich sein musste. »Meine Kollegin hat mir versichert, das spiele keine Rolle. Aber das konnte ich nicht glauben. Also habe ich sie gefragt, ob sie meine Unterlagen geprüft und für ausreichend befunden habe.« Er sah Brunetti verständnisheischend an. »Mir lag wirklich daran, dass die wissen, dass ich keine Zulassung habe – ich wollte sicher sein, dass man mir nicht nachträglich einen Strick daraus dreht.« Meucci wandte den Blick von Brunetti ab und sah aus dem Fenster.

»Und? Hat man das?«, fragte Brunetti mit allen Anzeichen echter Anteilnahme.

Meucci drückte schulterzuckend seine Zigarette aus und wollte schon nach der nächsten greifen, als ein Blick Brunettis ihn davon Abstand nehmen ließ.

»Ich verstehe die Frage nicht«, wich Meucci aus.

»Hat jemand im *macello* versucht, diese Information gegen Sie zu verwenden?«

Wieder sah Brunetti den dicken Mann die Risiken einer

Unwahrheit abwägen: Wo lauerte die größere Gefahr? Was würde ihn weniger kosten, die Wahrheit oder eine Lüge?

Wie ein Trinker, der zum Beweis seiner Besserung eine Flasche Whisky in den Ausguss schüttet, legte Meucci die zerknautschte Zigarettenschachtel neben das Aufnahmegerät auf Brunettis Schreibtisch. »Es war in meiner ersten Woche«, fing er an. »Da brachte ein Bauer aus Treviso ein paar Kühe, ich weiß nicht mehr, wie viele, vielleicht sechs. Zwei davon waren mehr tot als lebendig. Eine hatte ganz offenkundig Krebs, ein offenes Geschwür am Rücken. Die noch genauer zu untersuchen war überflüssig: Jeder Laie konnte sehen, dass sie krank war. Nur noch Haut und Knochen, extremer Speichelfluss. Die andere hatte virale Diarrhöe.«

Meucci sah nach den Zigaretten und beteuerte, eine Hand vor sich ausgestreckt: »Ich habe Bianchi, dem Schlachter, gesagt der Bauer müsse diese beiden Kühe wieder mitnehmen und notschlachten lassen.« »Schließlich war das mein Job. Die Tiere zu begutachten.« Er hob die Schultern, was man als Achselzucken oder auch als Versuch, sich aus dem beengenden Stuhl zu befreien, deuten konnte.

»Und weiter?«, fragte Brunetti.

»Bianchi sagte, ich soll bei den Kühen warten, und ging Signorina Borelli holen, die mich dann fragte, was los sei. Ich ließ einzig und allein verlauten, sie solle sich die Kühe ansehen und mir erklären, ob die gesund und zum Schlachten geeignet seien.« Er sprach mit einem Sarkasmus, den er sich Brunetti gegenüber nicht leisten konnte.

»Und was hat sie gesagt?«

»Sie würdigte die Tiere kaum eines Blickes.« Meucci, das spürte Brunetti, durchlebte die Szene im Schlachthof jetzt noch einmal. »Sie sagte«, begann er und beugte sich näher an das Aufnahmegerät heran, »sie sagte: ›Die sind ebenso tauglich wie Ihre Zulassung, Signor Meucci.‹« Er schloss die Augen. »Vorher hatte sie mich immer mit Dottore angesprochen. Da wurde mir klar, dass sie Bescheid wusste.«

»Und?«, fragte Brunetti nach einiger Zeit.

»Und dass ich geliefert war«, antwortete Meucci.

»Was haben Sie mit den Kühen gemacht?«, fragte Brunetti.

»Na was denn wohl?«, rief Meucci entrüstet. »Ich habe sie für gesund erklärt.«

»Verstehe.« Brunetti hatte schon den Kommentar »zum menschlichen Verzehr geeignet« auf den Lippen. Er erinnerte sich an die Aussage von Navas Frau, ihr Mann habe nur noch Obst und Gemüse gegessen. »Und dann?«, fragte er ruhig.

»Habe ich nur noch getan, was man mir gesagt hat. Was blieb mir denn anderes übrig?«

Darüber ging Brunetti hinweg. »Und wer hat Ihnen das gesagt?«

»Bianchi. Der hat mir gesagt, die durchschnittliche Ablehnungsquote liege bei drei Prozent, und daran habe ich mich gehalten: in manchen Monaten etwas mehr, in manchen etwas weniger.« Er rückte auf seinem Stuhl nach vorn. »Immerhin habe ich versucht, die schlimmsten auszusondern. Aber so viele waren krank. Keine Ahnung, was man denen zu fressen gibt oder mit was für Medikamenten man die vollpumpt, aber die Folgen sind entsetzlich.«

Brunetti verkniff sich die Bemerkung, dass dies Meucci nicht davon abgehalten habe, solche Tiere in die Nahrungskette einzuschleusen. Stattdessen hakte er nach: »Bianchi hat es Ihnen gesagt, aber irgendjemand muss es Bianchi gesagt haben.« Allmählich wurde er ungeduldig: »Nun reden Sie schon.«

»Ja, sicher«, sagte Meucci, griff nach den Zigaretten und steckte sich eine an. »Die Anweisungen bekam er von Borelli. Das steht fest. Und ich habe mich dran gehalten. Drei Prozent. Manchmal etwas mehr, manchmal etwas weniger. Aber immer in dem Bereich.« Es klang fast beschwörend, wie er das sagte.

»Haben Sie je darüber nachgedacht, von wem Signorina Borelli ihre Anweisungen bekommen könnte?«, fragte Brunetti.

Meucci schüttelte heftig den Kopf. »Nein. Das ging mich nichts an.«

Brunetti ließ gebührend Zeit verstreichen, eher er fragte: »Wie lange haben Sie das getan?«

»Zwei Jahre«, fauchte Meucci, und Brunetti fragte sich, wie viel Kilo krebskrankes und verdorbenes Fleisch das bedeuten mochte.

»Bis?«

»Bis ich ins Krankenhaus gekommen bin und die sich einen anderen suchen mussten«, sagte Meucci.

Der Grund interessierte Brunetti nicht, aber ein wenig Anteilnahme schien ihm doch geraten, also fragte er: »Warum mussten Sie ins Krankenhaus, Signor Meucci?«

»Diabetes. Ich bin zu Hause zusammengebrochen, und als ich wieder aufwachte, lag ich auf der Intensivstation. Die haben eine Woche gebraucht, um herauszufinden, was mit mir los war, und dann zwei Wochen, bis sie mich stabilisiert hatten. Und dann musste ich noch eine Woche zu Hause bleiben.«

»Verstehe.« Mehr brachte Brunetti nicht über die Lippen.

»Am Ende der ersten Woche hat man Nava eingestellt.« Er sah Brunetti an und fuhr fort: »Sie haben mir nicht geglaubt, oder? Als ich sagte, ich habe ihn nie kennengelernt? Aber so war es. Ich weiß wirklich nicht, wie man an ihn herangekommen ist oder wer ihn empfohlen hat.« Es tat Meucci offenkundig wohl, das sagen zu können.

»Aber es war gelogen, dass Sie nicht wussten, dass ich im *macello* war, und demnach war es auch gelogen, dass Sie mit niemandem dort noch Kontakt hätten.« Er ließ Meucci Gelegenheit zu antworten, und als nichts kam, fuhr er ihn an: »Ist das so?«

»Sie hat mich angerufen«, sagte Meucci.

Brunetti hielt es für überflüssig, ihn zu fragen, wen er meinte.

»Sie sagte, ich soll nach Verona gehen und dort arbeiten.« Meucci senkte den Blick. »Aber ich habe ihr von meinem Diabetes erzählt, und dass ich erst wieder arbeiten dürfe, wenn mein Zustand stabilisiert sei.«

»War dem so?«, fragte Brunetti.

»Nein, aber so musste ich wenigstens nicht nach Verona«, sagte er voller Genugtuung.

»Dort hätten Sie dasselbe tun müssen?«, fragte Brunetti. »In Verona?«

»Ja«, sagte Meucci. Er wollte schon zu einem Eigenlob ansetzen, machte den Mund aber wieder zu, als er Brunettis Miene sah.

»Hatten Sie immer noch Kontakt?«, fragte Brunetti, ohne sich anmerken zu lassen, dass er von Meuccis Anrufen bei Borelli wusste.

Meucci nickte, und als Brunetti auf das Aufnahmegerät zeigte, sagte er: »Ja.«

»Wozu?«

»Vorige Woche rief sie an und sagte, Nava sei verschwunden, ich müsse für ihn einspringen, bis sie einen geeigneten Ersatz gefunden hätten.«

»Was denken Sie, was hat sie mit ›geeignet‹ gemeint?«, fragte Brunetti ruhig.

»Was glauben *Sie*, was sie damit gemeint hat?«, erlaubte Meucci sich endlich, sarkastisch zu werden.

»Ich muss Sie darauf hinweisen, dass ich hier die Fragen stelle, Signor Meucci«, sagte Brunetti kühl.

Meucci schmollte kurz, antwortete dann aber doch. »Sie wollte jemanden, der dafür sorgt, dass es bei den drei Prozent bleibt.«

»Wann hat sie Ihnen das gesagt?«

Meucci überlegte. »Sie hat mich am Ersten angerufen – an das Datum erinnere ich mich, weil meine Mutter Geburtstag hatte.«

»Was haben Sie geantwortet?«

»Mir blieb ja wohl keine Wahl, oder?«, protestierte Meucci wie ein aufmüpfiger Sechzehnjähriger und ebenso selbstgerecht.

»Wenn sie wollte, dass Sie nach Verona gehen«, versuchte Brunetti das klarzustellen, »bedeutet das, sie hat auch mit anderen Schlachthöfen zu tun?«

»Ja, natürlich.« Meucci sah Brunetti an, als halte er *ihn* für einen Sechzehnjährigen. »Insgesamt fünf oder sechs. Zwei hier in der Nähe und vier weitere, glaube ich, in der Gegend um Verona; jedenfalls in der Provinz. Sie gehören alle Papettis Schwiegervater.« Um Brunetti eins auswischen, indem er ihm zeigte, dass er mehr wusste als er, fragte er: »Was glauben Sie, wie Papetti sonst an einen solchen Job gekommen wäre?«

Brunetti ging über die Provokation hinweg. »Waren Sie mal in einem dieser anderen Schlachthöfe?«

»Nein, aber ich weiß, dass Bianchi in zwei davon gearbeitet hat.«

»Woher wissen Sie das?«

Meucci schien verblüfft. »Wir sind gut miteinander ausgekommen, so eng, wie wir zusammengearbeitet haben. Einmal hat er mir erzählt, in Preganziol sei er lieber, weil man dort so gut Hand in Hand arbeite.«

»Verstehe«, sagte Brunetti nur. »Wissen Sie, ob sie und Papetti mit den anderen Schlachthöfen zu tun haben?«

»Sie fahren manchmal hin.«

»Zusammen?«, fragte Brunetti.

Meucci lachte laut auf. »Das können Sie sich aus dem Kopf schlagen, Commissario.« Er lachte so lange, bis er husten musste. In Panik versuchte er aufzustehen, nahm aber dabei den Stuhl mit, in den er eingeklemmt war. Brunetti wollte ihm schon zu Hilfe eilen, aber dann beruhigte Meucci sich wieder. Als der Hustenanfall vorbei war, steckte er sich die nächste Zigarette an und sog lebensrettenden Rauch in seine Lungen.

Brunetti fragte: »Warum soll ich das nicht in Betracht ziehen, Signor Meucci?«

Meuccis hämischer Blick ließ erkennen, wie sehr er es genoss, über Informationen zu verfügen, die Brunetti nützlich sein könnten. Oder ihnen beiden. Er mochte ein Feigling sein, aber ein Idiot war er nicht.

Und er wollte auch keine Zeit verschwenden. »Was bekomme ich dafür?«, fragte er und drückte die Zigarette aus.

Brunetti, der auf solch einen Handel schon gefasst gewesen war, meinte: »Ich lasse Sie in Ihrer Privatpraxis in Ruhe, und Sie arbeiten nie wieder in einem Schlachthof.«

Meucci rechnete das Angebot durch und fand es akzeptabel. »Die beiden haben nichts miteinander«, sagte er.

»Wie können Sie das wissen?«

»Weil sie es Bianchi erzählt hat.«

»Wie bitte?«

»Ja, Bianchi. Sie sind Freunde. Bianchi ist schwul. Die zwei mögen sich und stecken die Köpfe zusammen wie Teenager: Wen sie hatten, wen sie gern hätten, was sie getan haben. Sie hat ihm von Nava erzählt und wie leicht er zu erobern war. Für sie war das ein Spiel, nehme ich an. Jedenfalls hörte es sich so an, als Bianchi mir das verraten hat.«

Brunetti gab sich Mühe, ein interessiertes Gesicht zu machen. »Was hat Bianchi Ihnen sonst noch verraten?«

»Dass sie es bei Papetti versucht hat, aber der hat sich vor Angst fast in die Hose gemacht.«

»Angst vor ihr?«, fragte Brunetti, obwohl er die Antwort kannte.

»Nein, natürlich nicht. Vor seinem Schwiegervater. Sollte Papetti jemals seine Frau betrügen, tritt der Alte ihm in die Eier.« Meucci geriet in Fahrt. »Als Papetti die Firma betrogen hat, hat der Alte jahrelang beide Augen zugedrückt, aber bei seiner Tochter sieht er rot. Sie liebt Papetti, ihr zuliebe lässt De Rivera ihn in der Firma schalten und walten.«

Brunetti ließ das unkommentiert und fragte: »Warum hat sie sich mit Nava abgegeben?«

»Warum wohl? Er sollte die Tiere freigeben, damit die Firma ihren Anteil von den Bauern bekommt. Genau wie das bei meinem Freund funktioniert hat.«

»Und bei Ihnen.«

Meucci ging nicht darauf ein.

»Aber bei Nava nicht?«, fragte Brunetti.

Der Gedanke stellte Meuccis gute Laune wieder her. »Nein, bei Nava nicht. Bianchi hat mir erzählt, sie wurde zur Furie. Da steigt sie mit ihm ins Bett, obwohl er nicht besonders gut darin ist, und trotzdem tut er nicht, was sie von ihm verlangt. Also hat sie ihm gedroht, es seiner Frau zu erzählen. Aber das hat nicht funktioniert. Er hat ihr gesagt, das könne sie ruhig machen, er werde es trotzdem nicht tun – nein, er hat gesagt, er *könne* es nicht tun. Ist das zu fassen?«

»Wann hat sie gedroht, es seiner Frau zu erzählen?«

Meucci konzentrierte sich mit geschlossenen Augen. »Ich erinnere mich nicht genau: Aber es muss schon ein paar Monate her sein.« Während Brunetti noch rechnete, erklärte Meucci: »Sie hat Bianchi erzählt, sie habe fast zwei Monate gebraucht, ihn ins Bett zu kriegen, und erst danach kann sie ihn aufgefordert haben, die Tiere abzunicken.«

Brunetti versuchte es mit einem Kurswechsel. »Die Tiere«, fragte er, »die dort angeliefert werden – ich meine jetzt die kranken: Warum wollte Signorina Borelli, dass Sie die für gesund erklären?«

Meucci starrte ihn an. »Das sag ich doch die ganze Zeit. Kapieren Sie das wirklich nicht?«

»Es wäre mir lieb, wenn Sie es mir noch einmal erklären könnten, Signor Meucci«, beharrte Brunetti; vielleicht fand die Aufzeichnung dieses Gesprächs ja noch Verwendung.

Meucci schnaufte, ungläubig oder verächtlich, und sagte: »Wegen dem Geld natürlich. Sie und Papetti kriegen einen Anteil von dem, was die Bauern für die Tiere ausgezahlt erhalten, wenn sie für gesund erklärt worden sind. Und da sie dort arbeitet, weiß sie genau, wie viel die bekommen.« Er beantwortete Brunettis Frage, bevor sie gestellt wurde: »Weiß ich nicht, aber nach dem, was ich so gehört habe, dürfte der Anteil bei fünfundzwanzig Prozent liegen. Überlegen Sie mal. Wenn die Tiere ausgesondert werden, verlieren die Besitzer alles, was sie dafür bekommen hätten, und müssen obendrein noch für Notschlachtung und Beseitigung blechen.« Mit einer Miene, die vermutlich Rechtschaffenheit ausdrücken sollte, erklärte er: »Ich finde, alles in allem ist das ein fairer Preis.«

Nach einer gedankenvollen Pause bemerkte Brunetti: »Gewiss. So habe ich das noch nicht gesehen.«

»Das sollten Sie aber«, sagte Meucci, der offenbar das letzte Wort haben wollte.

Brunetti nahm sein Telefon und rief Pucetti an.

»Kommen Sie bitte in mein Büro, Pucetti, einen Zeugen abholen. Er soll unten auf die Abschrift seiner Aussage warten, um sie durchzulesen und zu unterzeichnen. Sie und Foa können als Zeugen fungieren.«

»Foa ist nicht da, Signore. Er hat seit einer Stunde Feierabend und ist längst zu Hause. Aber er hat mir die Liste gegeben«, sagte Pucetti.

»Was für eine Liste?« fragte Brunetti, in Gedanken noch ganz bei den Tieren.

»Die Adressen der Häuser am Kanal, Signore. So hat er es mir gesagt.«

»Ah ja, gut«, sagte Brunetti. »Bringen Sie die mir gleich mit rauf, ja?«

»Selbstverständlich, Commissario«, sagte Pucetti und legte auf.

30

Als Pucetti mit Meucci nach unten gegangen war, musste Brunetti sich zwingen, nicht sofort nach Foas Liste zu greifen. Zunächst einmal sollte er fertig lesen, was Signorina Elettra zu Signorina Borelli zusammengestellt hatte. Vier Jahre bei Tekknomed, von wo sie plötzlich unter unklaren Umständen wegging, nur um mühelos auf eine sehr viel besser bezahlte Stelle als Assistentin des Sohns von Tekknomeds Anwalt zu wechseln. Es war ein Vorurteil, eins, das er bei Patta verachtete, obwohl er ihm selbst erlag – was er nur Paola gegenüber zugeben würde und auch erst unter Folter, wenn man ihm Bambussplitter unter die Fingernägel trieb –, aber Brunetti fand, dass eine Frau, besonders eine so attraktive wie sie, in einem Schlachthof nichts verloren hatte. Aber da es nun einmal so war, galt es zu überlegen, was sie bewogen haben könnte, dort anzufangen.

Brunetti blätterte um und sah sich die Liste von Borellis Immobilien an. Weder ihr Gehalt bei Tekknomed noch das vom Schlachthof hätte genügt, auch nur eine davon zu kaufen, geschweige denn alle drei. Die Wohnung im Zentrum von Mestre hatte hundert Quadratmeter. Die beiden Wohnungen in Venedig waren etwas kleiner, konnten ihr aber, an Touristen vermietet, wenn sie sich geschickt anstellte, ein paar tausend Euro im Monat einbringen. Wenn sie diese Mieteinnahmen nicht bei der Steuer angab, verdoppelte sie damit ihr Gehalt beim *macello*, kein schlechtes Einkommen für eine Frau Anfang dreißig. Und sie verdiente – ein Ausdruck, der Brunetti in diesem Zusammenhang unangenehm war – an den Bauern, die kranke Tiere im Schlachthof ablieferten.

Unwillkürlich musste er an den Skandal denken, der vor einigen Jahren Deutschland erschüttert hatte, als nach der vorsätzlichen Verunreinigung von Hühnerfutter dioxinbelastete Eier auf den Markt gekommen waren. Damals hatte die Gastgeberin einer Dinnerparty, eine dieser Schickeriadamen, die mit jedem Lebensjahr naiver werden, in die Runde gefragt, wie man so etwas nur tun könne. Brunetti hatte sich sehr zusammenreißen müssen, ihr nicht über den ganzen Tisch hinweg zuzurufen: »Gier, du dumme Gans, Gier!«

Für Brunetti stand von jeher fest, dass die meisten Leute von Gier angetrieben werden. Von Sinneslust oder Eifersucht mochte man sich bisweilen zu Kurzschlusshandlungen hinreißen lassen, doch die meisten Verbrechen, insbesondere solche, die sich über einen längeren Zeitraum hinzogen, waren von Gier motiviert.

Er legte die Mappe beiseite und griff nach Foas Liste jener Anwohner zu beiden Seiten des Rio del Malpaga, deren Häuser über Wassertüren verfügten. Durch die Unterlagen des Ufficio Catasto hätte man sich stundenlang hindurchwühlen müssen, um diese Namen ausfindig zu machen.

Er überflog die erste Seite, ohne recht zu wissen, wonach er eigentlich suchte. In der Mitte der zweiten Seite sprang ihm der Name »Borelli« ins Auge. Ihm sträubten sich die Nackenhaare, und ein eisiger Schauer lief ihm über den Rücken. Er legte die Papiere behutsam hin und verbrachte einige Zeit damit, sie an der Vorderkante seines Schreibtischs auszurichten. Als das zu seiner Zufriedenheit erledigt war, richtete er den Blick auf die Wand gegenüber und versuchte, die neuen Informationen in verschiedene Szenarien einzufügen.

Schließlich griff er nach dem Telefon, las die Nummer vom Deckel der Aktenmappe ab und wählte. Beim dritten Klingeln ging sie ran.

»Borelli.« Direkt, sachlich, wie ein Mann.

»Signorina Borelli«, sagte er, »hier spricht Commissario Brunetti.«

»Ah, Commissario, ich hoffe, Sie haben alles gesehen«, sagte sie ohne Ironie oder einen Hintersinn.

»Ja, wir haben durchgehalten«, sagte Brunetti. »Aber ich bezweifle, dass wir alles gesehen haben, was dort vor sich geht.«

Jetzt musste sie erst einmal schlucken. »Ich weiß nicht«, sagte sie, »ob ich Sie richtig verstanden habe, Commissario.«

»Ich wollte damit sagen, dass wir uns von den Vorgängen im Schlachthof noch kein vollständiges Bild machen konnten, Signorina.«

»Oh«, machte sie.

»Ich möchte, dass Sie in die Questura kommen und mich aufklären.«

»Ich bin sehr beschäftigt.«

»Die Zeit für ein Gespräch mit mir können Sie sicher erübrigen«, sagte Brunetti kühl.

»Also, ich weiß nicht, Signore«, beharrte sie.

»Das würde die Sache vereinfachen«, meinte Brunetti.

»Inwiefern?«

»Weil ich sonst beim Richter einen Haftbefehl erwirken und Sie zwangsweise vorführen lassen müsste.«

»Zwangsweise, Commissario?« Sie versuchte ein kokettes Lachen, scheiterte aber kläglich.

»Zwangsweise.« Nicht kokett. Ohne zu lachen.

Signorina Borelli ließ Brunetti hinreichend Zeit, dem noch etwas hinzuzufügen, aber da nichts mehr kam, erklärte sie schließlich: »Das hört sich an, als sollte ich besser einen Anwalt mitbringen.«

»Wie Sie wünschen«, antwortete Brunetti.

»Du liebe Zeit, so ernst ist es also?«, sagte sie, aber Ironie war nicht ihre Stärke, und es klang ziemlich lahm.

Brunetti wusste, was jetzt in ihr vorging. Gier. Blindwütige, primitive Gier. Was ein Anwalt sie kosten würde! Wenn sie sich auch so herausreden konnte, erübrigte sich der Anwalt. Wozu also unnötig Geld ausgeben? Was konnte ihr so ein ahnungsloser Polizist schon anhaben?

»Wann soll ich kommen?«, fragte sie, plötzlich fügsam geworden.

»So bald Sie können, Signorina«, antwortete Brunetti.

»Nach dem Mittagessen hätte ich Zeit«, meinte sie. »Um vier?«

»Ausgezeichnet.« Brunetti achtete darauf, ihr nicht zu danken. »Dann erwarte ich Sie.«

Als Nächstes ging er zu Patta und unterrichtete ihn von Signorina Borellis Wohnung an dem Kanal, in dem man den Toten gefunden hatte. Er vergaß auch nicht, auf den fehlenden Schuh und die Schürfwunden an Navas Ferse hinzuweisen: »Vielleicht sollte sich die Spurensicherung das Haus einmal ansehen.«

»Natürlich, natürlich«, sagte Patta, als habe er das gerade selbst vorschlagen wollen.

Brunetti überließ es seinem Vorgesetzten, den richterlichen Beschluss zu beantragen, und ging in sein Büro zurück.

Um zehn vor vier rief der Wachmann von unten an und teilte Brunetti mit, er habe Besuch. Brunetti sagte, Vianello werde die Frau abholen; das hatte er mit dem Ispettore abgesprochen, weil er ihn bei der Vernehmung dabeihaben wollte.

Kurz darauf erschienen die beiden in seiner Tür: der große Mann und die kleine Frau. Brunetti hatte die Idee, seit sie ihm erstmals gekommen war, hartnäckig verfolgt. In Rizzardis Abschlussbericht wurden die Löcher in Navas Oberhemd und die Baumwollfasern in seinen Wunden ausdrücklich erwähnt. Demnach war er bei seinem Tod bekleidet, und es konnte sich nicht um einen Streit zwischen Liebenden gehandelt haben, jedenfalls keinen, der im Bett stattgefunden hatte. Der Einstichwinkel verlief von unten nach oben, also musste die Person, die hinter ihm gestanden hatte, kleiner als er gewesen sein.

Brunetti erhob sich der Form halber. Er begrüßte sie und wies auf die Stühle vor seinem Schreibtisch; Vianello wartete, und als sie Platz genommen hatte, setzte auch er sich und zückte sein Notizbuch. Sie sah nach dem Aufnahmegerät, dann zu Brunetti.

Brunetti schaltete das Gerät ein und sagte: »Danke, dass Sie vorbeigekommen sind, Signorina Borelli.«

»Sie haben mir keine große Wahl gelassen, nicht wahr, Commissario?«, sagte sie weder gereizt noch herzlich.

Brunetti ging weder auf ihren Ton ein, noch ließ er sich auf die Vorstellung ein, dass diese Frau jemals herzlich sein könnte. »Ich habe Ihnen erklärt, die Entscheidung liege ganz bei Ihnen, Signorina«, sagte er.

»Und meinen Sie, ich habe die richtige getroffen?«, fragte sie, als könne sie das Kokettieren nicht lassen.

»Das wird sich zeigen«, erwiderte Brunetti.

Vianello schlug die Beine übereinander und begann in seinem Notizbuch zu blättern.

»Könnten Sie mir sagen, wo Sie Sonntagnacht waren?«

»Da war ich zu Hause.«

»Wo genau, Signorina?«

»In Mestre, Via Mantovani 17.«

»War jemand bei Ihnen?«

»Nein.«

»Können Sie mir sagen, was Sie am Sonntagabend getan haben?«

Sie sah ihn an, dann zum Fenster, um sich besser zu konzentrieren. »Ich war im Kino, in der Frühvorstellung.«

»Welcher Film, Signorina?«

»*Città aperta*. Der lief im Rahmen einer Rossellini-Retrospektive.«

»Waren Sie in Begleitung?«, fragte Brunetti.

»Ja. Maria Costantini war mit. Eine Nachbarin.«

»Und anschließend?«

»Bin ich nach Hause gegangen.«

»Mit Signora Costantini?«

»Nein. Maria war bei ihrer Schwester zum Essen eingeladen, also bin ich allein nach Hause gegangen. Ich habe etwas gegessen, dann ferngesehen und mich früh zu Bett gelegt. Schließlich muss ich um sechs zur Arbeit.«

»Hat jemand an diesem Abend angerufen?«

Sie überlegte. »Nein, nicht dass ich wüsste.«

»Könnten Sie mir eine Vorstellung davon vermitteln, was

Sie in dem *macello* in Preganziol zu tun haben?«, fragte Brunetti, als habe er von ihren Aktivitäten am Sonntagabend genug gehört.

»Ich bin Dottor Papettis Assistentin.«

»Und Ihre Aufgaben, Signorina?«

Man hörte Vianello eine Seite umblättern.

»Ich erstelle den Zeitplan für die Arbeiter, die Schlachter und die Putzkolonne; ich erfasse täglich die Zahl der angelieferten Tiere und die produzierte Fleischmenge; ich halte die Bauern über die Vorschriften aus Brüssel auf dem Laufenden.«

»Was sind das für Vorschriften?«, fragte Brunetti dazwischen.

»Da geht es um Schlachtmethoden und den Transport der Tiere, wo und wie sie zu halten sind, wenn sie einen Tag oder länger auf die Schlachtung warten müssen.« Sie sah ihn an und legte den Kopf fragend zur Seite, ob dies genüge.

»Ein Detail zu den Preisen, Signorina: Wer legt fest, was für ein Kilo einer bestimmten Fleischsorte zu zahlen ist?«

»Der Markt«, antwortete sie. »Der Markt und die Jahreszeit und die jeweils vorhandene Angebotsmenge.«

»Und die Qualität?«

»Wie bitte?«, fragte sie.

»Die Qualität des Fleischs, Signorina«, sagte Brunetti. »Ob ein Tier gesund ist und geschlachtet werden kann. Wer bestimmt das?«

»Der Tierarzt«, sagte sie, »nicht ich.«

»Und wie beurteilt er den Gesundheitszustand eines Tieres?«, fragte Brunetti, während Vianello wieder eine Seite umblätterte.

»Dafür hat er ja wohl studiert«, sagte sie spitz, und Brunetti erkannte, dass er kurz davor war, sie aus der Reserve zu locken.

»Er sortiert also kranke Tiere aus, die nicht geschlachtet werden dürfen?«

»Das will ich doch hoffen«, sagte sie mit solch großem Nachdruck, dass es nicht nur für Brunetti, sondern wohl auch für sie selbst nicht überzeugend klang.

»Was geschieht, wenn er ein Tier aussondert, das er für ungeeignet hält?«

»Sie meinen, wenn es nicht gesund genug ist?«, fragte sie.

»Ja.«

»Dann wird das Tier dem Bauern zurückgegeben, der es gebracht hat, und der hat dann für die Beseitigung zu sorgen.«

»Könnten Sie das genauer erklären?«

»Das Tier muss geschlachtet und vernichtet werden.«

»Vernichtet?«

»Verbrannt.«

»Was kostet das?«

»Ich habe keine …«, fing sie an, merkte aber selbst, wie unglaubhaft sich das ausnehmen würde, und wechselte mitten im Satz die Richtung: »…Möglichkeit, Ihnen dafür einen bestimmten Preis zu nennen, weil es dabei auf das Gewicht des Tieres ankommt.«

»Aber man kann davon ausgehen, dass es keine Kleinigkeit kostet?«, fragte er.

»Anzunehmen«, stimmte sie zu, und dann widerstrebend: »Um die vierhundert Euro.«

»Demnach haben die Bauern ein Interesse daran, nur gesunde Tiere in den Schlachthof zu bringen?«, fragte Brunetti, obwohl dies eigentlich keine Frage war.

»Ja. Natürlich.«

»Dottor Andrea Nava war in dem *macello* als Tierarzt beschäftigt«, fing Brunetti an.

»Ist das eine Frage?«, unterbrach sie.

»Nein, eine Feststellung«, sagte Brunetti. »Die Frage ist, in welcher Beziehung Sie zu ihm gestanden haben.«

Sie schien nicht im Geringsten überrascht, dennoch zögerte sie mit der Antwort. »Er war genau wie ich im *macello* beschäftigt, also könnte man sagen, dass wir Kollegen waren.«

Brunetti faltete bedächtig die Hände und legte sie vor sich auf den Tisch, eine Geste, die er von seinen Professoren kannte, wenn sie mit der Antwort eines Studenten nicht zufrieden waren. Er erinnerte sich auch an die Methode, lange Schweigepausen einzulegen, die sich bei besonders unsicheren Studenten nahezu jedes Mal als erfolgreich erwiesen hatte. Sein Blick wanderte von Signorina Borelli zum Fenster und wieder zurück.

»Und das war alles?«, fragte er.

Ihre Reaktion auf die Idee, einen Anwalt mitzubringen, hatte er sich nur ausgemalt; jetzt aber sah er mit eigenen Augen, wie sie über die richtige Antwort nachzudenken begann. Sie wollte ihn hinhalten, um sich in Ruhe zurechtzulegen, was oder wie viel sie zugeben konnte, auch wenn sie auf diese Frage nicht unvorbereitet war.

Schließlich setzte sie ein frivoles Grinsen auf und meinte achselzuckend: »Na ja, eigentlich nicht. Wir hatten ein paarmal Sex, aber das war nichts Ernstes.«

»Wo?«, fragte Brunetti.

»Wo was?«, fragte sie aufrichtig verwirrt.

»Wo hatten Sie Sex?«

»Ein paarmal bei ihm, also in der Wohnung über seiner Klinik, und in der Umkleide des *macello*.« Dann fiel ihr noch ein: »Und einmal in meinem Büro.« Sie neigte ihr Köpfchen zur Seite, um zu zeigen, dass sie der Frage die gebührende Aufmerksamkeit widmete. »Ich glaube, das ist alles.«

»Wie lange ging diese Affäre?«, fragte Brunetti.

Ihrem Blick war nicht zu entnehmen, ob sie wirklich überrascht war oder nur so tat. »Oh, es war keine Affäre, Commissario. Nur Sex.«

»Verstehe.« Brunetti nahm das hin. »Wie lange ging das?«

»Angefangen hat es ein paar Monate nachdem er ins Schlachthaus gekommen ist, aufgehört hat es vor ungefähr drei Monaten.«

»Aus welchem Grund hat es aufgehört?«, fragte Brunetti. Die Frage, vielleicht auch die Antwort, war ihr offenbar gleichgültig. »Es hat keinen Spaß mehr gemacht«, sagte sie. »Für mich war das bloß etwas, das uns beiden nützlich sein könnte, aber plötzlich fing er an, von uns als Paar zu reden.« Sie schüttelte den Kopf. »Als ob er vergessen hätte, dass er eine Frau und ein Kind hat.«

»Sie hatten das nicht vergessen, Signorina?«, fragte er.

»Natürlich nicht«, erwiderte sie hitzig. »Deswegen sind verheiratete Männer ja so praktisch: Da weiß man, dass jede Seite jederzeit Schluss machen kann, ohne dass es weh tut.«

»Aber er hat das nicht so gesehen?«

»Anscheinend.«

»Was wollte er?«

»Keine Ahnung. Sowie er anfing, von einer gemeinsamen

Zukunft zu reden, habe ich Schluss gemacht. *Finito. Basta.*«
Sie plusterte sich auf wie ein Huhn, das wütend sein Gefieder spreizt. »Das hätte mir noch gefehlt.«

»Sie meinen, dass er Ihnen den Hof macht?«, fragte Brunetti.

»Alles. Nennen Sie es, wie Sie wollen. Ich hatte keine Lust, mir sein Gejammer anzuhören, dass er Schuldgefühle hat, weil er seine Frau betrügt. Und ich wollte abends ausgehen können, ohne dass mein Begleiter sich ständig nach allen Seiten umblickt, als ob er was verbrochen hätte«, schimpfte sie. Brunetti hatte keinen Zweifel, dass ihre Empörung echt war, wenn auch die Gründe dafür woanders liegen mochten.

»Oder Sie«, sagte Brunetti.

Sie stutzte. Und ihre Frage kam dann deutlich zu spät: »Wie meinen Sie das?«

Brunetti fuhr ungerührt fort: »Sie sagten, eine seiner Aufgaben im *macello* sei es gewesen, die eingelieferten Tiere daraufhin zu untersuchen, ob sie zum Schlachten geeignet sind.«

»Ja«, sagte sie, verblüfft von seinem Themawechsel.

»Seit Dottor Nava als Tierarzt im *macello* angefangen hat, ist die Zahl der Tiere, die für ungeeignet erklärt wurden, sprunghaft angestiegen.« Er wartete vergeblich, dass sie das bestätigte, und sagte in ihr Schweigen hinein: »Bevor Dottor Nava für die Untersuchung der Tiere verantwortlich war, lag die Ablehnungsquote – wenn ich das so nennen darf – bei drei Prozent, aber kaum hatte er die Stelle angetreten, stieg diese Quote auf das Dreifache, dann auf das Vierfache und mehr.«

Brunetti beobachtete ihre Reaktion: Sie ließ sich nichts anmerken. »Haben Sie eine Erklärung dafür, Signorina?«

Sie presste die Lippen zusammen, als dächte sie ernsthaft nach, und sagte schließlich: »Ich denke, das sollten Sie Bianchi fragen.«

»Sie haben von dieser Steigerung nichts gewusst?«, fragte er in gespielter Überraschung.

»Selbstverständlich habe ich davon gewusst«, sagte sie, ohne ihre Befriedigung darüber verbergen zu können, dass sie ihn korrigieren konnte. »Aber ich wusste und weiß bis heute nicht den Grund dafür.«

»Haben Sie mal darüber nachgedacht?«, fragte Brunetti in der Annahme, dass jemand in ihrer Position in die Ursachenforschung einbezogen wäre.

Nach einiger Zeit fing sie an: »Ich sage das nur ungern«, sagte dann aber nichts.

»Was?«, fragte Brunetti.

Es fiel ihr vermeintlich schwer, aber dann erklärte sie zögernd: »Einer meinte – ich weiß nicht mehr, wer –, es könne sein, dass die Bauern einfach versuchen, bei dem neuen Tierarzt vermehrt kranke Tiere abzuladen. Um zu testen, wie streng der Neue ist.« Sie lächelte verlegen, als sei es ihr peinlich, ein solches Beispiel für menschliche Verschlagenheit in Worte fassen zu müssen.

»Der Test hat sich aber ziemlich lange hingezogen«, sagte Brunetti trocken; und als sie ihn fragend ansah: »Bis zu seinem Tod.«

Sie zog die Augenbrauen hoch, als sei ihr das neu; sagte aber nichts.

Vianello blätterte um. Signorina Borelli und Brunetti sahen sich an, beide warteten vergeblich, dass der andere etwas sagte.

Dann aber fragte Brunetti, der das gern aus ihrem Mund hören wollte: »Könnten Sie mir etwas zu Ihrem Verhältnis mit Dottor Papetti sagen?«

Diese Frage überraschte sie tatsächlich. »Verhältnis?«, fragte sie.

»Er hat Sie als seine Assistentin eingestellt, nachdem Sie Ihren früheren Job verlassen mussten – vermutlich ohne besondere Empfehlung.« Dass Brunetti davon wusste, schien sie noch mehr zu überraschen. »Daher meine Frage nach Ihrem Verhältnis zu ihm.«

Sie lachte. Ein aufrichtiges, melodisches Lachen. Als sie dann antwortete, war ihrer Stimme anzuhören, dass sie es allmählich satt hatte, ihren Zorn weiter zu unterdrücken: »Ihr Männer könnt wirklich immer nur an das eine denken, oder? Er war mein Chef; wir haben zusammen gearbeitet; das ist alles.«

»Sie hatten also kein sexuelles Verhältnis mit ihm, so wie mit Dottor Nava?«

»Sie haben ihn doch gesehen, Commissario. Glauben Sie, irgendeine Frau findet so einen attraktiv?« Ihr fiel noch ein abwegigeres Wort ein: »Begehrenswert?« Ihr Spott ließ Brunetti die ganze Tragweite jenes Satzes aus der Bibel erfassen: »Und sie verlachten ihn.« Sarkastisch fuhr sie fort: »Außerdem weiß er ganz genau, wenn er eine andere Frau auch nur ansieht, lässt ihm der Papa seiner kleinen Natascha noch am selben Tag Arme und Beine brechen.« Einmal in Fahrt, wollte sie womöglich noch weitere Strafmethoden seines Schwiegervaters aufzählen, ließ es aber bei einem »Oder schlimmer« bewenden.

»Sie hatten also keine sexuelle Affäre?«

»Wenn Sie solche Fragen erregen, Commissario, dann muss ich Sie enttäuschen. Nein, Alessandro Papetti und ich hatten keine sexuelle Affäre. Einmal hat er versucht, mich zu küssen, aber eher würde ich mit einem der Schlachter ins Bett gehen.« Sie schenkte ihm ein zuckersüßes Lächeln. »Beantwortet das Ihre Frage?«

»Ich danke Ihnen, dass Sie vorbeigekommen sind, Signorina«, sagte er. »Sollten wir weitere Fragen haben, werden wir uns noch einmal bei Ihnen melden.«

»Das heißt, ich kann gehen?«, fragte sie und merkte sofort, dass sie das besser nicht gesagt hätte.

Impulsiv, dachte Brunetti. Sehr hübsch und vermutlich bezaubernd, wenn sie will oder wenn es ihren Zwecken dient. Er betrachtete ihr reizendes Gesicht, dachte an das, was sie über Nava gesagt hatte, und erkannte fröstelnd, dass ihre Kaltherzigkeit nicht dem Versuch entsprang, sich von Nava zu distanzieren, sondern schlicht Ausdruck ihres Wesens war.

Beide Männer erhoben sich, dann sie. Vianello hielt ihr die Tür auf. Schweigend wandte sie sich von Brunetti ab und verließ das Büro. Vianello folgte ihr, Brunetti stellte sich ans Fenster.

Wenige Minuten später sah er unten ihren Kopf auftauchen, dann den Rest ihres Körpers: Sie bog nach links ab und geriet außer Sicht.

Er starrte noch auf den Fleck, wo sie verschwunden war, als er Vianello zurückkommen hörte. »Nun?«, sagte der Ispettore.

»Ich finde, wir sollten uns noch einmal mit Dottor Papetti unterhalten«, sagte Brunetti. »Aber diesmal hier. Da wird es ihm eher ungemütlich.«

31

Anders als seine Assistentin erschien Papetti am nächsten Morgen in Begleitung seines Anwalts. Avvocato Torinese war Brunetti bekannt, ein solider, zuverlässiger Strafverteidiger von gutem Ruf. Brunetti hatte eher einen der vielen Raubfische erwartet, die im Haifischbecken der Strafjustiz lauerten, und war daher angenehm überrascht, Torinese zu sehen, der sich, freilich clever und zu verblüffenden Winkelzügen fähig, im großen Ganzen an die Regeln hielt. Mit bestochenen Zeugen oder falschen ärztlichen Attesten musste man bei ihm nicht rechnen.

Die beiden Männer nahmen Brunetti gegenüber Platz, Vianello setzte sich auf einen Stuhl, der neben dem Schrank gestanden hatte. Wieder waren Aufnahmegerät und Vianellos Notizbuch im Einsatz; zusätzlich nahm Torinese ein eigenes Aufzeichnungsgerät aus seiner Aktentasche und baute es neben dem anderen auf.

Brunetti musterte die beiden: Auch im Sitzen überragte Papetti seinen Anwalt, der durchaus kein kleiner Mann war. Torinese klappte seine Aktentasche zu und stellte sie links neben seinen Stuhl. Brunetti und Torinese beugten sich gleichzeitig nach vorn und schalteten ihre Aufnahmegeräte ein.

»Dottor Torinese«, begann Brunetti förmlich, »ich danke Ihnen und Ihrem Klienten Dottor Papetti, Alessandro Papetti, dass ich Sie so kurzfristig herbestellen durfte. Es geht mir darum, gewisse Angelegenheiten zu klären, und ich denke, Ihr Klient kann mir dabei behilflich sein.«

»Gewisse Angelegenheiten?«, fragte Torinese. Er war etwa in Brunettis Alter, sah aber älter aus mit seiner Hornbrille, den Geheimratsecken und den glatt nach hinten gekämmten Haaren. Kein Schneider in Venedig hatte das Talent, einen Anzug wie den seinigen anzufertigen, und kein hiesiger Schuhmacher stellte solche Schuhe her. Der Gedanke an teures Schuhwerk holte Brunetti in die Gegenwart zurück.

»Zunächst einmal geht es um den Mord an Dottor Andrea Nava, der in dem Schlachthof gearbeitet hat, dessen Leiter Dottor Papetti ist«, erklärte er. »Dahingehend habe ich Dottor Papetti bereits befragt, inzwischen aber sind neue Informationen hinzugekommen, aus denen sich weitere Fragen an Dottor Papetti ergeben.« Brunetti sprach bewusst mit übertriebener Förmlichkeit, da alles, was sie sagten, am Ende ausgedruckt, unterschrieben, datiert und zu den Akten genommen werden würde.

Als Torinese das Heft in die Hand nehmen wollte, fuhr Brunetti fort: »Avvocato, wenn Sie gestatten, möchte ich das Gespräch nicht ausschließlich über Sie führen müssen.« Er kam möglichen Einwänden des Anwalts zuvor: »Ich denke, das wird die Sache sowohl für mich als auch für Ihren Klienten vereinfachen. Sie haben natürlich das Recht, sich gegebenenfalls einzuschalten, aber für Ihren Klienten wäre es besser – und ich kann Sie nur bitten, mir in dieser Sache zu vertrauen –, wenn wir direkt miteinander sprechen könnten.«

Torinese und Papetti tauschten einen Blick aus, und Brunetti fiel – er wusste selbst nicht warum – schon wieder ein Satz aus der Bibel ein: »Man hat dich gewogen und zu leicht befunden.« Er fragte sich, ob es den beiden Männern mit ihm so ging.

Anscheinend nicht, denn nach einem knappen Nicken seines Anwalts sagte Papetti: »Ich werde mit Ihnen reden, Commissario. Obwohl ich sagen muss, dass Sie kaum wiederzuerkennen sind, seit unserem Gespräch kürzlich in meinem Büro.«

»Ich bin derselbe, Dottore, das kann ich Ihnen versichern. Nur bin ich heute besser vorbereitet als bei unserer letzten Unterhaltung.« Und wenn Papetti ihn nicht für völlig inkompetent hielt, dürfte auch er jetzt besser vorbereitet sein.

»Vorbereitet durch was?«, fragte Papetti.

»Wie ich Avvocato Torinese bereits erklärt habe, gibt es neue Informationen.«

»Und vorbereitet *auf* was?«, fragte Papetti.

Brunetti wandte sich an Torinese: »Ich möchte, was Aufrichtigkeit betrifft, mit gutem Beispiel vorangehen und zunächst einmal etwas klarstellen.« Dann zu Papetti: »Es geht darum, herauszufinden, inwieweit Sie an der Ermordung Dottor Navas beteiligt waren.«

Die beiden schienen nicht überrascht. Torinese war – nach jahrzehntelanger Erfahrung mit plötzlichen Anschuldigungen aller Art – ohnehin durch nichts zu erschüttern. Papetti hingegen konnte eine gewisse Anspannung nicht verbergen.

Brunetti fuhr an Papetti gewandt fort, der wohl kaum die Zeit gehabt hatte, Torinese alles zu erzählen: »Wir wissen inzwischen, was im *macello* vor sich gegangen ist.« Er gab Papetti Gelegenheit, um eine genauere Erklärung zu bitten, aber der schwieg.

»Und da wir jetzt von Mord reden, ist jeglicher Versuch einer Vertuschung der näheren Umstände, wie Sie sicher wissen, ein juristischer Straftatbestand.« Brunetti sah ihnen an, dass sie verstanden hatten, und fügte hinzu: »Ich gehe davon aus, dass die im *macello* angestellten Arbeiter sich dessen ebenfalls bewusst sind.« Er ließ das wirken. »Es ist folglich davon auszugehen«, sagte er, »dass die Arbeiter, insbesondere Bianchi, zu einer Aussage bereit sein werden, sowohl was den Mord betrifft als auch weniger schwere Straftaten.« Neugierig auf Papettis Reaktion, blieb Brunetti mit Absicht vage.

Trotz aller Übung und Erfahrung konnte Torinese es nicht lassen, seinem Klienten einen Blick zuzuwerfen. Papetti aber beachtete ihn nicht, starrte vielmehr Brunetti herausfordernd an, als solle der sich genauer erklären.

Brunetti zog die Papiere auf seinem Schreibtisch näher zu sich heran, überflog sie und sagte schließlich: »Als Erstes, Dottor Papetti, möchte ich Sie bitten, mir zu sagen, wo Sie am Abend des Siebten waren.« Für den Fall, dass Papetti mit dem Datum Schwierigkeiten hatte, ergänzte er noch: »Das war die Nacht von Sonntag auf Montag.«

Papetti drehte sich zu Torinese um, der sagte: »Mein Klient war zu Hause, bei Frau und Kindern.« Offenbar hatte Papetti mit dieser Frage gerechnet und wusste um ihre Bedeutung, sonst hätte Torinese nicht so prompt antworten können.

Brunetti ließ sich nicht aus der Ruhe bringen. »Ich nehme an, Sie können das beweisen.«

Beide nickten, Brunetti aber fragte nicht weiter nach.

»Wie Sie sicher wissen«, sagte er zu Papetti, »handelt es sich um die Nacht, in der Dottor Nava getötet wurde.« Er ließ das wirken und fuhr fort: »Selbstverständlich können wir Ihre Aussage durch einen Abgleich Ihrer Handydaten überprüfen.«

»Ich habe niemanden angerufen«, sagte Papetti, spürte aber gleich, dass er zu hastig geantwortet hatte. »Jedenfalls kann ich mich nicht daran erinnern.«

»Sobald wir die richterliche Genehmigung haben, können wir Ihrem Gedächtnis auf die Sprünge helfen, Dottor Papetti. Das betrifft auch die Frage, ob Sie Anrufe erhalten haben«, sagte Brunetti mit verbindlichem Lächeln. »Aus den Daten wird auch hervorgehen, wo das Handy in jener Nacht war, ob es also aus welchem Grund auch immer Ihr Haus verlassen hat.« Er beobachtete, wie seinem Gegenüber die Erkenntnis kam: Der Chip in seinem Handy hinterließ Signale, aus denen sich die räumliche Bewegung des Handys rekonstruieren ließ.

»Kann sein, dass ich mal aus dem Haus musste«, sagte Papetti; Torinese warf ihm einen Blick zu, der Brunetti bestätigte, dass der Anwalt davon nichts wusste. Und dass er alles andere als erfreut darüber war.

»Vielleicht zufällig nach Venedig?«, erkundigte sich Brunetti in so beiläufigem und freundlichem Ton, als habe er vor, ihm im Falle einer positiven Antwort ein paar besonders malerische Aussichtspunkte in der Stadt zu verraten.

Papetti fiel von einem Moment auf den anderen in sich zusammen. Er starrte die beiden Aufnahmegeräte so angestrengt an, dass Brunetti förmlich das Knirschen des Getriebes in seinem Kopf zu hören glaubte, während Papetti sich auf die neue Situation einzustellen versuchte, die durch den Verrat seines Handys entstanden war.

Papetti begann zu weinen, schien das selbst aber nicht zu merken. Tränen liefen ihm übers Gesicht und tropften vom Kinn auf den Kragen seines frisch gebügelten Hemds, während er weiter die roten Lämpchen der beiden Geräte anstarrte.

Schließlich meinte Torinese: »Alessandro, lass das.«

Papetti sah ihn an, einen Mann, der vom Alter her sein Vater sein konnte, einen Mann, der womöglich ein Kollege seines Vaters war, und nickte. Er fuhr sich mit dem Ärmel übers Gesicht und sagte: »Sie hat mich angerufen. Auf meinem Handy.«

Zu Brunettis Überraschung erklärte Torinese plötzlich: »Die genauen Uhrzeiten werden den Telefondaten zu entnehmen sein, Alessandro.« Sein trauriger Tonfall machte Brunetti klar, dass er tatsächlich ein Kollege, vielleicht ein Freund von Papettis Vater war oder von ihm selbst.

Papetti wandte sich wieder den Aufnahmegeräten zu und nahm das Heft in die Hand: »Ich war mit einem Freund in Venedig zum Essen verabredet. Geschäftlich. Wir waren im Testiere, dort kennt man ihn, also wird man sich daran erinnern, dass wir beide da waren. Anschließend ist mein Freund nach Hause gegangen, und ich habe noch einen Spaziergang unternommen.«

Er sah zu Brunetti. »Ich weiß, das klingt seltsam, aber ich bin gern allein in der Stadt, ohne andere Leute, und an diesem Abend war mir danach.« Er ließ Brunetti nicht zu Wort kommen. »Ich habe meine Frau angerufen und ihr erzählt, wie schön es sei. Das werden Sie auch in den Aufzeichnungen finden.«

Brunetti nickte, und Papetti fuhr fort: »Sie hat mich gegen Mitternacht angerufen.« Brunetti bat ihn gar nicht erst, zu bestätigen, dass er von Signorina Borelli sprach: Auch das würde aus den Telefondaten hervorgehen.

»Sie sagte, sie erwarte mich am neuen Dock auf dem Zatterer-Kai, bei San Basilio. Ich habe gefragt, was denn los sei, aber das wollte sie nicht sagen.«

»Sind Sie hingegangen?«, fragte Brunetti.

»Natürlich bin ich hingegangen«, platzte Papetti heraus. »Ich muss ihren Anweisungen Folge leisten.«

Torinese räusperte sich, Brunetti und Vianello blieben stumm.

»Sie war schon da, und als ich kam, führte sie mich zu einem Haus. Wo genau, kann ich nicht sagen.« Papetti sah in die Runde und erklärte: »Ich bin kein Venezianer, und da verläuft man sich schnell.«

Brunetti gestattete sich ein Nicken.

»Unten in dem Haus war eine Art Eingangshalle, mit Fenstern hinten und ein paar Treppenstufen. Nach unten, nicht nach oben. Dahin führte sie mich, und dann sah ich auf den Stufen die Füße eines Mannes aus dem Wasser ragen: Füße und Beine. Aber sein Kopf war im Wasser.« Papetti senkte den Blick.

»Nava?«, fragte Brunetti.

»Zuerst habe ich ihn nicht erkannt«, sagte Papetti und sah Brunetti ins Gesicht. Er schüttelte den Kopf. »Aber ich wusste es. Ich meine, ich habe ihn nicht richtig gesehen, aber ich wusste es. Wer hätte es denn sonst sein können?«

»Warum dachten Sie, es müsse Nava sein?«, fragte Brunetti. Torinese schwieg weiterhin mit ausdrucksloser Miene, als säße er in einem Zugabteil und lausche einer Unterhaltung auf den Sitzen gegenüber.

Papetti wiederholte dumpf: »Wer hätte es denn sonst sein können?«

»Warum hat sie Sie geholt?«

Papetti hob beide Hände und betrachtete sie, eine nach der anderen. »Sie wollte ihn in den Kanal werfen, bekam aber die Wassertür nicht auf. Der ... der Riegel ... der Riegel war eingerostet.«

Brunetti ließ ihm Zeit, sich wieder zu fangen. Mindestens eine Minute verging. Torinese betrachtete eingehend seine Hände, die auf seinen Oberschenkeln lagen.

»Sie hatte versucht, den Riegel mit dem Absatz seines Schuhs loszuklopfen. Aber es ging nicht. Und da hat sie mich angerufen.«

»Und was haben Sie getan?«, fragte Brunetti, nachdem er lange genug gewartet hatte.

»Ich musste ins Wasser steigen, um an die Tür ranzukommen. Dann habe ich den Riegel aufgezogen.«

»Und dann?«, fragte Brunetti.

»Haben wir ihn ins Wasser geschoben. Und dann habe ich die Tür wieder zugemacht und verriegelt.«

»Und Signorina Borelli?«, fragte Brunetti. Das eine Aufnahmegerät machte ein surrendes Geräusch, dann ging das rote Lämpchen aus. Torinese beugte sich vor und drückte auf einen Knopf: das Lämpchen ging wieder an.

»Sie hat gesagt, ich soll nach Hause gehen, sie selbst wollte auch nach Hause.«

»Hat sie Ihnen erzählt, was passiert war?«

»Nein. Nichts. Ich sollte nur die Tür aufmachen und ihr helfen, ihn die Treppe hinunterzustoßen.«

»Und das haben Sie getan.«

»Was blieb mir denn anderes übrig?«, fragte Papetti und sah zu Boden.

Er leckte sich die Lippen, saugte sie ein, leckte sie wieder. »Wir kennen uns schon sehr lange.«

Brunetti fragte ruhig: »Und deshalb hat sie solche Macht über Sie?«

Papetti machte den Mund auf, musste sich aber erst räuspern, bevor er sprechen konnte. »Ich… ich hatte mich einmal zu einer Dummheit hinreißen lassen.« Er brach ab.

»Mit Signorina Borelli?«, fragte Brunetti.

»Ja.«

»Hatten Sie eine Affäre mit ihr?«

Papetti riss entsetzt die Augen auf. »Großer Gott, nein.«

»Was denn?«

Papetti schloss die Augen. »Ich habe versucht, sie zu küssen.«

Brunetti sah kurz zu Vianello hinüber, der die Augenbrauen hochzog.

»Das war alles?«, fragte Brunetti.

Papetti sah ihn an. »Ja. Aber es hat gereicht.«

»Gereicht wofür?«

»Sie auf die Idee zu bringen.« Da Brunetti das unmöglich verstehen konnte, erklärte Papetti: »Dass sie es meinem Schwiegervater erzählen könnte.« Nach einer Pause fuhr er fort: »Vielleicht legte sie es darauf an und bat mich deswegen, sie nach Hause zu bringen. Angeblich war ihr Auto in der Werkstatt.« Papetti fuhr sich mit beiden Händen über den Kopf. »Vielleicht stimmte das ja auch. Keine Ahnung.« Dann heftig: »Ich bin ein Idiot.«

Brunetti schwieg.

»Der würde mich umbringen«, flüsterte Papetti. »Was hätte ich denn tun sollen?«

Brunetti kam es vor, als habe er sein ganzes Leben damit verbracht, Leute immer wieder diese Frage stellen zu hören. Nur ein einziges Mal, vor etwa fünfzehn Jahren, hatte ein Mann, der drei Prostituierte erwürgt hatte, gesagt: »Ihr Schreien, das hat mir gefallen.« Obwohl Brunetti damals das Blut in den Adern gefroren war und ihn noch heute bei der Erinnerung daran ein Schauder überlief, musste er einräumen, dass dieser Mann sich nichts vorgemacht hatte.

»Was haben Sie getan, nachdem Sie die Leiche ins Wasser geschoben hatten, Signor Papetti?«, fragte er, da Papettis Geschichte vorerst weder zu beweisen noch zu widerlegen war. Fest stand lediglich, dass die Frau Macht über ihn besaß.

»Ich bin zum Piazzale Roma zurück und mit dem Auto nach Hause gefahren.«

»Haben Sie Signorina Borelli seither gesehen?«

»Ja. Im *macello*.«

»Hat einer von Ihnen diese Sache noch einmal erwähnt?«

»Nein, warum sollten wir?«, fragte Papetti verwirrt.

»Verstehe«, sagte Brunetti. Dann zu Torinese: »Wenn Sie Ihrem Klienten etwas zu sagen haben, Avvocato, können mein Kollege und ich Sie für eine Weile allein lassen.«

Torinese schüttelte den Kopf. »Nein, ich habe nichts zu sagen.«

»Dann würde ich Dottor Papetti jetzt bitten«, fuhr Brunetti fort, »mir etwas mehr über die Arbeitsweise im *macello* zu erzählen.« Torinese, bemerkte er, reagierte verständlicherweise überrascht auf diesen abrupten Wechsel. Soeben hatte sein Klient gestanden, bei der Beseitigung der Leiche eines Mordopfers geholfen zu haben, und jetzt erkundigte sich die Polizei nach seiner Arbeit. Damit Papetti keine Zeit und

Energie verschwendete, indem er ebenfalls seine Überraschung kundtat, erklärte Brunetti: »Es haben sich gewisse Verdachtsmomente in Bezug auf das Fleisch ergeben, das dort produziert wird.«

»Verdachtsmomente sind nicht dasselbe wie Informationen«, gab Torinese eine dieser Spitzfindigkeiten zum Besten, für die Anwälte Hunderte Euro pro Stunde berechnen.

»Ich danke Ihnen für diese juristische Klarstellung, Avvocato«, antwortete Brunetti.

Der Anwalt sah Brunetti fragend an. »Verzeihen Sie meine Direktheit, Commissario, aber gehe ich recht in der Annahme, dass wir in Verhandlungen eingetreten sind?« Brunetti bejahte mit einem knappen Nicken, das nicht von den Geräten aufgezeichnet wurde. »In diesem Fall würde ich gern wissen, wie Sie meinem Klienten für etwaige Informationen entgegenkommen könnten.«

Brunetti konnte den Reichtum an vagen Formulierungen nur bewundern: »Annahme«, »würde ich gern«, »etwaige«, »könnten«. So beachtlich fand er diese sprachlichen Feinheiten, dass er einen Moment mit der Idee spielte, Torinese zu enthaupten und den Schrumpfkopf als Buchstütze zu verwenden. Er verwarf den Gedanken und sagte: »Anzubieten habe ich lediglich das fortgesetzte Wohlwollen des Schwiegervaters Ihres Klienten.«

Das hatte gesessen. Papetti fiel die Kinnlade runter, und Brunetti dachte schon, er werde wieder in Tränen ausbrechen. Aber er drehte sich nur zu Torinese um, als solle der etwas sagen, dann wieder zu Brunetti und stammelte: »Ich weiß nicht, was …«

Torinese brachte ihn mit einem Blick zum Schweigen.

»Mein Klient und ich wären Ihnen sehr verbunden, Commissario, wenn Sie Ihre Bemerkung ein wenig erläutern könnten.«

Brunetti wartete, bis Papetti wieder etwas Farbe bekommen hatte. Erst dann wandte er sich an Torinese: »Ich bin mir sicher, Ihr Klient hat mich verstanden. Mir liegt nichts, absolut nichts daran, dass Dottor Papettis Schwiegervater irgendwelche falschen Schlüsse zieht, was die Art seiner Beziehungen zu den Angestellten des *macello* betrifft.« Papetti starrte ihn fassungslos an, die Lippen nur ein klein wenig geöffnet.

Brunetti sah kurz zu ihm hin und wandte sich wieder an den Anwalt. »Dass Dottor Papettis Schwiegervater enge berufliche Kontakte mit engen Kontakten anderer Art verwechseln könnte: Dieser Möglichkeit möchte ich unbedingt vorbeugen.« Er deutete mit einem Lächeln an, was er von den übereilten Reaktionen hielt, zu denen manche Männer sich hinreißen ließen. »Ein solches Missverständnis könnte Signor De Rivera sehr beunruhigen, ganz zu schweigen von seiner Tochter, Dottor Papettis Gattin, und ich möchte mich niemals für die möglichen Folgen dieses Irrtums verantwortlich fühlen müssen.« Er bedachte Papetti mit einem mustergültig mitfühlenden Lächeln. »Ich könnte nicht damit leben, wenn es dazu käme.«

Papettis rechte Hand schwebte seinem Kopf entgegen, doch er bekam sie rechtzeitig unter Kontrolle und legte sie auf seinen Oberschenkel zurück. Ohne auf Torineses Seitenblick zu achten, sagte er: »Sie hat eine Affäre mit Dottor Nava angefangen, kurz nachdem er die Arbeit im Schlachthof aufgenommen hatte.«

»Sie hat angefangen?«, fragte Brunetti, wobei er das Personalpronomen besonders betonte.

»Ja.«

»Warum?«

»Um Nava in die Hand zu bekommen. Sie wusste, er war verheiratet, und offensichtlich war er ein anständiger Mann.« Papetti wehrte ab, als sein Anwalt ihn am Weiterreden hindern wollte. »Seine Vorgänger haben die Hand aufgehalten; es ging nicht um besonders viel, aber trotzdem. Sie wollte das Geld sparen, also hat sie ihm den Kopf verdreht, und als sie sicher war, dass Nava ihr verfallen war«, sagte er und überließ es den drei anderen Männern im Raum, sich das genauer auszumalen, »drohte sie ihm, alles seiner Frau zu erzählen, wenn er sein Verhalten im *macello* nicht ändern würde.«

»Ändern? Wie?«, half Brunetti ihm weiter.

»Er sollte aufhören, so viele Tiere für ungeeignet zu erklären.«

»Warum hätte sie das verlangen sollen?«, fragte Brunetti und sah aus den Augenwinkeln, dass Torinese den Kopf hin und her bewegte, als verfolge er ein Tennismatch.

»Weil sie von den Bauern…« Brunetti sah ihn scharf an, und er korrigierte sich: »Weil sie und ich von den Bauern Geld dafür bekommen haben, dass möglichst viele der bei uns angelieferten Tiere zum Schlachten freigegeben wurden.«

Niemand sprach, alle warteten gespannt, wie weit er mit seinen Aussagen noch gehen werde. »Es ging um Geld.« Er kam etwaigen Nachfragen zuvor: »Um sehr viel Geld.«

»Was ist für Sie beide dabei herausgesprungen?«, fragte Brunetti leise.

»Fünfundzwanzig Prozent«, antwortete Papetti.

»Von?«

»Von dem Betrag, den die Bauern bekamen, wenn kranke Tiere nicht ausgesondert wurden und geschlachtet werden konnten.«

Torinese versuchte sich nichts anmerken zu lassen, aber Brunetti sah ihm an, wie sehr ihn das überraschte, vielleicht sogar entsetzte.

»Diese Tiere, Dottor Papetti, die von Dottor Nava ausgesondert wurden: Was für Krankheiten haben die aufgewiesen?«

»Die üblichen«, wich Papetti aus.

»Was für welche genau?«, fragte Torinese mit plötzlich belegter Stimme.

»TB, Verdauungsstörungen, Krebs, Viren, Würmer. Praktisch alle Krankheiten, die Tiere haben können. Manche sahen aus, als hätten sie kontaminiertes Futter bekommen.«

»Und was ist mit diesen Tieren geschehen?«, fragte Torinese, als könne er kaum noch an sich halten.

»Sie wurden geschlachtet«, sagte Papetti.

»Und dann?« Wieder war es sein Anwalt, der die Frage stellte.

»Sie wurden verwertet.«

»Als?«

»Fleisch.«

Torinese sah seinen Klienten lange an und wandte schließlich den Blick von ihm ab.

»Und das war für Sie und Signorina Borelli ein einträgliches Geschäft?«, fragte Brunetti.

Papetti nickte.

»Sie müssen Ihre Antwort aussprechen, Dottore«, sagte Brunetti. »Sonst kann sie nicht protokolliert werden.«

»Ja.«

»Hat Dottor Nava sich darauf eingelassen, weniger Tiere auszusondern?«

Papetti brauchte lange, bis er sich zu einer Antwort durchgerungen hatte: »Nein.«

»Haben Sie und Signorina Borelli über die Konsequenzen seiner Weigerung gesprochen?«

»Ja.«

»Und zu welchem Schluss sind Sie gekommen?«

Papetti dachte gründlich nach. »Ich wollte ihn rausschmeißen. Aber Giulia – ich meine Signorina Borelli – wollte erst noch versuchen, ihn unter Druck zu setzen. Wie gesagt: Sie hatte schon eine Affäre mit ihm angefangen, sozusagen als Absicherung für den Fall, dass er nicht mitmachen würde. Also hat sie ihm gedroht, alles seiner Frau zu erzählen.«

»Und dann?«, fragte Brunetti.

Papetti verdrehte die Augen gen Himmel. »Er hat es selbst seiner Frau gestanden. Zumindest hat er das Giulia gegenüber behauptet: dass er ihr die Affäre gebeichtet habe.«

»Und was hat seine Frau getan?«, fragte Brunetti, als sei ihm das alles vollkommen neu.

»Sie hat ihn rausgeworfen,« sagte Papetti wie einer, der von Zeichen und Wundern berichtet.

»Und?«

»Er ist gegangen. Und seine Frau hat die Scheidung eingereicht.« Fassungslos fügte er hinzu: »Wegen einer Affäre.«

»Und Sie beide mussten befürchten, dass Nava die Machenschaften im Schlachthof ausplaudern könnte«, bemerkte Brunetti so ruhig, als sei es das Natürlichste von der Welt.

Papetti rieb sich die gespitzten Lippen, während er nach der richtigen Formulierung suchte. »Ich habe da für mich kein großes Risiko gesehen«, gestand er schließlich.

»Wegen der Beziehungen Ihres Schwiegervaters?«, fragte Brunetti. Torinese sah auf, jetzt wurde das Match interessant.

Papetti warf beide Hände hoch und ließ sie wieder fallen. »Dazu sage ich lieber nichts. Es war einfach so, dass ich mir keine Sorgen zu machen brauchte.«

»Für den Fall einer Prüfung?«

Papetti nickte.

»Weil jemand von der Gesundheitsbehörde Sie gedeckt hat?«, fragte Brunetti.

Papetti verzog das Gesicht. »Dazu möchte ich wirklich nichts sagen.«

»Hat Signorina Borelli einer möglichen Prüfung auch so entspannt entgegengesehen?«

Papetti dachte lange nach, und Brunetti sah ihm an, wann ihm die für ihn vorteilhafteste Antwort einfiel. »Nein«, sagte er.

Brunetti setzte zur nächsten Frage an, aber Papetti fuhr fort: »Der Verlust hat sie wütend gemacht – sehr wütend, möchte ich sagen.«

»Der Verlust?«, schaltete Torinese sich ein.

»Ich rede von Geld«, fuhr Papetti ungehalten auf. »An was anderes denkt sie nicht. Geld. Solange Nava da war, hat sie jeden Monat sehr viel Geld verloren.«

»Wie viel?«

»An die zweitausend Euro. Das hing davon ab, wie viele Tiere geliefert wurden.«

»Und dagegen hatte sie etwas?«, fragte Brunetti.

Papetti richtete seinen Oberkörper auf. »Das ist ja wohl normal, oder?«

»Selbstverständlich«, ließ Brunetti den Tadel gelten. »Und wie sind Sie beide verblieben?«

»Sie wollte versuchen, noch einmal mit ihm zu reden. Ihn womöglich dazu bringen, dass er kündigte. Oder ihn auffordern, einen Teil der Inspektion Bianchi zu überlassen.«

»Dieser Bianchi wusste, was da vor sich ging?«, fragte Brunetti, als könnten darüber noch Zweifel bestehen.

»Natürlich«, versetzte Papetti.

»Und dabei ist es geblieben? Dass sie mit ihm reden wollte?«

»Ja.«

»Haben Sie daran gedacht, als Signorina Borelli Sie um Mitternacht anrief und sagte, Sie müssten zu ihr kommen?«

»Kann sein«, sagte Papetti achselzuckend. »Aber ich hätte nie gedacht, dass sie so etwas tun würde.«

»Was denn genau, Signor Papetti?«, wollte Brunetti wissen.

Wieder konnte Papetti nur mit den Achseln zucken.

32

So, dachte Brunetti, da wären wir. Zwei von der Polizei und zwei von der Gegenpartei, und alles ist klar, zumindest für jeden, der es verstehen will. Er sah zu Torinese hinüber: Der Anwalt hatte sich wieder in die Betrachtung seiner Hände versenkt, ein sicheres Anzeichen dafür, dass er hinreichend Einblick gewonnen hatte, wie tief sein Klient in die Sache mit Dottor Andrea Nava verwickelt war. Brunetti beugte sich vor und schaltete die Aufnahmegeräte aus: Weder Papetti noch Torinese erhob Einspruch.

Schweigen machte sich breit, das mit jeder Sekunde schwerer auf ihnen lastete. Brunetti war neugierig, wohin das führen mochte. Vianello hielt den Blick auf seine Notizen gesenkt. Torinese betrachtete seine Hände, während Papetti erst den Anwalt und dann eingehend die Füße von Brunettis Schreibtisch anstarrte.

Nach einer Ewigkeit räusperte sich Papetti. »Commissario«, sagte er, »Sie sprachen von Ihrer Sorge wegen meines Schwiegervaters.« Zitterte seine Stimme bei diesem letzten Wort?

Brunetti sah ihm in die Augen, wartete aber stumm ab.

»Könnten Sie das verdeutlichen? Was genau meinten Sie damit?«

»Ich meine, wenn die Sache mit Signorina Borelli in die Zeitungen kommt, könnte Ihr Schwiegervater den voreiligen Schluss ziehen, Sie beide hätten vielleicht mehr als nur ein gemeinsames ökonomisches Interesse gehabt.« Er lächelte anzüglich wie einer, der von Mann zu Mann über Frauen spricht. »Sie ist eine sehr attraktive junge Frau und allem Anschein nach sehr freizügig.« Ein solcher Satz würde unter Männern normalerweise als Verheißung verstanden werden, in Papettis Ohren aber klang es wie eine Drohung.

Wieder räusperte Papetti sich. »Aber ich habe niemals...« Erst jetzt wurde ihm bewusst, dass er unter Männern war, daher versuchte er es mit einem zweideutigen Grinsen. »Gewollt hätte ich schon, versteht sich. Wie Sie sagten: Die Frau ist attraktiv. Aber sie ist nicht mein Typ.« Kaum hatte Papetti das ausgesprochen, legte sich wieder der Schatten seines Schwiegervaters über sein Gesicht. Hastig fügte Papetti hinzu: »Außerdem hat man mit ihr mehr Ärger als Vergnügen.«

Nun, dachte Brunetti, Nava war es in der Tat so ergangen. Aber er sagte: »Dottore, um uns Anwesenden müssen Sie sich weniger Sorgen machen«, er wies auf die beiden anderen, die beide nicht aufblickten, »als vielmehr darum, dass Ihr Schwiegervater falsche Schlüsse ziehen könnte.«

»Das ist völlig ausgeschlossen«, erklärte Papetti, aber seiner Stimme war anzuhören, dass dies reines Wunschdenken war.

»Ich kann Ihnen das nachfühlen, Dottore«, gab Brunetti sich solidarisch. »Aber wie wir alle wissen, ist gegen die Unterstellungen der Presse kein Kraut gewachsen. Die schreiben, was sie wollen.« Dann erlag er doch der Versuchung, Papetti aus der Reserve zu locken. »Ihrem Schwiegervater dürfte es ein Leichtes sein, die Berichterstattung zu unterdrücken«, fing er an und fuhr nach einer Kunstpause fort: »Obwohl es vielleicht besser wäre, ihn gar nicht erst Verdacht schöpfen zu lassen.« Papetti sah ihn so verzweifelt an, dass

Brunetti seine Provokation bereute. Wozu würde er sich als Nächstes hinreißen lassen: Ihn in einen Käfig sperren und mit einem Stock quälen?

Papetti schüttelte verzweifelt den Kopf angesichts der möglichen Reaktion seines Schwiegervaters und konnte gar nicht mehr damit aufhören. Es kam einer Kapitulation gleich, als er schließlich fragte: »Was soll ich bloß tun?«

Brunetti konnte den Sieg nicht genießen, sagte aber doch: »Sie bestätigen und unterschreiben in Gegenwart Ihres Anwalts die Abschrift dessen, was Sie mir eben erzählt haben: Dass Sie und Signorina Borelli die für den Schlachthof tätigen Tierärzte bestochen haben, kranke Tiere für gesund zu erklären. Und dass Signorina Borelli mit Dottor Andrea Nava eine Affäre angefangen hat, in der Hoffnung, ihn ebenfalls dazu bewegen zu können.« Er gab Papetti Gelegenheit, sein Einverständnis zu signalisieren, aber der starrte ihn nur an.

»Ferner haben Sie von Navas Reaktion auf Signorina Borellis Drohung berichtet, seiner Frau von der Affäre zu erzählen.« Papetti bestätigte das mit einem Nicken, und Brunetti fuhr fort: »Des Weiteren möchte ich, dass Sie Ihre Aussage über Signorina Borellis Anruf auf Ihrem Mobiltelefon und Ihre Hilfestellung bei der Beseitigung von Dottor Navas Leiche unterschreiben.«

Brunetti unterbrach sich und sah den Anwalt an, der sich so unbeteiligt gab, als wäre er gar nicht da. »Sie werden das unterschreiben, und Ihr Anwalt wird als Zeuge ebenfalls unterschreiben.« Das, dachte Brunetti, war das Mindeste.

»Und wenn sie behauptet, wir hätten eine Affäre?«, fragte Papetti nervös.

»Mir liegt eine Aussage vor, die nicht nur bestätigt, was

Sie über die Vorgänge im Schlachthof berichtet haben, sondern auch, dass Signorina Borelli keinerlei sexuelles Interesse an Ihnen hat«, sagte Brunetti zum sichtlichen Entsetzen der beiden Männer.

»Demnach könnten die Zeitungen melden, die Polizei habe diese Möglichkeit ausgeschlossen«, regte Brunetti an.

»Und das stimmt sogar.«

Torinese durchzuckte es, er war plötzlich hellwach: »Könnten melden oder werden melden?«

»*Werden* melden«, versprach Brunetti.

»Was noch?«, fragte Torinese.

»Wer stellt hier die Fragen?«

»Sie.«

Brunetti lag nur daran, Borelli des Mordes an Dottor Nava zu überführen. Alles andere – das kranke Fleisch, die korrupten Tierärzte, die Bauern und ihre verseuchten Profite – würde er mit Vergnügen den Carabinieri überlassen, die für solche Dinge eine Spezialeinheit hatten: Die kämen damit besser zurecht als er. Und die Jungs von der Guardia di Finanza könnten sich über die illegalen Einnahmen sämtlicher Beteiligten hermachen.

»Ich will Borelli«, sagte er.

Torinese fragte seinen Klienten: »Nun?«

Papetti nickte. »Ich sage alles, was die wollen.«

Brunetti wollte diese Doppeldeutigkeit nicht stehen lassen. »Wenn Sie lügen – sei es, um sich selbst zu schützen, sei es, um Borelli zu schaden –, werfe ich Sie auf der Stelle Ihrem Schwiegervater zum Fraß vor.«

Die drei Männer stutzten: Vianello wegen Brunettis Ton, die zwei anderen wegen seiner Worte.

Torinese erhob sich. »Ist das alles?«, fragte er. Brunetti nickte. Der Anwalt sah Brunetti nachdenklich an und nickte schließlich ebenfalls, eine Geste, die Brunetti nicht zu deuten wusste.

»Ispettore Vianello wird Sie nach unten begleiten«, sagte Brunetti, »und Ihnen die Abschrift der Aussage bringen, sobald sie fertig ist. Wenn Sie die unterschrieben haben, können Sie beide gehen.«

Füße scharrten, Stühle wurden über den Fußboden geschoben. Aber es war ein Abschied ohne Worte, ohne Händeschütteln. Torinese packte sein Aufnahmegerät ein. Die drei Männer verließen das Büro; Brunetti schloss hinter ihnen die Tür, ging an seinen Schreibtisch und rief Signorina Elettra an, die Patta veranlassen sollte, beim zuständigen Richter einen Haftbefehl für Signorina Giulia Borelli zu beantragen.

Am Nachmittag teilte Bocchese telefonisch mit, die Spurensicherung habe fast den ganzen Vormittag in der Wohnung am Rio del Malpaga verbracht. Die Wohnung sehe aus wie eine von denen, die wochenweise an Touristen vermietet würden; dort hätten sie nichts Verdächtiges gefunden, aber an der Wassertür unten im Eingangsbereich gebe es Blutspuren, und in dem Algenbewuchs einer Stufe der ins Wasser führenden Treppe hätten sie zwei parallele Schrammen entdeckt. Ja, antwortete der Kriminaltechniker, die Schürfspuren könnten von den Füßen eines Leichnams stammen, den man die Treppe hinuntergeschleift habe. Sie würden zur Zeit auf Lederreste untersucht; er habe sich bereits Dottor Navas Schuh aus der Asservatenkammer besorgt, und sollten sich Lederreste finden, die das Auf und Ab mehrerer Gezeiten überstanden hätten, werde er die mit dem Leder von Navas Schuh abgleichen.

Zurzeit sehe man sich den Kanal rund um die *porta d'acqua* näher an; ein Taucher sei unterwegs, um auch den weiteren Umkreis abzusuchen. Sonst noch was?

Brunetti dankte ihm und legte auf.

Dass sie fliehen könnte – dieser Gedanke kam Brunetti gar nicht erst. Gerne würde sie den juristischen Ärger vermeiden; aber eine Frau wie sie würde niemals ihren Besitz im Stich lassen. Sie besaß drei Wohnungen und mehrere Bankkonten, und wahrscheinlich hatte sie anderswo noch mehr Geld versteckt. Eine Frau, die von Gier beherrscht wurde, würde nicht das Risiko eingehen, das alles zu verlieren oder auch nur die Kontrolle darüber aus der Hand geben. Wo konnte sie denn hin? Nichts ließ darauf schließen, dass sie eine Fremdsprache beherrschte oder einen zweiten Pass besaß, weshalb sie sich nicht einfach in ein anderes Land absetzen und ein neues Leben beginnen konnte. Sie würde bleiben und versuchen, sich herauszureden, selbst wenn das womöglich Unsummen für einen Anwalt verschlingen würde. Brunetti hatte keinen Zweifel, dass sie versuchen würde, Papetti in den Mord hineinzuziehen. Aber da Papettis Schwiegervater glaubte, es handele sich nur um Mord und nicht um das viel scheußlichere Verbrechen eines Verrats an seiner Tochter, würde er sich nicht scheuen, für den Mann seiner Tochter die besten Anwälte zu engagieren.

Eine halbe Stunde später, als Brunetti immer noch am Fenster stand, klingelte sein Telefon.

Es war Bocchese. »Wir haben am Fuß der Treppe ein *tele-*

fonino gefunden, Commissario. Es muss ihm aus der Tasche gefallen sein, als er ins Wasser gerutscht ist. Bei Tageslicht hätte jeder es dort liegen sehen können.«

Aber nicht bei Nacht, dachte Brunetti. »Ist es seins?«, fragte er.

»Vermutlich.«

»Funktioniert es noch?«

»Natürlich nicht. Im Wasser wird so etwas sofort unbrauchbar«, sagte Bocchese.

»Kann man noch den Zeitpunkt feststellen, wann das passiert ist?«

»Nein«, sagte Bocchese und machte damit Brunettis Hoffnungen zunichte, eine exakte Chronologie der Ereignisse in der Nacht von Navas Ermordung aufstellen zu können.

»Aber...«, sagte Bocchese in einem Ton, als zöge er Brunetti ein bisschen auf.

»Aber?«

»Sie scheinen wirklich nichts von diesen Dingen zu verstehen«, meinte Bocchese.

»Wovon?« Brunetti fragte sich, welchen juristischen Winkelzug er übersehen haben könnte.

»Von all diesem Kram.« Bocchese gab sich keine Mühe, seine Verzweiflung zu verbergen. »Computer, *telefonini*. Alles.«

Brunetti verzichtete auf eine Antwort.

Nun klang Bocchese versöhnlich:. »Also gut. Wenn sein Handy mit dem Netz verbunden war – und das ist bei allen Handys der Fall, auch bei Ihrem –, dann wurde die Verbindung unterbrochen, spätestens drei Minuten nachdem es ins Wasser gefallen ist.« Brunetti kam gar nicht erst dazu, es peinlich zu finden, dass er nicht selbst darauf gekommen war, denn Bocchese sprach gleich weiter. »Außerdem sind die Daten aller Anrufe, die er bis zu diesem Zeitpunkt geführt oder erhalten hat, bei seinem Anbieter gespeichert.« Er ließ Brunetti kurz Zeit zum Nachdenken und fragte dann: »Reicht das?«

Brunetti wusste sein Glück kaum zu fassen. Er schloss die Augen und sagte: »Ja. Danke.«

33

Am Tag nach der Verhaftung Giulia Borellis wegen Mordes an Dottor Andrea Nava, dessen *telefonino* zehn Minuten nach Signorina Borellis Anruf bei Alessandro Papetti am anderen Ende der Stadt den Geist aufgegeben hatte, fuhren Vianello und Brunetti zur Beerdigung Dottor Navas nach Mestre. Bei dichtem Verkehr kamen sie gerade noch rechtzeitig. Der Fahrer hielt ein wenig abseits der Kirche, sie stiegen aus und eilten unter den Blicken der Heiligen und Engel die Treppe hinauf. Drinnen mussten sich ihre Augen erst einmal an das Dämmerlicht gewöhnen; vorne am Altar hoben gerade sechs Männer in dunklen Anzügen den Sarg auf ein Holzgerüst.

Links und rechts neben dem Sarg waren zwei riesige Kränze aus roten und weißen Blumen aufgestellt, drapiert mit violetten Schärpen mit den Namen der Spender und einer Trauerbekundung. Unzählige Frühlingsblumensträuße bedeckten die Altarstufen. Nur wenige schienen professionell von Floristen angefertigt; stattdessen sah man einfache Sträuße aus Pflanzen vom Straßenrand. Viele wirkten wie selbstgemacht: die Schleifen nicht ordentlich gebunden, schlichtes Gras als Gesteck zwischen den bunten Blumen.

Die Kirche war so voll, dass die beiden nur noch Plätze in der drittletzten Reihe fanden. Die Leute dort rückten rasch zusammen, und eine alte Frau nickte ihnen lächelnd zu, während sie neben ihr Platz nahmen.

Aus einer Tür zur Linken kam der Priester, hinter ihm drei

weiß gewandete Messdiener, zwei Mädchen und ein Junge. Der Priester schritt zur Kanzel, schob die langen weißen Ärmel seines Chorhemds hoch und klopfte auf das Mikrofon. Das dumpfe Pochen hallte durch die gesamte Kirche. Der Priester war noch relativ jung, hatte einen Vollbart und bereits einige graue Strähnen im Haar. Sein Blick schweifte über die Trauergemeinde, dann hob er die Hände, sei es grüßend oder segnend, und begann.

»Liebe Brüder und Schwestern in Christus, liebe Freunde und Gefährten: Wir sind heute zusammengekommen, um Abschied zu nehmen von unserem Bruder Andrea, der für viele von uns weit mehr war als ein Freund. Er war Helfer und Heiler, ein Mensch, der uns Trost spendete, wenn wir in Sorge um unsere Freunde waren, und der sich ihnen und uns mit Liebe und Hingabe widmete, denn er wusste, wir alle sind Geschöpfe desselben Gottes, der ein Wohlgefallen an der Liebe hat, die wir einander entgegenbringen. Andrea hat uns alle geheilt, uns alle, er hat uns allen geholfen, und stand es einmal nicht in seiner Macht zu heilen, war er stets mit Rat und Tat zur Stelle, wenn unsere Freunde zu ihrer letzten Reise aufbrechen mussten, immer stand er uns bei, auch auf diesem letzten Weg ließ er uns nicht allein. So, wie er uns beistand und uns half, das Unglück ihres Hinscheidens zu ertragen, so mögen unsere Freunde uns heute beistehen und helfen, das Unglück seines Hinscheidens zu ertragen.«

Brunettis Augen wanderten von dem Priester weg und studierten die Profile und Hinterköpfe der Leute vor ihm. Die Stimme des Priesters nahm er kaum noch wahr, dafür umso deutlicher die Geräusche der Menge. Normalerweise wurde es in einer Kirche, ganz gleich wie groß sie war und wie stark der Andrang, in Gegenwart des Todes still. Hier aber herrschte Unruhe und ein ständiges Hin und Her. In dem geschlossenen Raum machte sich mehr als nur das Scharren und Schaben von alten Leuten bemerkbar.

Irgendwo musste einer der Trauergäste gegen seine Tränen kämpfen: Das unterdrückte Schluchzen war unverkennbar. Brunetti spähte zu den Leuten auf der linken Seite hinüber und sah ziemlich weit vorne jemanden, auf dessen Schulter ein zusammengeknüllter Pullover zu liegen schien. Doch bei genauerem Hinsehen erkannte er, dass es ein grauer Papagei war; und dann entdeckte er vier Reihen dahinter einen hellgrünen, etwas kleineren. Als habe er Brunettis Blick bemerkt, öffnete der Graue den Schnabel und sagte: »*Ciao, Laura*«, und dann mehrmals hintereinander: »*Ciao, ciao, ciao.*«

Worauf der Grüne kreischend antwortete: »*Dammi schei*«, fast als glaube er, die anwesenden Venezianer würden ihn schon verstehen und ihm Geld geben. Noch erstaunlicher als die Anwesenheit der Vögel selbst fand Brunetti, dass keiner der vielen Trauergäste daran Anstoß zu nehmen schien oder sich auch nur nach den Papageien umdrehte.

Plötzlich vernahm er ein Geräusch von unten, und als er den Blick senkte, sah er nur wenige Zentimeter neben seinem linken Fuß die schwarze Pfote eines großen Hundes über den Boden streichen. In der Reihe gegenüber sprang ein Beagle auf die Bank, legte seine Vorderpfoten auf die Rückenlehne der Vorderbank und starrte nach vorne.

Brunetti wandte seine Aufmerksamkeit wieder dem Priester zu, der gerade sagte: »…Exempel der Liebe und Weisheit Gottes, uns diese großartigen Gefährten zur Seite zu geben und unser Leben mit ihrer Liebe zu bereichern. Nicht weniger bereichert uns die Liebe, die wir ihnen schenken, denn die Fähigkeit, sie zu lieben, ist ein großes Geschenk, so wie die Liebe, die sie uns entgegenbringen, ein Geschenk ist, das letztendlich von Gott kommt, dem Quell aller Liebe. Bevor wir also mit dem Zeremoniell beginnen, das unserem Bruder Andrea die Heimreise zu Gott erleichtern soll, lasset uns den Friedensgruß austauschen – nicht nur untereinander, sondern auch mit den Patienten, für die er gesorgt hat und die heute ebenfalls gekommen sind, um sich unseren Gebeten für die Seele unseres Bruders Andrea anzuschließen. Auch sie möchten ein letztes Mal Abschied nehmen von einem Freund, der sich so lange und mit so liebevoller Hingabe um sie gekümmert hat.«

Der Priester stieg von der Kanzel und schritt, dicht gefolgt von den Messdienern, am Altar vorbei in den Kirchenraum. Er beugte sich zu einer Frau in der ersten Reihe hinunter, gab ihr einen Wangenkuss und streichelte den Kopf der Katze, die auf ihrer Schulter lag. Als Nächstes ging er in die Hocke und kraulte das Ohr einer schwarzen Dänischen Dogge, die sich bei der Berührung erhob und ihn plötzlich überragte. Das Geräusch, mit dem ihr Schwanz an die Bank schlug, hallte durch die Kirche. Der Priester stand auf und ging auf die andere Seite, wo er Navas Witwe umarmte und dem kleinen Teo einen Kuss auf die Wange gab. Als habe sie den stummen Schrei des Jungen vernommen, lief die Dogge zu ihm hin und schmiegte sich an ihn, und Teo schlang ihr einen Arm um die Schulter und legte den Kopf an ihren schwarzen Hals.

Der Priester umarmte noch einige Leute und kraulte noch

ein paar Ohren, kehrte an den Altar zurück und las die Messe. Das Ganze lief sehr würdevoll ab, nur die Stimme des Priesters und die Antworten der Gemeinde waren zu hören: keine Musik, kein Gesang. Der grüne Papagei hockte auf der Schulter seines Besitzers, als der Mann zum Empfang der Kommunion auf den Altar zuschritt, und den Priester schien das nicht im Geringsten zu stören. Brunetti betete das Vaterunser mit und war froh, der alten Frau neben sich und Vianello auf der anderen Seite die Hand drücken zu können.

Bis zum Ende der Messe und bis der Priester einmal mit Weihrauchfass und Weihwasserwedel um den Sarg herumgegangen war, wurde nicht gesungen. An den Altar zurückgekehrt, schaute der Priester zur Empore hinauf und hob eine Hand. Auf dieses Zeichen hin intonierte die Orgel leise eine Melodie, die Brunetti weder kannte noch in irgendeiner Weise schwermütig fand. Der Organist hatte kaum ein paar Töne gespielt, als vorne in der Kirche ein jammervolles Heulen erscholl, ein so von Schmerz und Trauer erfüllter Laut, dass es kaum zu ertragen war. Das Heulen übertönte die Orgel, als müsse der Organist daran erinnert werden, warum sie alle hier versammelt waren: nicht um schöne Musik zu hören, sondern um das furchtbare Elend der Verlassenheit zu betrauern.

Aus derselben Richtung ließ sich die harte Stimme eines Mannes vernehmen: »Artù, lass das.« Brunetti, groß genug, über die Köpfe der anderen hinwegzusehen, beobachtete einen stattlichen Mann im dunklen Anzug, der sich bückte und mit einem hübschen goldbraunen Dackel in den Armen wieder hochkam, einem Hund, der den Mut und die Liebe in sich hatte, die von vielen der hier Versammelten empfundene Trauer über den Verlust ihres gutmütigen Freundes in die Welt hinauszuschreien.

Der Organist hörte auf, als akzeptiere er, dass der Hund die Gefühle der Gemeinde deutlicher zum Ausdruck bringe. Dem Priester schien die Unterbrechung ebenfalls willkommen: Er ging die Altarstufen hinunter und stellte sich ans Kopfende des Sargs. Die sechs Männer in dunklen Anzügen kamen aus dem Hintergrund der Kirche hervor und hoben den Sarg auf ihre Schultern. In feierlichem Schweigen folgten sie dem Priester und trugen ihren teuren Bruder Andrea fort von seiner letzten Visite bei denen, die ihn geliebt hatten. Und dann schlossen sie sich an: alte Damen mit Katzenkäfigen, der junge Mann von der Klinik mit dem einohrigen Kaninchen in den Armen, die Dänische Dogge, neben ihr Teo, immer noch den Arm um ihren Hals gelegt, und der Hund, von dem Brunetti jetzt wusste, dass er Artù hieß.

Auf den Stufen draußen drängten sich die Menschen, ihre Tiere auf dem Arm oder an der Leine, als die Männer den Sarg hinuntertrugen und in den Leichenwagen luden. Signora Doni und Teo standen abwartend an der Tür des Autos dahinter, dann befestigte ein großer Mann eine Leine am Halsband der Dogge.

Teo gab dem Hund einen Kuss auf den Kopf und stieg ein. Seine Mutter folgte ihm. Andere Leute stiegen in Autos, die Brunetti bei seiner hektischen Ankunft gar nicht bemerkt hatte. Der Beagle kam aus der Kirche und blieb unten an der Treppe direkt vor Artù stehen: Die beiden maßen einander, die Schwänze steil aufgerichtet, alle Muskeln angespannt. Immerhin – als seien sie sich der Situation bewusst – bellten sie nicht, sondern beschnüffelten sich nur gründlich und nahmen dann still und friedlich nebeneinander Platz.

Die Hecktür des Leichenwagens wurde geschlossen: nicht mit Getöse, aber doch deutlich vernehmbar. Der Motor sprang an, und gleich darauf die Motoren der Autos dahinter. Langsam entfernte sich der Wagen vom Bordstein, ihm folgten die Autos der Familie und Patienten. Brunetti fiel auf, dass fast alle helle Farben hatten, Grau und Weiß und Rot. Kein Einziges war schwarz. Schon das fand er tröstlich, doch als er den grünen Papagei auf der Schulter seines Besitzers die Straße hinunter verschwinden sah, der Mann außerdem Arm in Arm mit einer Frau, da war alle Trübsal aus seinem Herzen wie weggeblasen.

Bitte beachten Sie
auch die folgenden Seiten

Das Diogenes Hörbuch zum Buch

Donna Leon
Tierische Profite
Commissario Brunettis
einundzwanzigster Fall

Ungekürzt gelesen von JOCHEN STRIEBECK

8 CD, Spieldauer ca. 612 Min.

Donna Leon
im Diogenes Verlag

»Ich kann nicht behaupten, dass Brunetti eine Erfindung von mir ist, es kommt der Wahrheit viel näher zu sagen, dass ich ihn eines Tages entdeckte, während er hinter dem Opernhaus ›La Fenice‹ in vollendeter Gestalt aus dem Polizeiboot stieg.« *Donna Leon*

»Donna Leons Krimis mit dem attraktiven Commissario Brunetti haben eine ähnliche Sogwirkung wie die Stadt, in der sie spielen.«
Franziska Wolffheim / Brigitte, Hamburg

»Commissario Brunetti ist einzigartig.«
Publishers Weekly, New York

Die Fälle für
Commissario Brunetti:

Venezianisches Finale
Roman. Aus dem Amerikanischen von Monika Elwenspoek

Endstation Venedig
Roman. Deutsch von Monika Elwenspoek

Venezianische Scharade
Roman. Deutsch von Monika Elwenspoek

Vendetta
Roman. Deutsch von Monika Elwenspoek

Acqua alta
Roman. Deutsch von Monika Elwenspoek

Sanft entschlafen
Roman. Deutsch von Monika Elwenspoek

Nobiltà
Roman. Deutsch von Monika Elwenspoek

In Sachen Signora Brunetti
Roman. Deutsch von Monika Elwenspoek

Feine Freunde
Roman. Deutsch von Monika Elwenspoek

Das Gesetz der Lagune
Roman. Deutsch von Monika Elwenspoek

*Die dunkle Stunde
der Serenissima*
Roman. Deutsch von Christa E. Seibicke

Verschwiegene Kanäle
Roman. Deutsch von Christa E. Seibicke

Beweise, daß es böse ist
Roman. Deutsch von Christa E. Seibicke

Blutige Steine
Roman. Deutsch von Christa E. Seibicke
Auch als Diogenes Hörbuch erschienen, gelesen von Achim Höppner

Wie durch ein dunkles Glas
Roman. Deutsch von Christa E. Seibicke
Auch als Diogenes Hörbuch erschienen, gelesen von Jochen Striebeck

Lasset die Kinder
zu mir kommen
Roman. Deutsch von Christa E. Seibicke
Auch als Diogenes Hörbuch erschienen, gelesen von Jochen Striebeck

Das Mädchen
seiner Träume
Roman. Deutsch von Christa E Seibicke

Schöner Schein
Roman. Deutsch von Werner Schmitz
Auch als Diogenes Hörbuch erschienen, gelesen von Jochen Striebeck

Auf Treu und Glauben
Roman. Deutsch von Werner Schmitz
Auch als Diogenes Hörbuch erschienen, gelesen von Jochen Striebeck

Reiches Erbe
Roman. Deutsch von Werner Schmitz
Auch als Diogenes Hörbuch erschienen, gelesen von Jochen Striebeck

Außerdem erschienen:

Himmlische Juwelen
Roman. Deutsch von Werner Schmitz
Auch als Diogenes Hörbuch erschienen, gelesen von Annett Renneberg

Über Venedig, Musik,
Menschen und Bücher
Deutsch von Thomas Bodmer, Christiane Buchner, Monika Elwenspoek, Reinhard Kaiser und Christa E. Seibicke

Ausgewählte Geschichten auch als Diogenes Hörbuch erschienen: *Latin Lover*, gelesen von Hannelore Hoger

Mein Venedig
Deutsch von Monika Elwenspoek und Christa E. Seibicke
Auch als Diogenes Hörbuch erschienen, gelesen von Hannelore Hoger

Toni Sepeda
Mit Brunetti durch Venedig
Vorwort von Donna Leon. Deutsch von Christa E. Seibicke

Bei den Brunettis zu Gast
Rezepte von Roberta Pianaro und kulinarische Geschichten von Donna Leon. Vignetten von Tatjana Hauptmann. Deutsch von Christa E. Seibicke und Petra Kaiser

Tiere und Töne
Auf Spurensuche in Händels Opern. Deutsch von Werner Schmitz. Mit Bildern von Michael Sowa sowie einer CD des Complesso Barocco, dirigiert von Alan Curtis

Kurioses aus Venedig
Deutsch von Werner Schmitz. Mit einer Vivaldi-CD ›Il Complesso Barocco‹

Commissario Brunetti
In Sachen Signora Brunetti /
Feine Freunde
Ungekürzt gelesen von Christoph Lindert
2 MP3-CD, Gesamtspieldauer 16 Stunden

Toni Sepeda
Mit Brunetti durch Venedig

Vorwort von Donna Leon
Aus dem Amerikanischen von
Christa E. Seibicke

Warum setzt sich Commissario Brunetti in *Feine Freunde* ins Torino und nicht wie sonst ins Rosa Salva? Die Autorin Toni Sepeda hat Brunettis Wege durch die Gassen von Venedig und die Romane akribisch nachverfolgt und liebevoll alles zusammengetragen, was rund um die Questura, was in San Polo, was beim Ospedale Civile etc. spielt. Ihre erprobten Touren – gespickt mit Zitaten von Donna Leon – bieten so etwas wie einen Ariadnefaden durch das Gassengewirr. *Mit Brunetti durch Venedig:* Der Leser kann, sei er daheim oder vor Ort, ungezwungen dem Commissario hinterherspazieren. Calli, Campi und Caffès: Hier ist Brunetti unterwegs. Kunstdenkmäler überlässt er den Touristen – vor allem Kirchen, die ihn nur an Beerdigungen erinnern. Flanieren und dabei die Gedanken schweifen lassen, genau wie Brunetti: Dazu lädt dieses Buch ein.

»Eine Fülle sorgfältiger Beschreibungen und diskreter Empfehlungen.«
Fridtjof Küchemann / Brigitte Woman, Hamburg

Bei den Brunettis zu Gast

Rezepte von Roberta Pianaro
und kulinarische Geschichten von Donna Leon
Vignetten von Tatjana Hauptmann
Deutsch von Christa E. Seibicke
und Petra Kaiser

Köstliches mit und ohne Kalorien: 91 Rezepte, wie sie Paola in den Brunetti-Romanen kocht, aufgezeichnet von Donna Leons Freundin und Lieblingsköchin Roberta Pianaro. Als kalorienfreier Zwischengang sechs kulinarische Geschichten von Donna Leon sowie wunderschöne Vignetten von Tatjana Hauptmann.

Brunettis Leibgericht, Paolas Apfelkuchen, ein Rezept von Brunettis Mutter und Donna Leons Lieblingsessen (Kürbisrisotto) – sie alle sind in diesem Buch versammelt. *Bei den Brunettis zu Gast* ist ein literarisches Kochbuch über die venezianische Küche, zum Schmökern – und zum Nachkochen.

»Wenn es in meinen Büchern ums Essen geht, wird alles plötzlich langsamer, die Handlung, die Charaktere beruhigen sich. Ich glaube, dass jeder am Tisch wieder Kind wird, man fühlt sich sicher, geborgen, redet freier, weil man mit vertrauten Menschen zusammensitzt.«
*Donna Leon im Gespräch mit dem ›Feinschmecker‹
bei Kürbisrisotto und Vongole*